Kira Gembri
Ein Teil von uns

Kira Gembri

Ein Teil von uns

Arena

Für M., der mindestens so viele Witze reißt wie Aaron. Wenn du gewusst hättest, wohin ein scherzhafter Vorschlag von dir führen würde ...

1. Auflage 2016
© 2016 Arena Verlag GmbH, Würzburg
Alle Rechte vorbehalten
Covergestaltung: Johannes Wiebel | punchdesign,
unter Verwendung von Motiven von shutterstock.com
Dieses Buch wurde von der Literaturagentur erzähl:perspektive
(www.erzaehlperspektive.de) vermittelt.
Gesamtherstellung: Westermann Druck Zwickau GmbH
ISBN 978-3-401-60228-8

Besuche uns unter:
www.arena-verlag.de
www.twitter.com/arenaverlag
www.facebook.com/arenaverlagfans

Aaron

Drei Hinweise darauf, dass ich ein Cyborg bin:
1. Ich habe seit Jahren keinen Tropfen mehr gepin-
kelt.
2. Im Laufe der nächsten Minuten wird mein gesamtes
Blut meinen Körper verlassen, und das ist völlig
okay.
3. Ich hänge an einer anderthalb Meter hohen Maschine. Oder die Maschine an mir. Wie man's nimmt.

Im Grunde würde wohl der letzte Punkt ausreichen, aber
ich finde, die anderen beiden sind auch eine Erwähnung
wert. Sie klingen ja fast wie Superhelden-Eigenschaften.
Trotzdem würde ich herzlich gern darauf verzichten.

Ich hebe den Blick von der Tastatur meines Laptops und
beobachte, wie Arnold Schwarzenegger mit stoischem
Gesichtsausdruck eine Polizeistation betritt. Bestimmt
muss auch er niemals pinkeln. Also, der Terminator, nicht
Schwarzenegger selbst. *Der* wohnt wahrscheinlich in einer gigantischen Villa in L. A., mit sieben Badezimmern
und zwölf Toiletten. Mühsam lenke ich meine Gedanken
wieder zum Film und weg von Arnie auf dem Klo. Erst
letztens hat mich mein Kumpel Timo darauf hingewiesen,
dass ich mich entschieden zu oft mit der Blasentätigkeit
von anderen Leuten beschäftige. Aber das ist wie mit ihm

und Katja Thiemann aus der 11c: Was man nicht haben kann, will man nur umso mehr.

Inzwischen wurde dem Terminator verwehrt, weiter in die Polizeistation vorzudringen. Der Film läuft ohne Ton, weil Schwester Regina meinte, von dem Krach würden meine Kopfschmerzen auch nicht besser. Aber das spielt keine Rolle, den Text kenne ich sowieso auswendig.

»I'll be back«, spreche ich die berühmteste Zeile mit.

»Ich auch«, antwortet Schwester Regina trocken. »Und wenn du bis dahin deinen Blutdruck nicht im Griff hast, setzt es was.«

Ich salutiere mit meiner freien Hand, also derjenigen, die nicht mit zwei Schläuchen an meinem Cyborg-Organ hängt. Das ist die übliche Masche von Schwester Regina, wenn es mir gerade ziemlich dreckig geht: Sie tut so, als hätte ich die Situation noch unter Kontrolle. Dabei fällt es mir im Moment schon schwer, aufrecht zu sitzen. So viel zu meinen Superhelden-Eigenschaften. Trotzdem überlasse ich Arnie seinem stummen Geballer und zwinge mich, meinen Blogbeitrag fertig zu tippen.

Gerade klappe ich meinen Laptop zu, als Lärm auf dem Flur Timos Ankunft verkündet. Die Geräuschkulisse ist immer dieselbe: *tapp tapp* – ein Paar verstaubter Sneaker auf dem polierten Linoleum. *Schepper* – sein Skateboard, das er nicht mit reinnehmen darf. *Kicher* – irgendeine sehr junge, sehr leicht beeindruckbare Krankenschwester. Eine, die morgen vielleicht an der Reihe ist, mir zwei Nadeln von über einem Millimeter Durchmesser in den Arm zu schieben. Aber darüber denke ich lieber nicht so genau nach.

Dann fliegt die Tür auf und Timo platzt herein. Von den braunen Locken bis zu den Sohlen seiner Vans wirkt er dermaßen energiegeladen, dass er in dieser kühlen Umgebung hervorsticht, als käme er von einem anderen Planeten. Kaum zu glauben, dass wir uns früher mal so ähnlich gesehen haben wie Brüder.

»Was geeeeht?«, trompetet er mir quer durch den Raum entgegen, während er sich vorschriftsmäßig die Hände wäscht. Ungeniert latscht er danach an den anderen Dialyseplätzen vorüber, wo die meisten Patienten dösen oder in Bücher vertieft sind. Hoffentlich bekommt keiner mit, was mir mein Kumpel voller Stolz in den Schoß wirft.

Bei seinen ersten Besuchen hatte Timo noch Schokolade oder Kartoffelchips dabei, bis ich ihm gesagt habe, dass er mir genauso gut einen leckeren Rattengift-Smoothie schenken könnte – die Wirkung auf meinen Körper wäre ähnlich verheerend. Eigentlich wollte ich damit bloß die Stimmung auflockern, aber seitdem bringt er immer Dinge mit, bei denen er von vornherein weiß, dass sie völlig unangebracht sind. Diesmal hat er mir ein Magazin mit einem sehr aussagekräftigen Foto auf der Titelseite besorgt. Genau genommen ist es so aussagekräftig, dass man die Überschrift dazu gar nicht bräuchte:

Geile Ärsche XXL.

»Oh Gott«, sage ich. »Bitte verrate mir nicht, wovon es handelt. Ich will mich überraschen lassen.«

Timo ringt nach Luft, als hätte ich ihn tödlich beleidigt. »Sag mal, hast du was gegen meine Lieblingszeitschrift?«

»Nicht doch. Ich denke bloß, der Titel wäre in seiner Subtilität vielleicht zu übertreffen.«

»Irgendwelche Ideen, Klugscheißer?«

Ich lege den Kopf schief. »*Ass* Weekly?«, schlage ich vor.

Timo streicht liebevoll über das Cover. »Frankfurter Arschgeweihe.«

»Der Popostillion.«

»Der DarmSPIEGEL.«

Jetzt ist er in seinem Element und ich überspiele, wie erleichtert ich deswegen bin. Die Maschine neben mir lässt sich nur schwer ignorieren, vor allem dann, wenn sie einen schrillen Alarm ausstößt und die Schwester auf den Plan ruft. Stumm befehle ich allen Werten, im Normalbereich zu bleiben, während mein Kumpel fröhlich weiterquasselt. Nachdem das Schmuddelheft-Thema erschöpft ist, erzählt er mir vom letzten Ausflug mit seiner Parkour-Gruppe. Ich versuche, mich an meine Zeit im Team zu erinnern, um halbwegs intelligente Kommentare abzugeben. Damals sind wir täglich nach der Schule zusammen losgezogen und weder Halfpipes noch Mauern noch parkende Autos waren vor uns sicher. Es ist nur so verdammt lange her. Heute könnte ich höchstens was in der Art beitragen: *Hey Timo, neulich hab ich es geschafft, eine Treppe freihändig … runterzusteigen!* Nope, es ist wohl besser, ich höre einfach nur zu.

Gerade beschreibt er mir in allen Einzelheiten, wie er vor ein paar Tagen einen Salto über ein Brückengeländer geschlagen hat, als Schwester Regina wieder hereinkommt. Glücklicherweise ist sie mit ihren geschätzten fünfzig Jahren zu alt, um beim Anblick meines Kumpels so wie die Schwesternschülerinnen auf Fangirl-Modus zu schalten.

»Dann wollen wir dich mal befreien«, verkündet sie

bloß und drückt auf einen Knopf neben dem Monitor. Anschließend richtet sie den Blick auf die Zeitschrift, die halb über meinem Arm liegt. »Aber zuerst muss der Gluteus maximus ... maximus da weg.«

Timo geht zwei Schritte zur Seite und tätschelt dabei mit gespielt gekränkter Miene seinen Hintern. »Hey! Noch ist nicht Bikini-Saison!«

Kopfschüttelnd schiebt Schwester Regina *Geile Ärsche XXL* zur Seite, ehe sie die beiden Nadeln aus meiner Vene zieht. Am liebsten würde ich Timo jetzt bitten, sich vom Acker zu machen. Stattdessen zwinge ich mich zu einem Grinsen, während ich einen Tupfer auf die Einstichstellen drücke und Regina mit den blutigen Schläuchen hantiert. Je genauer mich Timo beobachtet, desto mehr versuche ich, so zu tun, als wäre das hier die normalste Sache der Welt. Alle Menschen waschen ihre Klamotten, manche waschen Geld und ich wasche eben mein Blut. Kein Thema, oder? Aber nur ein Idiot würde mir dieses Theater abkaufen.

»Et voilà: zwei bis drei Kilo leichter. Ich bin Heidi Klums feuchter Traum«, sage ich, nachdem mir Regina eine Bandage angelegt hat.

Timo lacht kurz auf, doch ich bin nicht sicher, ob er die Anspielung auf meine beseitigten Wassereinlagerungen überhaupt kapiert hat. »Na klasse. Ich muss jetzt sowieso los. Matze hat gestern eine verlassene Baustelle entdeckt, da gibt's ein paar echt geile Sachen zu bespringen. Und wenn wir schon beim Thema *Bespringen* sind – Katja hat sich gestern endlich auf WhatsApp bei mir gemeldet.«

»Katja will mit euch Parkour machen?«, frage ich verwirrt, dann fällt bei mir der Groschen. »Ach so.«

»Langsam«, ermahnt mich Schwester Regina, als ich die Füße auf den Boden stelle.

»Ja, das ist er allerdings«, bestätigt Timo feixend.

Ich schlage Reginas Warnung in den Wind und erhebe mich so schwungvoll, als wären seit meinem letzten Parkour-Ausflug nicht fünf Jahre vergangen. Als wäre ich kein Neunzehnjähriger mit der Kondition eines Tattergreises. Als wäre alles noch irgendwie normal.

Oh-oh.

»Grüß die anderen von mir und … erzähl mir alles«, sage ich gepresst. Wie in Zeitlupe sehe ich, dass Timo mir die Faust entgegenstreckt. Ich klammere mich mit einer Hand an den Dialysestuhl und klopfe meinen Kumpel ab. Mein bandagierter Arm zittert.

»Klar doch, Alter.« Timos Gesicht verschwimmt. »Bis nächste Woche oder so.«

Ich nicke und grinse und sehe zu, wie er durch die Tür schlendert. Anschließend ertönt wieder sein üblicher Soundtrack – weibliches Kichern – Schritte – Scheppern und dann …

»Schüssel, bitte«, bricht es aus mir hervor. Kaum hält Regina mir ein Gefäß hin, lasse ich mich fallen und kotze mir die Seele aus dem Leib.

Nia

Es ist fünf Uhr morgens, als mir auffällt, dass sich *Paragraf* irgendwie auf *Schaf* reimt. Trotzdem wird der Plural anders gebildet. Ich kann also höchstens Paragrafen zählen und nicht Paragrafe, um einzuschlafen. Aber nützen wird mir das auch nichts.

Sobald ich diesen genialen Gedankengang zu Ende geführt habe, wird mir klar, dass mein Gehirn wirklich eine kleine Ruhepause gebrauchen könnte. Probehalber schließe ich die Lider, aber es ist, als wären sie mit Gummibändern an meinen Augenbrauen befestigt: Sofort schnellen sie hoch und ich starre wieder an die morgengraue Decke. Machen wir also das Beste daraus.

Stumm rattere ich den Lernstoff des vergangenen Tages herunter, allgemeines Schuldrecht, Paragrafen zweihunderteinundvierzig und fortfolgende des Bürgerlichen Gesetzbuchs. *A hat an B einen Gebrauchtwagen verkauft und dabei fahrlässig übersehen ... A liefert B einen Schrank und beschädigt dabei ... A schuldet B 1000 Euro und hat trotz mehrmaliger Aufforderung ...*

B, du Dummkopf, wann begreifst du, was für ein Halsabschneider A ist?

Als ein Klappern durch die Tür dringt, fahre ich erleichtert vom Bett hoch. Eben ist meine Mutter an meinem Zimmer vorbeigekommen und das bedeutet: Es ist endlich

Zeit zum Aufstehen. Jetzt muss ich nicht länger so tun, als ob, und etwas erzwingen, worauf ich gar keinen Einfluss habe – von nun an läuft wieder alles nach Plan. Ich warte, bis auf dem Flur Stille eingekehrt ist, und husche dann ins Bad. Nur mit Mühe kann ich meine äußere Erscheinung von *todmüde* in *verschlafen* umwandeln. Das ständige Herumwälzen hat aus meinen lockigen Haaren ein einziges rotes Chaos gemacht, das ich nun zu einem Knoten zusammendrehe. Wieder zurück in meinem Zimmer stehe ich einen Moment lang grübelnd vor den beiden Blusen, die ich gestern Abend an die Tür meines Kleiderschranks gehängt habe. Ich brauche sie nicht zu probieren, um zu wissen, dass die eine zu lang und die andere um die Brust herum zu knapp ist. Ich bin eigentlich nicht dick, also jedenfalls nicht übergewichtig, und wenn ich meine Pfunde auf längeren Beinen spazieren tragen dürfte, würde man mich wohl als kurvig bezeichnen. Aber bei mir verteilt sich alles auf knapp einen Meter sechzig – und deshalb erinnert das weniger an Kate Upton als vielmehr an Babyspeck. Schließlich entscheide ich mich für den Schlabber-Look und kann nur hoffen, darin einigermaßen seriös zu wirken.

Als ich in die Küche komme, sitzen meine Eltern am verchromten Esstisch. Von meinem Vater erkenne ich nicht viel hinter dem Wirtschaftsteil der Zeitung, aber meine Mutter demonstriert mir eindrucksvoll, wie es aussehen sollte, wenn man Bluse und Bleistiftrock trägt. Ihre bestrumpften Beine sind an den Knöcheln gekreuzt und einer ihrer Füße wippt ungeduldig auf und ab. Bei meinem Anblick wird das Wippen sogar noch hektischer.

»Du bist früh dran. Willst du mal pünktlich in der Uni sein?«

Darauf eine passende Antwort zu finden, ist kniffliger, als es vielleicht scheint. Erstens weiß meine Mutter, dass ich immer pünktlich bin, wenn ich zur Uni gehe. Aber sie weiß auch, dass ich heute etwas ganz anderes vorhabe. Zögernd setze ich mich auf die Kante eines Stuhls und gieße mir eine Tasse Kaffee ein. Mein Blick huscht über den Tisch, als würde ich ernsthaft irgendwo Zucker oder Milch erwarten. Dabei ist mir klar: Nur schwarzer Kaffee entgiftet den Körper und süß mögen es meine Eltern beide nicht.

»Die Besuchszeit beginnt um acht Uhr dreißig«, sage ich mit einiger Verspätung. »Danach habe ich noch einen Termin.«

Ein Klirren verrät mir, dass meine Mutter ihre Tasse etwas zu hart abgestellt hat. »Hört das denn nie auf?« Ihre Stimme klingt scharf. Am anderen Ende des Tisches räuspert sich mein Vater, aber ich weiß nicht, ob er damit die Frage meiner Mutter bekräftigen will oder ob ihm bloß diese ewige Diskussion auf die Nerven geht.

»Das ist der Letzte heute«, sage ich hastig. »Wenn alles glattläuft, wird demnächst der Tag beschlossen, an dem ich –«

Meine Mutter seufzt. »Antonia, schau mich an, wenn du mit mir sprichst.«

Als ich nach oben blicke, hat sie sich ein wenig vorgebeugt. Eine lose Haarsträhne ist ihr dabei in die Stirn gerutscht und meine Mutter steckt diese Locke mit einer gereizten Handbewegung hinter ihrem Ohr fest. Von Natur aus hat sie dieselbe Haarfarbe wie ich, aber sie lässt sie alle vier Wochen vom Friseur ihres Vertrauens in ein sattes Braun verwandeln.

»Ihr braucht euch wirklich keine Sorgen zu machen«, versuche ich, sie schnell zu beschwichtigen, ehe ich wieder meinen Teller fixiere. »Der heutige Termin ist nur dazu da, um alles in Ruhe zu besprechen.«

Das dürfte für meine Mutter seit Langem die erste erfreuliche Meldung sein, die aus meinem Mund kommt.

»Oh. Na, immerhin etwas. Vielleicht überlegst du dir das Ganze ja dann noch einmal und … *Schätzchen?*«

Mein Kopf fliegt hoch und ich schaue meiner Mutter überrascht ins Gesicht. Erst danach realisiere ich, dass meine rechte Hand über dem Marmeladenglas erstarrt ist. Langsam ziehe ich sie zurück und verschränke sie angespannt mit der anderen im Schoß.

»Es wird Zeit, ich muss in die Kanzlei«, sagt mein Vater und erhebt sich. Deutlicher kann er wohl kaum signalisieren, dass das Gespräch für ihn beendet ist.

»Ja, ich auch. Bist du fertig?« Meine Mutter greift nach meinem Teller, auf dem immer noch eine angebissene Scheibe Dinkelbrot liegt. Ich nicke hölzern. Während sie Tassen und Teller abräumt, sammle ich das Besteck ein, und vor dem Geschirrspüler stehen wir plötzlich ganz dicht beieinander. Jetzt ist es meine Mutter, die meinem Blick ausweicht. Über dem Scheppern des Porzellans kann ich ihre Frage kaum verstehen:

»Und, wie geht es ihr?« Wie immer vermeidet sie es, *ihren* Namen zu nennen.

Ich atme schnell aus. »Das wird schon wieder.«

Ihre Antwort ist nur eine abgehackte Geste, fast ein Schulterzucken. Im Grunde habe ich auch mit keiner anderen Reaktion gerechnet. Meine Mutter und mein Vater legen beide großen Wert darauf, in jeder Situation Haltung zu bewahren: Wenn es ein Problem gibt, arbeitet man hart an einer Lösung oder man schweigt darüber. An diese Regel bin ich von früher Kindheit an gewöhnt, aber manchmal komme ich mir gegenüber meinen Eltern trotzdem so vor wie eine Fliege, die an eine Fensterscheibe prallt. Auch jetzt muss ich gegen ein bohrendes Gefühl von Hilflosigkeit ankämpfen, als meine Mutter ohne ein weiteres Wort aus der Küche geht. Dabei lässt sie mich mit der Frage zurück, warum ich immer noch mit solcher Bestimmtheit an meinem Vorhaben festhalte. Schließlich bin ich nicht gerade die energischste Person oder die optimistischste. Aber zum ersten Mal in meinem Leben glaube ich, genau zu wissen, dass ich das Richtige tue, obwohl meine Eltern anderer Meinung sind.

Dieser Gedanke beschäftigt mich während der gesamten Fahrt zum Krankenhaus. Kaum betrete ich die Station, ist er allerdings wie weggefegt. Ich entdecke den roten Haarschopf, noch bevor ich die trällernde Stimme höre:

»Nia, *stella mia!* Guten Morgen, Liebes.«

Laura sitzt bereits auf dem Stuhl, der jeden zweiten Vormittag für sie reserviert ist. Trotzdem wirkt sie in ihrer Cargohose und dem geblümten T-Shirt, als hätte sie sich bloß während einer Rucksacktour hierher verirrt. Mit einem Mal wird mir klar, warum ich so fest davon überzeugt bin, dass das hier funktionieren wird: weil es einfach funktionieren *muss*. Im Krankenhaus ist Laura so fehl am Platz, wie man es nur sein kann. Ich kenne sie vor allem in bunten, fröhlichen Umgebungen – zum Beispiel im Park, wo sie mir vor Jahren beigebracht hat, Saltos auf dem Trampolin zu schlagen. Oder im Zoo, wo wir nie irgendwelche Infotafeln gelesen, sondern uns für die unbekannten Tiere Fantasienamen ausgedacht haben. In einem Café bei einem extragroßen Eisbecher, auf dem Flohmarkt oder an der Seite eines befreundeten Straßenkünstlers, der den Asphalt mit Kreide bemalt ... mein Kopf ist voll mit Erinnerungen an lustige gemeinsame Erlebnisse und es kommt mir vor, als wäre das alles erst gestern gewesen. Sobald ich jedoch neben Laura Platz nehme, erkenne ich, dass ich wieder auf ihren farbenfrohen Kleidungsstil reingefallen bin. Aus der Nähe ist nicht zu übersehen, dass sich ihr Zustand verschlechtert hat. Ich spüre, wie ein Kloß in meiner Kehle wächst, aber das darf ich mir auf gar keinen Fall anmerken lassen. Schnell beuge ich mich vor und gebe Laura einen Kuss auf die Wange.

»Gut siehst du aus. Ist das T-Shirt neu?«

»Hab ich schon vor Jahren auf einem Basar in Marrakesch gekauft«, antwortet sie lächelnd, ohne meine plumpe Lüge zu erwähnen. Dabei muss sie doch wissen, wie erschöpft sie wirkt – und deshalb ist es auch merkwürdig, dass sie *mich* besorgt mustert, nachdem ich mich wieder auf meinem Stuhl zurückgelehnt habe.

»Ich finde, wir sollten heute zum Frühstück eine Portion Pommes frites bestellen«, schlägt sie übergangslos vor.

Mechanisch schüttle ich den Kopf. »Denk an dein Kalium. Du darfst doch so was gar nicht essen.«

»Nein, aber du.«

»Ich hab keinen Appetit auf Pommes.«

»Aber ich! Zusammen ergeben wir also eine komplette Person, die dringend eine schöne, heiße Portion Pommes bestellen sollte.«

Jetzt bringe ich endlich ein richtiges Lächeln zustande. Es ist geradezu unmöglich, Laura zu stoppen, wenn sie sich etwas in den Kopf gesetzt hat: Innerhalb weniger Minuten überredet sie eine Krankenschwester, mir aus der Cafeteria einen Teller Pommes frites mit dick Ketchup *und* Mayo hochbringen zu lassen. Danach beobachtet sie rundum zufrieden, wie ich mich mit Fast Food vollstopfe, während sie selbst ein Brötchen mit einem winzigen Klecks Kirschkonfitüre serviert bekommt.

Im Stillen denke ich darüber nach, wann ich das letzte Mal Pommes gegessen habe. Das liegt bestimmt schon fast zehn Jahre zurück und muss auch in Lauras Gesellschaft stattgefunden haben. Unmöglich, dass es auf einem Ausflug mit meinen Eltern dazu gekommen sein könnte. Vor allem meine Mutter meidet nämlich Orte, zu denen ein Pappteller mit fettigen Kartoffelstäbchen passt (Rummelplätze, Strandbäder, Jahrmärkte …), wie der Teufel das Weihwasser. Es ist mir ein Rätsel, wie zwei Schwestern dermaßen verschieden sein können – selbst, wenn sieben Jahre zwischen ihnen liegen. Kein Wunder, dass sie sich ständig gestritten und vor Jahren den Kontakt zueinander abgebrochen haben. Die beiden unterscheiden sich nicht nur in puncto Aussehen und Blutgruppe, sondern auch in ihren Hobbys, Vorlieben und Abneigungen. Als ich Laura danach gefragt habe, meinte sie nur, das sei schon immer so gewesen.

»Weißt du, früher haben wir zum Beispiel oft diskutiert,

was wohl die beste übernatürliche Fähigkeit wäre«, hat sie mir einmal erzählt. »Deine Mutter wollte Gedanken lesen. Ich wollte fliegen.«

Ich verriet ihr nicht, welche Fähigkeit ich mir aussuchen würde, weil es so jämmerlich klingt. Aber manchmal stelle ich es mir schön vor, unsichtbar zu sein: einfach überall hingehen zu können, ohne dabei irgendetwas falsch zu machen. Und wenn doch, dann würde es niemand bemerken. Allerdings wäre das heute ohnehin keine Option. Heute darf ich mich nicht verstecken, sondern muss so selbstsicher und entschlossen auftreten wie selten zuvor.

Nachdem ich mein sündiges Fast-Food-Frühstück aufgegessen habe, verabschiede ich mich widerstrebend von Laura. Am liebsten würde ich hierbleiben, alberne Talkshows anschauen und über Lauras Kommentare dazu lachen, aber für so etwas ist jetzt keine Zeit. Als ich von meinem Platz aufstehe, nimmt Laura gleich den Südsee-Roman zur Hand, den ich ihr mitgebracht habe – ich suche immer Geschichten für sie aus, die möglichst weit weg vom Krankenhaus spielen. Wahrscheinlich will sie mir zeigen, dass sie gut alleine zurechtkommt und ich mir keine Gedanken um sie machen muss, doch ehe sie sich in das Buch vertieft, zwinkert sie mir noch einmal zu.

»Du packst das. Und wenn du dich vor den Leuten fürchtest …«

»… soll ich sie mir einfach nackt vorstellen?«, ergänze ich schwach.

»Ich wollte sagen, atme ein paarmal tief durch. Aber wenn die Typen so aussehen wie die aus *Grey's Anatomy*, wieso nicht?«

Das bringt mich kurz zum Lachen. »Ich ruf nachher an und lass es dich wissen.«

Mit einem watteartigen Gefühl in den Beinen trete ich auf den Flur vor der Dialysestation – und springe in der nächsten Sekunde fast bis zur gegenüberliegenden Wand. Wie aus dem Nichts ist ein Typ mit braunem Wuschelkopf vor mir aufgetaucht und hätte mich beinahe niedergemäht. Erst einen Moment später begreife ich, dass er hier tatsächlich mit einem Skateboard fährt. Unter meinem entsetzten Blick springt er ab, läuft ein paar Schritte neben dem Brett her und bringt es dann mit einem Fußtritt scheppernd zum Stehen.

»Oh Mann, tut mir leid. Ich wollte dir keinen Schreck einjagen.«

Ich bringe ein nervöses Kichern hervor. »Sondern mich friedlich ins Jenseits befördern? In Sachen Unfallhäufigkeit liegt Skateboardfahren übrigens von allen Sportarten an vierter Stelle!«

Den letzten Satz würde ich am liebsten gleich wieder zurücknehmen. Wenn ich nervös bin, passiert es mir leider häufig, dass ich andere mit irgendwelchen Fakten oder Warnungen belästige … vielleicht, weil ich dadurch das Gefühl bekomme, auf alles gefasst zu sein. Als Antwort zuckt der Junge bloß mit den Achseln und schlendert an mir vorbei zur Station. Ich blinzle, als ich das Magazin unter seinem Arm entdecke, entscheide dann aber, dass ich es falsch gedeutet haben muss. Vor lauter Aufregung nimmt meine Fantasie wohl besonders … üppige Formen an. Kopfschüttelnd mache ich mich wieder auf den Weg.

Mein Ziel, das ich eine gefühlte Ewigkeit später erreiche, sieht im Grunde so aus wie ein typisches Bürogebäude:

ein eierschalenfarbener Betonklotz mit einer Glasfront im Erdgeschoss und schmalen hohen Fenstern in den Stockwerken darüber. Auch im Inneren der Ärztekammer könnte man meinen, es handle sich um ein Finanzamt oder eine Versicherungsanstalt. Insgeheim habe ich mir unter dem Begriff »Ethikkommission« etwas Ähnliches vorgestellt wie den Anhörungsraum im Zaubereiministerium aus *Harry Potter*. Obwohl ich hier nicht befürchten muss, an einen Stuhl gekettet und von Dementoren umschwebt zu werden, bleibe ich zitternd vor der letzten Tür stehen. Ich wische mir die Handflächen an den zu langen Ärmeln meiner Bluse ab, klopfe und lausche mit wild pochendem Herzen. Als ich ein forsches »Ja bitte?« höre, trete ich ein.

»Guten Tag. Mein Name ist Antonia Winter. Ich bin hier, weil ich meiner Tante eine Niere spenden will.«

Aaron

Auf der Taxifahrt nach Hause entdecke ich ein Werbeplakat für Mineralwasser. Die abgebildete Flasche ist sicher zwei Meter groß und wird von einem blonden Bikinigirl umarmt, als wäre sie ein Kerl. Am beschlagenen Glas haben sich Tropfen gebildet, die das Sonnenlicht zum Funkeln bringt. Wie hypnotisiert starre ich auf diese Mischung aus Blau, Weiß und Türkis, bis mich die Stimme des Fahrers zusammenzucken lässt.

»Nicht übel, hm?«, fragt er und ich kann sein Grinsen hören.

»Allerdings«, bestätige ich. »Da bekommt man richtig Lust.«

»Aber hallo. Bei diesen Maßen!«

»Und wie die Tropfen da runterperlen …«

»Und eine verflucht sexy Pose hat sie auch drauf.«

Endlich reiße ich mich von dem Plakat los und schaue wieder nach vorne. »Was?«

»Na, die Süße auf dem Bild.« Im Rückspiegel erkenne ich, wie sich die buschigen Augenbrauen des Taxifahrers heben. »Warte, wovon hast du denn gesprochen?«

»Von der Flasche.« Es rutscht mir heraus, bevor ich mich beherrschen kann. Gerade halten wir an einer roten Ampel und der Fahrer dreht sich halb zu mir um. Ich spüre seinen Blick wie das Brennen von Ameisensäure auf meiner Haut.

»Hm, sorry«, meint er schließlich. »Bist du noch minderjährig?«

Die Frage überrascht mich nicht. Ich weiß, dass man mich ohne Weiteres für siebzehn halten könnte, weil die Dialyse meine Entwicklung um zwei Jahre verzögert hat.

»Nein. Und ist schon okay«, murmle ich, als würde es mir leidtun, dass ich mich an einer Flasche Wasser mehr aufgeilen kann als an einer kurvigen Blondine. Die Sache ist bloß die: Seit meine Nieren ihre Funktion eingestellt haben, darf ich am Tag nicht mehr als 500 Milliliter Flüssigkeit zu mir nehmen – Soßen, Suppen und Joghurts inbegriffen. Das entspricht ungefähr der Menge, die man pro Tag durch Atmen und Schwitzen abgibt. Wenn ich mich nicht dranhalte, saugt sich mein Körper mit Wasser voll, auch die Lunge, und ich kriege keine Luft mehr. Klar, das klingt nicht besonders prickelnd, aber ich war trotzdem schon nahe dran, die Gefahr in Kauf zu nehmen. Niemand kann sich vorstellen, wie es ist, so verdammt durstig zu sein. Wenn ich die Erlaubnis dazu hätte, würde ich sogar aus der Kloschüssel trinken. Ich würde die scharfe Blondine zur Seite schubsen, nur um das Kondenswasser von der Flasche zu lecken. Dass ich deshalb in den Augen dieses Fahrers wie ein totaler Freak wirke, kann ich eben nicht ändern.

Umständlich krame ich ein Zitronenbonbon aus der Tasche meiner Jeans hervor und stecke es mir in den Mund. Ich versuche, mir einzureden, dass dadurch das pelzige Gefühl auf meiner Zunge schwächer wird, aber in Wirklichkeit hilft es einen Dreck. Wenigstens ist das beschissene Plakat jetzt außer Sichtweite und die restliche Fahrt dauert auch nicht mehr lange.

Bis vor einem Jahr, als ich noch zusammen mit meiner Mom auf dem Land gewohnt habe, musste ich ewig durch die Gegend gekarrt werden, nur um weitere fünf Stunden bei der Blutwäsche festzusitzen. Die Dialyseplätze im nächsten örtlichen Krankenhaus waren nämlich alle belegt. Die ganze Fahrerei hat mich dermaßen geschlaucht, dass ich die meiste Zeit in der Schule mit dem Kopf auf dem Pult zugebracht habe. Trotzdem habe ich einen soliden Abschluss geschafft – Mitleidsbonus sei Dank. Kurz darauf bin ich nach Berlin gezogen, in eine winzige, ziemlich vergammelte Wohnung in der Nähe meines Dialysezentrums. Mit meiner Mom habe ich seither fast nur telefonisch Kontakt, weil sie alleine ein Gasthaus betreibt, und bis auf Timo hat sich seit Monaten niemand von meinen Kumpels mehr hier blicken lassen. Aber das spielt alles keine große Rolle. Die miese Wahrheit ist nämlich folgende: Familie oder Freunde oder sonst irgendwas kann nie so wichtig sein wie die Tatsache, dass ein gut erreichbares Plätzchen in der Blutwaschanlage für dich reserviert ist. Sonst gibst du innerhalb von zwei Wochen den Löffel ab.

»Übermorgen um dieselbe Zeit, Kumpel?«, fragt der Taxifahrer. Er hat jetzt einen Tonfall angeschlagen, als würde er mit einem Zwölfjährigen sprechen. Ich recke den Daumen hoch und schiebe mich von der Rückbank, wo ich zur Strafe Timos dämliche Zeitschrift liegen lasse.

Meine Laune wird noch schlechter, sobald ich das Haus betrete und erkennen muss, dass der Fahrstuhl mal wieder außer Betrieb ist. Dieses Ding liefert sich in Sachen Funktionalität ein Kopf-an-Kopf-Rennen mit dem Lift aus *The Big Bang Theory.*

Meine Wohnung befindet sich zwar bloß im zweiten Stock, aber das genügt, um mich in ein keuchendes Wrack zu verwandeln. Völlig k. o. krieche ich weiter bis ins Schlafzimmer und lasse mich aufs Bett fallen. Als hätte meine Mom einen Sensor dafür, wann ich in ein Stimmungstief abzusacken drohe, läutet in diesem Moment mein Smartphone. Ich lege einen Arm quer über meine schmerzende Stirn, ehe ich abhebe. »Howdy.«

»Wie läuft es bei dir?«, fragt sie sofort. »Sei ehrlich.«

»Es geht aufwärts«, sage ich wahrheitsgemäß.

Meine Mom seufzt. »Mit deinem Blutdruck?«

Verdammt, sie kennt mich einfach zu gut. »Ja … aber das ist nicht so schlimm. Ich komm klar.«

»Wirklich? Weißt du, ich hab heute deinen neuen Tagebucheintrag gelesen, und da hast du so deprimiert geklungen.«

Unwillkürlich beiße ich mir auf die Lippe. Echt großartig. Ich kann mir genau vorstellen, wie sie in der Küche an ihrem Uralt-Computer sitzt und wegen meinem bescheuerten Geschreibsel die Stirn runzelt. »Du meinst meinen *Blog*, Mom«, weiche ich aus. »Wenn ich ein Tagebuch führen würde, dann wäre das wirklich ein Grund, deprimiert zu sein.«

Es entsteht eine kurze Pause, die meine Mom leider dazu bringt, ihre typische Checkliste weiter abzuarbeiten. »Und wie steht es mit deinem Kreatinin-Wert? Haben die Ärzte es endlich geschafft, ihn –«

»Hey, warte mal, Mom!«, unterbreche ich sie. »Jetzt hab

24

ich mal 'ne Frage an dich: Wie nennt man einen Patienten, der an einer Erektion stirbt?«

»Ach, du liebe Zeit. Wie denn?«

»Rohrkrepierer.« Ich bin mir sicher, dass sie nicht über meinen Flachwitz lacht, sondern einfach deswegen, weil ich ihn erzählt habe. Aber das ist genauso gut. Ohne zu überlegen, mache ich weiter. »Und einen Arzt mit einer Gurke in der Hand?«

»Wie nennt man einen Jungen, der kein Gespräch führen kann, ohne Witze zu reißen?«, gibt sie zurück.

»Cool. Das gesuchte Wort lautet: cool.«

»Und einen, der Tagebuch schreibt?«

»Mom!«

Sie lacht wieder. »Entschuldige. Ich geh mal wieder an die Arbeit. Bis morgen Mittag, ja?«

»Alles klar, reden wir morgen weiter. Und lies bitte nicht mehr meinen Blog!«

Dann lege ich auf, sodass sie wirklich denken könnte, ich wäre ein bisschen sauer. Dabei juckt mich die Sache mit dem Blog nicht im Geringsten. Wichtig ist mir gerade nur eins: Meiner Mom ist zum Glück völlig entgangen, dass ich ihre Frage nicht beantwortet habe.

Nia

»Über einen Bad-Hair-Day brauche ich mir morgen jedenfalls keine Gedanken zu machen.«

Ich schnappe mir eine der beiden OP-Hauben und stülpe sie über das rötliche Locken-Gestrüpp, das ich bedauerlicherweise auf dem Kopf herumtrage. Dann werfe ich mich vor dem Spiegel in Pose. Zusammen mit den Einmal-Schlüpfern und den berüchtigten Hinten-offen-Hemden, die uns die Krankenschwester eben gebracht hat, wird das garantiert der letzte Schrei.

Schon seit gestern wohnen Laura und ich in diesem Zweibettzimmer, weil noch einige Untersuchungen erledigt werden mussten. Ein kleines bisschen fühlt es sich an, als wären wir zusammen auf Klassenfahrt, vor allem zur Schlafenszeit. Laura scheint drei Leben parallel geführt zu haben, so viel hat sie zu erzählen. Ehe sie krank wurde, ist sie als Reiseleiterin kreuz und quer über den Globus gezogen und hat mir eng bekritzelte Postkarten aus den exotischsten Ländern geschickt. Trotzdem hat sie noch massenhaft abenteuerliche Geschichten auf Lager, die mir neu sind und denen ich immer wie gebannt lausche. Deshalb wundert mich ihre wortkarge Art seit dem Abendessen und ich versuche, die Stille mit Herumgealbere zu füllen.

Anstatt darauf einzusteigen, fragt mich Laura unvermittelt: »Kommen dich deine Eltern besuchen?«

»Weiß ich nicht genau, sie haben zurzeit in der Kanzlei echt viel zu tun. Mama hat gemeint, sie will sich in den nächsten Tagen vielleicht mal freinehmen, aber …«

»… aber das würde bedeuten, dass sie auch mich treffen müsste«, ergänzt Laura und es klingt weder gekränkt noch vorwurfsvoll. Sie tut so, als sei es keine allzu große Sache, wenn einen die ältere Schwester seit Jahren nicht mehr sehen will. Trotzdem beeile ich mich, eine wegwerfende Handbewegung zu machen.

»Ach was. Es geht ihr nur gegen den Strich, dass ich freiwillig hier bin und deshalb ein paar Seminare verpasse. Wahrscheinlich würde sie sich ähnlich benehmen, wenn das hier eine Schönheitsoperation wäre oder so. Wobei«, ich grinse schief in den Spiegel, »morgen verliere ich auf die Schnelle immerhin zweihundert Gramm.«

Zu meiner Überraschung erwidert Laura mein Lächeln nicht. Normalerweise ist ihre gute Laune unverwüstlich, aber jetzt hält sie nur einen Moment lang stumm meinen Blick im Spiegel fest.

»Nia, Liebes«, sagt sie dann leise, »wenn du möchtest, können wir die Sache immer noch abblasen. Glaub mir, ich komme gut eine Weile mit der Dialyse zurecht. Irgendwann lande ich schon auf Platz 1 der Warteliste.«

Verwirrt drehe ich mich zu ihr um. »Wie bitte?«

»Ich meine ja nur. Hast du denn keine Angst?«

»Nein«, antworte ich sofort und stelle erst hinterher mit leichtem Erstaunen fest, dass es stimmt. Seit einigen Tagen fühle ich mich wie in Watte gepackt, alles ist gedämpft, als könnte es mich nicht ganz erreichen. So hat meine Schlaflosigkeit also auch mal was Gutes. »Und du?«

Sie nickt und das ist die nächste Überraschung des Tages. Soweit ich weiß, hatte meine Tante noch nie Angst – auch nicht, wenn sie mutterseelenallein in ein fernes Land gezogen ist, ohne einen Job in Aussicht zu haben oder auch nur ein Wort der Sprache zu beherrschen. Dass sie sich nun Sorgen macht, irritiert mich, aber dank meines Watte-Schutzanzugs kann sie mich nicht damit anstecken.

»Du bist ja nur neidisch, dass du morgen ein paar Stunden länger auf deinen großen Auftritt warten musst, während ich mich in aller Frühe *so* der Welt präsentieren darf. Hab ich recht?« Ich wackle mit der Haube auf meinem Kopf, bis Lauras Mundwinkel sich endlich heben. Es ist jedoch nicht mehr als ein Zucken, ein kaum erkennbarer Anflug ihres sonst breiten Lächelns. Meine richtige Tante Laura – die von früher – strahlt von einem Ohr zum anderen, so wie Julia Roberts. Wenn wir das hier durchgestanden haben, werde ich diesen Gesichtsausdruck hoffentlich wieder viel häufiger bei ihr sehen.

Kurz entschlossen nehme ich die Haube herunter, krieche zu Laura ins Bett und drehe mich zur Seite, damit ich ihr direkt in die Augen schauen kann. »Pass auf, wir ziehen die Sache jetzt durch. Du hast doch mit meiner Niere einiges vor, weißt du nicht mehr? Diese großen, geheimnisvollen Pläne, von denen du mir nichts verraten willst, ehe alles vorbei ist?«

Sie zupft mir ein paar Locken aus der Stirn, die von der OP-Haube sicher völlig aus der Form gebracht wurden, und schiebt dann eine Hand unter ihre Wange. »Oh ja. Ich hab da wirklich was Besonderes für meine Zukunft mit deiner Niere geplant. Eine Überraschung.«

»Na also«, sage ich und versuche, meine Stimme so fest wie möglich klingen zu lassen. »Dann kannst du auch nicht kneifen, sonst sterbe ich vor Neugier. Und jetzt wird geschlafen, ja? Morgen ist unser großer Tag.«

Ich merke, wie sie sich entspannt, und knipse vorsichtig die Lampe über dem Bett aus. Nun erhellen lediglich die Scheinwerfer vorbeifahrender Autos das Zimmer und Laura wird zu einer regungslosen Silhouette an meiner Seite. Wahrscheinlich ist sie schon am Eindösen – sobald sie zu reden aufhört, geht das schnell bei ihr, die Blutarmut macht wohl ganz schön müde. Dafür habe ich das Gefühl, als würden nicht nur genug rote Blutkörperchen, sondern auch literweise eisgekühlter Kaffee durch meine Adern fließen. Selbst Lauras Körperwärme und das gleichmäßige Geräusch des strömenden Regens bringen mich nicht zur Ruhe. Vermutlich geht es vielen Menschen am Abend vor einer Operation ähnlich, aber bei mir gibt es da einen kleinen Unterschied: Ich erlebe das hier jede einzelne Nacht. Und zwar ohne Grund.

Vor einigen Wochen hätte ich endlich Gelegenheit gehabt, jemanden deshalb um Rat zu fragen. Ehe meine Organspende bewilligt wurde, musste ich einen wahren Untersuchungsmarathon hinter mich bringen, und dazu gehörte auch ein Termin bei einer Psychologin. Zu gerne hätte ich sie um ein Schlafmittel gebeten, doch dann habe ich es lieber bleiben lassen. Mir war klar, dass Laura und mir nur noch dieses Gespräch einen Strich durch die Rechnung machen könnte, darum nahm ich es mit der Wahrheit nicht allzu genau. Menschen, die Depressionen haben oder auf andere Weise seelisch unter Druck stehen, müssen nämlich ihre Organe schön für sich behalten. Also, nicht, dass das bei mir der Fall wäre. Aber dieser Anschein könnte ja entstehen, wenn ich verrate, dass ich seit Jahren keine Nacht mehr durchgeschlafen habe.

Egal. Dafür bleibt mir jetzt genügend Zeit, um in Gedanken den morgigen Tagesablauf zu planen:

Um sechs Uhr wird mich eine Schwester wecken.

Ich werde mich waschen, umziehen, eine Beruhigungspille schlucken.

Zwei Pfleger werden mich abholen, um mich in den Vorbereitungsraum zu bringen.

Ich bekomme eine Kanüle in die Handvene und kurz darauf müsste ich eigentlich auf direktem Weg ins Traumland reisen – ein Moment, vor dem sich die meisten Patienten bestimmt fürchten. Ich hingegen kann ihn kaum mehr erwarten.

Aaron

Ich brauche keinen Sex – das Leben fickt mich jeden Tag.
Das steht auf einem T-Shirt, das Timo mir einmal mitgebracht hat. Wer ihn nicht kennt, würde sich wahrscheinlich darüber wundern, dass er so was als passendes Geschenk für jemanden mit terminalem Nierenversagen betrachtet. Allerdings steht Timo nicht etwa im Laden und
denkt: Haha, mein Kumpel krepiert so peinlich vor sich
hin. Vielmehr denkt er: Haha, mein Kumpel ist total un-
tervögelt, dieser Loser! Er verarscht mich also nur deswegen, wie er es auch mit jedem anderen Typen aus seinem
Freundeskreis tun würde. Im Grunde ist das politisch absolut korrekt.

Trotzdem zähle ich dieses Shirt nicht unbedingt zu den
Lieblingsstücken in meinem Kleiderschrank. Es ist ein
Zufall, dass ich an diesem Morgen mein letztes sauberes
T-Shirt *ohne* FSK-16-Kalenderspruch vollgekotzt habe.
Ein Zufall, dass gerade jetzt das Waschmittel alle ist. Ein
Zufall, dass ich ausgerechnet Timos geschmackvolles Ge-
schenk trage, als der Anruf kommt.

Der Anruf ist eine Art Mythos der Nierenkranken. Jeder Transplantierte kann genau sagen, wo er sich aufhielt,
als dieser Mythos für ihn wahr wurde. (Bemerkung am
Rande: Die wenigsten waren gerade auf dem Klo.) Ich jedenfalls liege in besagtem Shirt und Jogginghose auf mei-

nem Bett und ziehe mir eine alte Folge *South Park* rein, als mein Handy klingelt.

»Was gibt's?«, frage ich, weil meine Mom vormittags im Gasthaus alle Hände voll zu tun hat. Es kann also nur Timo sein.

»Ich will Ihnen sagen, was es gibt«, antwortet eine tiefe Stimme. »Ein mögliches Spenderorgan. Für Sie.«

»Ach du Sch... ich meine, ist das Ihr Ernst?« Das Bett scheint unter mir zu schlingern.

»Was Organe betrifft, pflege ich nicht zu scherzen. Ich schlage vor, Sie rufen einen Krankenwagen und kommen auf dem schnellsten Weg ins Transplantationszentrum. Sind Sie erkältet?«

»Nein! Überhaupt nicht! Ich könnte gar nicht unerkälteter sein!«

»Na dann los.«

Nachdem ich aufgelegt habe, vergehen erst mal ein paar Sekunden, bis ich meine Umgebung wieder scharf sehe. Immer noch flimmert das Video über den Bildschirm meines Laptops und endlich beginne ich zu begreifen, dass sich mein Leben vielleicht komplett verändert hat, während ich einem Cartoon-Handtuch beim Kiffen zugesehen habe. Dafür ist das Leben eines anderen Menschen nun vorbei ... aber darüber darf ich jetzt nicht nachdenken.

Ich rutsche langsam von der Matratze, gehe auf die Knie und ziehe eine Reisetasche unter dem Bett hervor. Verdammt, ich habe keine Ahnung mehr, was da überhaupt drin ist. Als ich diese Tasche gepackt habe, war Thomas Gottschalk noch bei *Wetten dass...?*, Pippa Middletons Hintern weitgehend unbekannt und das iPhone cool. So lange stehe ich bereits auf der Warteliste für eine neue Niere und bin verpflichtet, rund um die Uhr erreichbar zu sein. Wenn ich vorhabe, das Haus für längere Zeit zu verlassen, soll ich außerdem sicherheitshalber jemandem Bescheid geben. Nur für den Fall, dass mein Akku leer wird oder man mir das Handy klaut. Welcher Neunzehnjährige ruft schon gerne seine Mutter an, um ihr zu sagen: »Hey Mom, die nächsten drei Stunden werde ich Timo zuliebe im Park verbringen, und zwar dort, wo die Mädels in Yogapants Gymnastik machen«?! Aber so etwas nimmt man in Kauf, weil man sonst vielleicht ein paar Stunden lang nicht auffindbar ist und eine Spenderniere dem Nächsten auf der Warteliste angeboten wird.

Etwas, das mir auch passieren könnte, wenn ich nicht bald in die Gänge komme.

Irgendwie schaffe ich es, mich so weit zusammenzureißen, dass ich einen Krankentransport bestellen kann. Einer der Sanitäter, die mich wenige Minuten später abholen, ist mit Piercings gespickt und ungefähr in meinem Alter. Als er mich nach meinem Befinden fragt und ich, ohne nachzudenken, antworte, dass es mir seit Jahren nicht mehr so gut gegangen ist, bringt ihn das ganz schön aus dem Konzept. So etwas hört er wahrscheinlich zum ersten Mal.

»Dann brauche ich das Radio also nicht leise zu stellen?«, meint er dann grinsend.

»Von mir aus dreh bis zum Anschlag auf!«

Normalerweise hätte ich diese Entscheidung bereut, als der Typ einen düsteren Underground-Sender auswählt. In diesem Moment akzeptiere ich aber sogar Rammstein als die perfekte Partymusik. Hauptsache laut, Hauptsache, ich spüre die Bässe im Magen. Jedes Mal, wenn »DAS IST MEIN TEIL!« durch den Wagen dröhnt, lachen wir wie zwei Bekloppte drauflos, während der ältere Sanitäter stumm vor sich hin leidet.

In der Klinik werden wir von einem mürrischen Pförtner in Empfang genommen, der uns den Weg zur richtigen Station weist. Zum Abschied klopft mir der Rammstein-Fan auf die Schulter.

»Hau rein, Alter. Hoffentlich sieht man sich nie wieder, was?«

Mein Herz pumpt immer noch im Hardrock-Tempo, während ich einem Krankenpfleger in ein Zimmer folge und dort meine Tasche deponiere. Danach werde ich vom diensthabenden Stationsarzt unter die Lupe genommen, aber ich kriege von den Untersuchungen kaum was mit. Wie in Trance bringe ich Lungenröntgen und EKG hinter mich und lasse mir ein paar Röhrchen Blut abzapfen. Ich habe bereits sämtliche Einverständniserklärungen für die OP unterschrieben und lungere auf dem Flur vor meinem Zimmer herum, als eine Krankenschwester vorbeikommt.

»Sie brauchen wirklich nicht hier zu warten. Legen Sie sich inzwischen ruhig –«

»Keine Sorge, ich bin nicht müde«, falle ich der Schwester ins Wort. »Aber hey, wo Sie schon mal hier sind, hätte ich eine Frage: Wie lange wird es dauern, bis ich mich nach der OP wieder richtig bewegen kann?«

Sie holt Luft, aber ich ahne, worauf sie hinauswill, und komme ihr zuvor.

»Kampfsport oder Fußball gehen nicht mehr, das ist klar. Ich will meine neue Niere ja nicht kaputt machen.

Aber wann kann ich – keine Ahnung, einfach rennen oder
Rad fahren oder …«

»Herr Falk, bitte freuen Sie sich nicht zu früh.«

Ich war so in Fahrt, dass mein Mund noch einen Moment lang offen bleibt. Auch die Schwester steht da wie
eingefroren, die Lider leicht gesenkt. Schließlich dämmert
mir, dass ihr gerade mein T-Shirt aufgefallen sein muss.
Das Leben fickt mich jeden Tag.

»Was wollen Sie damit sagen? Ist das Organ denn noch
nicht eingetroffen?« Ich weiß, dass ich mich wie ein Idiot
anhöre. Die Schwester bezieht sich nicht auf eine längere
Wartezeit und es hat auch keinen Sinn, sich deshalb blöd
zu stellen.

»Daran liegt es nicht«, entgegnet sie, ganz wie ich es befürchtet hatte. »Die Spenderniere war schon die ganze Zeit
hier. Ich möchte Sie nur daran erinnern, dass es jetzt auf
das Ergebnis der Blutanalyse ankommt. Wir werden Ihr
Blut mit einer Blutprobe des Spenders vermischen, um zu
prüfen, ob sich Antikörper bilden. Wenn ja, dann ist das
Spenderorgan mit Ihnen nicht kompatibel. Und so etwas
passiert leider manchmal. Damit müssen Sie rechnen.«

Bedauernd lächelt sie mir zu und flitzt in ihren knallpinken Crocs weiter. Sobald sie außer Sichtweite ist, lasse
ich mich auf einen der Stühle entlang der Flurwand fallen.
Als hätte mich meine Aufregung bisher mit Endorphinen
zugeschüttet, spüre ich plötzlich wieder meine Erschöpfung und die Kopfschmerzen vom Bluthochdruck. Die
Schwester hat recht, ich darf mich nicht so in die Sache
hineinsteigern. Ich habe schon von einigen Nierenpatien-
ten gehört, die nach der Blutanalyse wieder nach Hause

geschickt wurden – mein Kumpel Ben musste das sogar zweimal durchmachen.

Ben ist seit vier Jahren tot.

Um mich abzulenken, ziehe ich mein Smartphone hervor und rufe meinen Blog auf. Ich scrolle durch die Seite und entdecke, dass sich unter meinem letzten Text ein paar Kommentare angesammelt haben: hauptsächlich die üblichen Meldungen fremder Leidensgenossen, die meinen Blog nur verfolgen, um regelmäßig ein »I feel you, bro« oder »Ganz genau!!!« zu hinterlassen. Aber da ist auch eine längere Nachricht von einem Jungen aus der Schweiz. Er schreibt, dass er ebenfalls Nierenversagen im Endstadium hat und dass es ein gutes Gefühl ist, von jemandem zu lesen, der die Krankheit kreativ verarbeitet. Ich bin eine Inspiration für ihn. Eine Inspiration! Das ist wieder typisch Internet – wenn du googelst, was es mit dem leichten Kratzen in deinem Hals auf sich haben könnte, spuckt es dir als Diagnose Krebs vor die Füße. Wenn du allerdings schilderst, wie du gerade elendiglich am Abnibbeln bist, hält dich prompt irgendwer für den verdammten Paulo Coelho. Ich spiele mit dem Gedanken, etwas Ätzendes zurückzuschreiben: *Lebe diesen Tag, als könnte es dein letzter sein; mach dein Testament!* Doch dann schalte ich einfach das Display aus. Der Schmerz hämmert hinter meinen Schläfen, als wollte er meinem stotternden Herzen den Rang ablaufen. Ich will niemanden inspirieren. Ich will, dass dieser Mist endlich aufhört.

Gerade verstaue ich mein Handy in der Tasche meiner Jogginghose, als sich wieder die pinken Crocs in mein

Blickfeld schieben. »Herr Falk?«, höre ich eine sanfte Stimme sagen. »Die Ergebnisse sind jetzt da.«

Einen Moment lang schaue ich noch hinunter zu meinem T-Shirt, auf diesen bescheuerten Spruch, und wünsche mir mehr als alles andere, dass er nicht recht behält. Dann hebe ich den Kopf.

Nia

Ein Vogel kommt durchs halb geöffnete Fenster hereingeflogen und landet auf meiner Hüfte. Das Kratzen seiner winzigen Krallen ist mir egal, es tut nicht weh. Ich will einfach nur weiterschlafen. Die Müdigkeit lastet auf mir wie ein Berg dicker, warmer Decken. *Endlich schlafen.* Aber bevor ich mich wieder versinken lassen kann, beginnt der Vogel, ein nervendes Piepsen auszustoßen – und als wäre das nicht schlimm genug, rammt er auch noch seinen Schnabel gegen meinen Bauch. Ich versuche, ihn abzuschütteln, vergeblich. Er pickt immer weiter und der Schmerz wird schlimmer. Schließlich weiß ich keinen anderen Ausweg, als die Augen zu öffnen.

Benommen blinzle ich ins Halbdunkel. Wie schon letzte Nacht peitscht der Regen gegen das Fenster, ich kann also unmöglich einschätzen, welche Uhrzeit gerade ist. Eben war es für mich früh am Morgen – inzwischen könnten mehrere Stunden vergangen sein.

Das Piepsen ist noch da. Der Schmerz auch.

»Wie geht es Laura?«

Kaum habe ich diese Frage als jämmerliches Krächzen hervorgebracht, beugt sich ein Fremder über mich. Sein Gesicht ist nur ein blasser Fleck.

»Frau Winter, ich bin Dr. Hoffmann. Die Operation ist bei Ihnen gut verlaufen.«

»Wie geht es Laura?« Komisch, mir ist, als hätte ich das bereits gefragt.

»Versuchen Sie, tief zu atmen.«

Hallo, genau das mache ich doch. Ich liege hier und atme und *spreche,* falls das schon jemand bemerkt hat.

»Was ist mit meiner Tante?«

»Haben Sie Schmerzen? Sie können das Schmerzmittel selbst dosieren, wenn Sie hier drücken.« Das Ding, das mir in die offene Hand gelegt wird, fühlt sich an wie eine Fernbedienung. Danke für den Service, und wo ist jetzt der Knopf fürs Zuhören? Ich kneife die Lider zusammen, um den verschwommenen Fleck namens Dr. Hoffmann zu fixieren. Wahrscheinlich mache ich dabei eine ziemlich finstere Miene, denn der Doktor atmet genauso tief durch, wie er das von mir gern hätte, und zieht sich offenbar einen Stuhl an mein Bett. Jedenfalls ist sein Gesicht meinem plötzlich viel näher. Ich erkenne, dass er blaue Augen und einen Dreitagebart hat. Tatsächlich sieht er ein bisschen wie Patrick Dempsey aus. Das muss ich unbedingt Laura erzählen.

»Frau Winter«, sagt er wieder und ich habe das komische Gefühl, er würde eigentlich mit meiner Mutter sprechen. Seine Stimme klingt auch so ernst, als wäre er einer ihrer Mandanten. »Es tut mir leid, dass ich Sie in Ihrem jetzigen Zustand mit einer schlechten Nachricht konfrontieren muss. Unglücklicherweise kam es bei der Operation der Empfängerin zu schweren Komplikationen. Vermutlich aufgrund ihres überhöhten Blutdrucks erlitt Ihre Tante einen Schlaganfall und infolgedessen trat eine Hirnschwellung auf. Wir haben unser Möglichstes getan, aber die Schädigung war zu massiv.«

Er redet weiter. Sein Mund bewegt sich ohne Pause, aber nichts dringt zu mir durch. Die Welt um mich herum verwandelt sich wieder in Watte, füllt meine Ohren, drückt mir die Luft ab.

Ich glaube, ich frage nach meiner – nicht mehr meiner – Niere.

Ich glaube, er antwortet.

Aber sicher bin ich mir nicht. Denn jetzt türmt sich die Watte auch über meinem Kopf zusammen und ich werde von ihr verschluckt.

Aaron

Ich liege da und spüre, dass ich am Leben bin. Das fühle ich echt am ganzen Körper. Nicht auf eine beschissene »*So viele Knochen hast du, die dir wehtun können*«-Art, sondern eher so, wie wenn man mit dem besten Kumpel im Auto durch die Gegend kurvt, die volle Wucht des Fahrtwinds im Gesicht.

Oder wenn man nachts auf einem Hügel sitzt und auf die Millionen Lichter der Stadt runterschaut.

Oder nach dem ersten Schwimmen im Frühsommer, wenn man eigentlich total durchgefroren sein müsste, aber die Sonne knallt auf einen drauf und wärmt einen langsam bis ganz nach innen.

Dabei sehe ich gerade kein bisschen so aus wie das blühende Leben, sondern wie ein seltsames wissenschaftliches Experiment. Ein Gummischlauch transportiert eine bräunliche Flüssigkeit aus mir raus, die auch nicht appetitlicher wirkt, wenn man sie beim Namen nennt: Wundsekret. Und dann ist da noch ein zweiter Schlauch, den die meisten Menschen wohl kaum weniger abstoßend finden würden. Ich hingegen kann nicht anders, als den daran hängenden Beutel ständig anzustarren – diesen Beutel, der sich unglaublich rasch füllt und mich dabei immer mehr von einem Cyborg in einen normalen Menschen verwandelt. Ja, zieh dir das rein, Arnold Schwarzenegger mit deinen zwölf Toiletten: Auch mein Körper schafft es, Urin zu produzieren! Ich glaube, nie zuvor habe ich mich mächtiger gefühlt als jetzt, im wahrsten Sinne des Wortes geschlaucht in einem Krankenhausbett. Trotzdem muss ich mich immer noch, vier Tage nach der OP, in regelmäßigen Abständen davon überzeugen, dass das alles wirklich passiert ist. Vorsichtig betaste ich den Verband an meinem Bauch. Ich bilde mir ein, darunter etwas zu spüren, vielleicht ein Pulsieren oder Rauschen, was natürlich Blödsinn ist. Noch blöder ist es, dass ich das Gefühl habe, etwas zu meinem neuen Ersatzteil sagen zu müssen.

Hey, da unten. Mach es dir ruhig bequem. Dich geb ich nicht mehr her.

Hastig ziehe ich meine Hand zurück, als sich die Tür öffnet und ein Arzt ins Zimmer schlendert. Das ist wirklich die einzige passende Bezeichnung für seine Gangart, weil er immer so auftritt, als gäbe es dazu einen poppigen Soundtrack. Außerdem ähnelt er diesem Typen aus *Grey's Anatomy*, auf den die meisten Frauen total abfahren – Mr. Creamy oder irgendwas in der Art. Ohne Y-Chromosom wäre ich wahrscheinlich ganz aus dem Häuschen darüber, dass er täglich mehrmals meinen Unterleib begrapscht, doch so geht er mir nur auf den Senkel. Vielleicht will ich aber auch generell niemanden mehr da ranlassen. Derzeit gibt es an mir keinen privateren Bereich als die Stelle rechts von meinem Nabel.

Heute hat Mr. Creamy auch noch ein Ultraschallgerät dabei, mit dem er eine Weile verzückt auf meinem Bauch herumfuhrwerkt. »Perfekt. Wirklich ganz toll geworden«, murmelt er vor sich hin, als hätte er die Niere eigenhändig aus Knete gebastelt. Danach verkündet er, meinen Katheter und die Drainage entfernen zu wollen, was im Klartext bedeutet, dass er mir die zwei Schläuche aus dem Körper zieht. Ungefähr so nett, wie das klingt, fühlt es sich auch an. Ich beiße die Zähne zusammen und bin froh, dass die Sache wenigstens schneller über die Bühne geht als befürchtet. Außerdem werde ich gleich von den Schmerzen abgelenkt: Zum ersten Mal kann ich einen Blick auf meine OP-Naht werfen und ich stelle fest, dass ich untenrum aussehe wie Frankensteins Monster. Die haben mich wirklich und wahrhaftig zugetackert! Ich hoffe bloß, Creamy weiß, was er tut.

Er selbst scheint daran nicht den leisesten Zweifel zu haben. Ein letztes Mal zupft er stolz an meinem frischen Verband, ehe er mich mit seinen strahlend weißen Zähnen anblinkt. »Sooo, mein Lieber. Jetzt, da ich Sie von der Leine gelassen habe, ist erst mal Schluss mit Faulenzen. Ich schicke Ihnen eine Schwester, die Sie mobilisieren soll. Wer rastet, der rostet, nicht wahr?«

Ja, vor allem, wenn er mit dem Bürohefter gepierct wurde. Ich schlucke diese Bemerkung allerdings höflich hinunter, in der Hoffnung, mein Zimmer endlich mal wieder verlassen zu dürfen. Tatsächlich rüstet mich die angekündigte Schwester aus, als ginge es um eine Expedition in ein Krisengebiet und nicht bloß um einen Spaziergang auf dem Flur: Sie steckt mich in eine Art überdimensionale grüne Plastiktüte, drängt mir ein Paar Gummihandschuhe auf und hilft mir dabei, einen Mundschutz umzubinden. Der ganze Kram ist wohl nötig, weil mein Immunsystem mit einem Medikamentencocktail aufs unterste Level geschraubt wurde. Aber das ist mir herzlich egal – Hauptsache, meine Abwehrkräfte fangen nicht an, den neuen Mitbewohner in meinem Körper anzupöbeln.

Wie um die Niere dadurch zusätzlich schützen, lege ich wieder eine Hand auf die Naht und krümme mich ein bisschen vornüber, während ich aus dem Zimmer schlurfe. Die Krankenschwester bietet an, mich zu begleiten, aber das lehne ich ab. Ich werde es doch schaffen, ein paar Meter alleine zu laufen!

Oder auch nicht. Als hätten mir die Chirurgen als Pfand für die Niere ein paar Muskeln rausgeschnippelt, drohen meine Beine nach jedem Schritt wegzuknicken. Mein Blick flackert über das grauweiße Linoleum, bis er an der Kante eines Stuhls hängen bleibt. Ich schleppe mich darauf zu, lasse mich fallen, stütze die Unterarme auf meine Knie. Ach du Schande. Das hatte ich mir definitiv einfacher vorgestellt.

Erst nachdem ich eine Weile vor mich hin geschnauft habe, realisiere ich, dass ich hier nicht alleine bin. Immer noch vorgebeugt, drehe ich leicht den Kopf und schiele unauffällig nach links. Nur einen freien Platz von mir entfernt sitzt ein Mädchen auf der vorderen Kante eines Stuhls, die Wirbelsäule durchgedrückt, die Knie in einem perfekten rechten Winkel. Müsste für einen Außenstehenden ganz schön komisch wirken – sie in dieser militärischen Haltung und ich wie ein nasses Laken an der Wäscheleine. Ihre roten Haare sind straff zurückgebunden und ihr Gesicht erinnert mich irgendwie an ein Glas Wasser: kalt und ausdruckslos, aber auch so, als könnte es leicht kaputtgehen. Okay, der Gedanke ist gruselig. Jedenfalls ist dieses

44

Military Girl die einzige Person ohne Krankenhauskluft, mit der ich es heute zu tun kriege. Mom und Timo kommen mich erst morgen wieder besuchen und mein anderer Gesprächspartner bis dahin verbirgt sich unter einer Reihe von Stahlklammern.

Einmal hole ich noch tief Luft, dann richte ich mich auf und winke dem Mädchen kurz zu. Keine Antwort. Sie starrt nur weiter durch mich hindurch – oder vielleicht starrt sie mich auch an, mich und meinen Mundschutz, der den Eindruck erweckt, als könnte ich jeden Moment einen Killervirus aushusten. An ihrer Stelle hätte ich wohl auch gewisse Bedenken. Ich mache also eine Geste in Richtung meiner vermummten unteren Gesichtshälfte und sage so beiläufig wie möglich: »Ist nur zur Sicherheit, weißt du … heute gab's Knoblauchbrot zum Frühstück.«

Sie schaut drein, als hätte ich nicht mehr alle Latten am Zaun. Ganz große Klasse. Timo hätte wahrscheinlich so was gesagt wie: *Du siehst es zwar nicht, aber ich lächle dich gerade an …* Tja, was das betrifft, bin ich wohl aus der Übung.

Ich spiele mit dem Gedanken, einen Abflug zu machen – oder eher einen Abhumpler –, als mich die Stimme des Mädchens zusammenzucken lässt. Bei ihrer Körpergröße hätte ich eher ein Piepsen erwartet, aber sie klingt ziemlich dunkel. »Wieso bist du hier?«

»Nierentransplantation. Und du?«

»Auch.«

Komisch, dass sie keinen Keimschutz trägt, doch ansonsten merkt man ihr die Folgen der OP deutlich an. Ihre Augenringe sind echt das Einzige, was in ihrem Gesicht eine kräftige Farbe hat. Ich selbst sehe wahrscheinlich kaum fitter aus, aber zumindest spüre ich unter meiner Maske ein breites, irres Grinsen, das ich schon seit Tagen nicht loswerde. Am liebsten würde ich dem Trauerkloß neben mir einen Schubs geben. Military Girl, hast du noch nicht kapiert, was für ein verdammtes Glück wir hatten? Aber vielleicht braucht sie einfach eine Weile, um mit der ganzen Sache klarzukommen.

»Wann war denn deine OP?«, frage ich deshalb bloß.

»Am Montag.«

»Hey, meine auch! Wenn das kein erfolgreicher Start in die Woche ist!« Oh Mann, langsam komme ich mir vor, als wäre ich Mario Barth in einem Saal voller Feministinnen. Das Gesicht dieses Mädchens ist wie aus Stein gemeißelt. Wenn ich nicht so aufgedreht wäre, würde ich definitiv abhauen, doch stattdessen quassle ich einfach weiter. »Ich hätte ja echt nicht gedacht, dass das bei mir noch mal was wird. Klar, sie haben sich bemüht, die Wartezeit kurz zu halten, weil ich zu Beginn meiner Dialyse ein Kind war. Aber meine HLA-Merkmale sind sehr speziell und die Blutgruppe hat es auch nicht grade leichter gemacht ...«

Dann passiert etwas absolut Bahnbrechendes: Military Girl zeigt tatsächlich eine Reaktion. Wenn das überhaupt möglich ist, richtet sie sich noch mehr auf und sitzt jetzt kerzengerade da. »Hast du Blutgruppe null?«

»Jap, genau. Du nicht etwa auch, oder?« Mit einem Schlag begreife ich, warum sie so wirkt, als hätte sie einen Geist gesehen. Die Aufregung schwappt in einer Woge auf mich über. »Das ist ja 'n Ding! Hast du zufällig eine Ahnung, woher dein Transplantat kommt?«

Stille. Starren. Was für eine Überraschung.

»Ja, schon klar, *die Anonymität des Spenders muss gewahrt bleiben.*« Ich verstelle die Stimme, um die zahlreichen Ärzte nachzuäffen, die mir diesen Satz vorgebetet haben. »Aber soll ich dir was verraten? Ich bin mir sicher, dass meine Niere aus diesem Transplantationszentrum stammt. Ich hab nämlich eine Krankenschwester gefragt, ob das mögliche Spenderorgan inzwischen eingetroffen ist, und sie hat, ohne nachzudenken, geantwortet: *Das war schon die ganze Zeit hier.* Also, wenn du auch rauskriegst, dass deine Niere in dieser Klinik entnommen wurde, dann sind wir mit hoher Wahrscheinlichkeit Organgeschwister!«

Das Wort bleibt zwischen uns hängen wie ein fetter, kitschiger Luftballon. Was zur Hölle ist los mit mir? Hab ich mich bei der OP mit Sprechdurchfall infiziert, oder was? Kein Wunder, dass ich Military Girl jetzt endgültig verschreckt habe. Wahrscheinlich ist das Benutzen des Wortes *Organgeschwister* unter Transplantierten so ähnlich, wie jemandem beim ersten Date einen Heiratsantrag zu machen. Jedenfalls bin ich gerade mit Karacho über eine Grenze gebrettert, das ist offensichtlich.

»Kann aber auch alles nur ein Zufall sein«, rudere ich zurück und suche krampfhaft nach irgendeinem Scherz, um die angespannte Stimmung zwischen uns zu vertreiben. »Vielleicht gab es in den letzten Tagen insgesamt jede Menge Transplantationen. Herrscht ja die ganze Zeit Spenderwetter.«

Ihre Frage ist nicht mehr als ein Flüstern. »Wie bitte?«

»Na ja, du weißt schon.« Ich deute zum Fenster am Ende des Flurs, an dessen Scheibe der Regen prasselt. »Wenn die Straßen glatt sind und es im Verkehr so richtig rund geht ... Eins-a-Spenderwetter.« Ich zwinkere ihr zu.

Die Bewegung kommt so schnell, dass ich gar keine Chance habe, ihr auszuweichen. Ein Luftzug peitscht über mein Ohr und zuerst bilde ich mir ein, dass das Mädchen mich nur durch Zufall verfehlt. Dann kapiere ich, dass sie ihre Hand absichtlich in letzter Sekunde zurückgezogen hat. Der Blick, mit dem sie mich ansieht, fährt mir durch den ganzen Körper. Ich habe so einen Ausdruck noch nie bei irgendwem gesehen, aber er ist unverkennbar: Hass.

Ohne ein weiteres Wort steht Military Girl auf und geht davon.

Nia

»Wieso bist du schon hier?« Meine Mutter nimmt auf dem Stuhl mir gegenüber Platz und sieht sich mit unverhohlenem Abscheu in der Cafeteria um. »Du hast doch gesagt, du wartest im Flur auf mich, weil du nicht alleine mit Herrn Schrat reden willst!«

Herr Schrat, der eigentlich Herr Schrot heißt, hüstelt leise. Für ihn ist die Eigenart meiner Mutter neu, so über eine dritte Person zu sprechen, als wäre sie gar nicht anwesend. Ich für meinen Teil würde liebend gern mit ihm tauschen, dann müsste ich jetzt nicht um eine Antwort ringen. Im Moment fällt es mir schwer genug, normal zu atmen. Mein Brustkorb bebt bei dem Versuch und ich beuge mich ein wenig vor, um es zu verbergen.

»Vielen Dank, dass Sie sich trotz der widrigen Umstände so rasch zu diesem Treffen bereit erklärt haben«, sagt der dürre grauhaarige Anwalt und ignoriert dabei den unglücklichen Gesprächseinstieg.

Gut so, denke ich mit starrer Miene. Halten wir uns an den Plan. Bleiben wir unantastbar. Niemand ist besser darin als meine Mutter, die nach nur vier Tagen – nur vier Tage *danach* – schon wieder so wirkt wie aus dem Ei gepellt. Bloß der Lidstrich an ihrem linken Auge ist etwas missglückt. Verzweifelt bemühe ich mich, nur auf diese zittrige schwarze Linie zu schauen, nicht auf das frisch gefärbte Haar, nicht auf das unverbindliche Lächeln. Ich habe keine Ahnung, was sonst passieren könnte.

Das Beben wird stärker.

»Wie Sie bereits wissen, habe ich Frau Laura Lindner in rechtlichen Dingen beraten«, fährt Herr Schrot fort. Es ist merkwürdig, dass er neben meiner Mutter sitzt und mich genau wie sie über den Tisch hinweg ansieht. Als wäre er ihr Ehemann oder, noch passender, ihr Sekretär. »Während der letzten Jahre habe ich kaum von Frau Lindner gehört, aber vor einem Monat hat sie sich wieder bei mir gemeldet. Es ging um eine größere Investition im Ausland, zu der sie meine Meinung einholen wollte.«

Der Lidstrich rutscht nach unten, als meine Mutter die Augen verengt. »Ich dachte, meine Schwester war nahezu mittellos.«

»Nun, das ist nicht ganz richtig. Offenbar hat sie regelmäßig auf ein Konto eingezahlt, das sie etwa zum Zeitpunkt ihrer Diagnose eröffnet hatte.« Umständlich klappt der Anwalt einen Aktenkoffer zu seinen Füßen auf, zieht eine Mappe hervor und raschelt eine Weile mit den Papieren. »Ich habe meiner Mandantin dringend geraten, vor Tätigung dieser Wertanlage weitere Informationen einzuholen oder sich idealerweise persönlich vom Zustand der betreffenden Liegenschaft zu überzeugen«, betont er. »Damit erklärte sie sich einverstanden, aber nur unter folgender Bedingung: Im Falle ihres Ablebens sollte ich das Geschäft so rasch wie möglich abwickeln und das Kaufobjekt entsprechend ihrer Verfügung übereignen.«

Seine Worte fallen wie welkes Laub um mich herum zu Boden, ich kann kein einziges davon festhalten. Auch meine Mutter wirkt irritiert. Abermals flackert ihr Blick an mir vorbei durch den Raum, während sie nervös mit den beiden Gewürzstreuern auf dem Tisch herumspielt.

Als unser Schweigen zu lange dauert, beugt sich der Anwalt ein wenig vor. »Ihnen, Fräulein Winter. Ihre Tante hat testamentarisch verfügt, dass das Kaufobjekt Ihnen übereignet wird.«

Stumm atme ich den Geruch seines Altherren-Rasierwassers ein, während meine Mutter sich mit einem Ruck an Herrn Schrot wendet.

»Und was für ein Kaufobjekt soll das sein, bitte schön?«

»Ein Grundstück samt Haus.«

Der Salzstreuer gleitet meiner Mutter aus den Fingern.

»In Australien.«

Der Pfefferstreuer poltert hinterher.

»Das soll wohl ein Witz sein«, sagt meine Mutter scharf. »Sie haben meiner Schwester dabei geholfen, ihr gesamtes Erspartes für eine Immobilie auszugeben, die sie zuvor nicht einmal selbst gesehen hat? Das ist vollkommen absurd. Sagen Sie, wo genau arbeiten Sie überhaupt?« Sie nimmt ihr Smartphone, beginnt, hektisch darauf herumzutippen, und murmelt dabei: »Rechts-anwalt Schrat ...«

Herr Schrot breitet einige Blätter Papier vor mir aus. »Das sind die spärlichen Informationen, derer ich habhaft werden konnte. Ich schlage vor, dass Sie einen Agenten beauftragen, sich vor Ort um alles Weitere zu kümmern. Es sei denn, Sie möchten selbst dorthin reisen. Wenn Sie Fragen haben, meine Visitenkarte liegt bei.«

Noch während er spricht, schiebt er seinen Stuhl zurück

und steht auf. Es ist nicht zu übersehen, dass er es eilig hat, von hier wegzukommen. Wie in Trance schüttle ich seine knochige Hand; meine Mutter ignoriert den Abschiedsgruß. Sie blickt erst wieder von ihrem Smartphone auf, als der Anwalt die Cafeteria längst verlassen hat. Dann greift sie nach den Papieren, die vor mir auf der gesprenkelten Tischplatte liegen.

»Gib her, wir werden das sofort rückgängig machen. Das Geld bringst du auf die Bank und verwendest es für etwas Sinnvolles, nachdem du dein Studium abgeschlossen hast. Offensichtlich war Laura beim Verfassen ihres Testaments nicht ganz zurechnungsfähig.«

»Nein.« Es ist das Erste, was ich während des gesamten Treffens zu meiner Mutter sage, und dabei weiß ich gar nicht, worauf genau es sich bezieht. Als der Stapel zu rutschen beginnt, schießt mein Arm nach vorne, und meine Finger verkrampfen sich um den Rand eines Blattes.

Kopfschüttelnd lehnt sich meine Mutter wieder zurück. »Also wirklich. Du glaubst doch nicht etwa, dass dein Vater und ich dir eine solche Reise finanzieren werden, nur aufgrund des Hirngespinstes meiner Schwester? Antonia, du hast durch … diese Sache schon genug Zeit verloren. Es können noch Wochen vergehen, bis du wieder voll einsatzfähig bist. Wenn du es überhaupt schaffst, das Semester planmäßig zu beenden, würde das an ein Wunder grenzen.«

»Diese Sache?« Mehr und mehr verschwimmen die Geräusche um mich herum und werden zu einer bloßen Kulisse für das Echo in meinem Kopf.

Laura: Hast du denn keine Angst?

Ich: Nein. Wir ziehen die Sache jetzt durch.

Ganz tief in meinem Inneren krampft sich etwas schmerzhaft zusammen.

»Niemand macht dir einen Vorwurf«, sagt meine Mutter, als hätte sie meine Gedanken gelesen. Ihre Stimme klingt plötzlich anders. Fast mitfühlend und dadurch irgendwie fremd. Dann strafft sie die Schultern und streicht sich über den perfekt sitzenden Rock. »Glaub mir das, Antonia. Aber es ist wichtig, dass wir uns auf die Zukunft konzentrieren. Das Leben geht weiter.«

Als sie an mir vorbei auf den Ausgang zusteuert, streift ihre Hand meine Schulter. Die Berührung ist so flüchtig, dass es auch ein Versehen sein könnte. Trotzdem wende ich mich im Sitzen halb um, schaue dem Klappern ihrer Absätze hinterher … und mit einem Schlag begreife ich, warum sie vorhin so skeptisch hinter mich geblickt hat.

Sie macht immer einen großen Bogen um Leute mit Mundschutz.

Im ersten Moment versuche ich, mir einzureden, dass das genauso gut jemand anderer sein könnte. Es gibt ja noch mehr frisch Transplantierte hier. Doch die Erinnerung an diese haselnussbraunen Augen – und wie sie mir zugezwinkert haben – ist so tief in mein Gedächtnis eingebrannt, dass ein Irrtum ausgeschlossen ist.

Mein Stuhl kracht zu Boden, als ich aufspringe. Stolpernd laufe ich auf die Tür zu, versuche, dem Tisch direkt hinter meinem auszuweichen, da packt mich auch schon eine latexverhüllte Hand am Ellenbogen. Ich erstarre mitten in der Bewegung.

»Lass mich los.«

Er reagiert sofort, aber das hilft mir nun auch nicht mehr. Jedenfalls stehe ich weiterhin da wie angewurzelt.

»Hey, bitte«, setzt er an und seine Augen über dem blassgrünen Stoff verändern die Form. Schwer zu sagen, von welchem Gesichtsausdruck das kommt – Sorge oder Furcht oder Ärger. »Ich hab das zufällig mit angehört zwischen dir und deiner Mutter und … ich war ein Idiot, okay? Scheiße, ich konnte ja nicht ahnen, dass ich die Niere von deiner Tante erwischt habe, sonst hätte ich so was nie gesagt. Tut mir leid, ganz ehrlich.«

»Was tut dir leid? Dass sie gestorben ist oder dass du dich darüber freust?« Die Situation entgleitet mir, das spüre ich genau und kann doch nichts dagegen tun. *Wir ziehen die Sache jetzt durch.* »Wenn wir schon ganz ehrlich sein wollen, kann ich dir auch gleich sagen, dass du nicht die Niere meiner Tante erwischt hast. Jedenfalls nicht die, die in ihr gewachsen ist. Es war meine, die ich ihr unbedingt geben wollte, und jetzt ist sie tot und du trägst meine Niere in dir und …« Meine Stimme bricht, während mir mit aller Gewalt zu Bewusstsein kommt, wie sehr sich mein Leben nun verändern wird. Der einzige Mensch, bei dem ich einfach *ich* sein durfte – ganz ohne Listen, Ziele und Zukunftspläne –, ist fort. Für immer.

Mühsam ringe ich nach Luft, um meinen Satz zu beenden. »… und ich habe noch nie irgendetwas so sehr bereut wie das.«

Ich warte nicht auf seine Antwort, weil es ohnehin nichts mehr zu sagen gibt. Wie von selbst tragen mich meine Beine auf den Ausgang der Cafeteria zu und erst, nachdem ich auf den Flur getreten bin, drehe ich mich um.

Der Junge mit dem Mundschutz steht immer noch am selben Fleck. Durch den schmaler werdenden Spalt sehe ich, wie er langsam die rechte Hand hebt. Er presst sie auf seinen Bauch, als hätte er Schmerzen. Dann fällt die Tür ins Schloss.

Elf Monate später

Aaron

»Boah – ist das krass!«

Timos Ausruf wird von den gefliesten Wänden zurückgeworfen und klingt seltsam hohl. Es folgt eine Pause, während er offenbar auf eine Antwort wartet. Ich verdrehe die Augen. Endlich rauscht die Klospülung, der Wasserhahn plätschert und mein Kumpel kehrt ins Wohnzimmer zurück.

»Das ist echt krass!«, wiederholt er und lässt sich neben mich auf die Couch fallen.

»Bitte verschone mich mit krassen Geschichten, wenn du gerade von der Toilette kommst. Die Chancen stehen gut, dass ich sie nicht hören will.« Mein Finger schwebt bereits über dem Knopf der Fernbedienung, um den Film wieder zu starten, als Timo mit seinem Smartphone vor meinem Gesicht herumfuchtelt.

»Nein, Mann, ich hab da eben was gelesen. Du erinnerst dich doch an diesen Typen aus der Schule, der immer alles besser wusste?«

»Klar, Klugscheißer-Klaus.«

»Genau. Der hat einen Artikel auf Facebook geteilt, in dem steht, dass Transplantationen den Körpergeruch verändern können – das heißt, man riecht dann so wie der Spender!«

Ich zucke zusammen, als hätte mir die Fernbedienung

einen elektrischen Schlag verpasst. Von einer Sekunde auf die nächste schnellt mein Puls in die Höhe, hämmert mir richtig in den Ohren. »Gib mal her«, verlange ich und mache Anstalten, Timo das Handy zu entreißen.

»Hey! Ich war noch gar nicht fertig!« Er tut so, als wollte er mich wegschubsen, aber es ist nur ein halbherziger Versuch. Wenn er mich wirklich abwehren wollte, hätte ich keine Chance. Egal, wie viel ich in den vergangenen Monaten trainiert habe und weiter trainieren werde, mein Kumpel wird immer ein kleines bisschen fitter und außerdem fünfzehn Zentimeter größer sein als ich.

Sobald ich das Handy erobert habe, drehe ich mich zur Seite, damit Timo meinen Gesichtsausdruck nicht erkennen kann. Mit angehaltenem Atem überfliege ich den Text, der nicht besonders lang und außerdem sehr vage formuliert ist. Schließlich zwinge ich mich zu einem Achselzucken. »Da geht es doch nur um Knochenmarkstransplantation bei Labormäusen.«

»Ja, aber trotzdem!«, beharrt Timo und seine Stimme scheint plötzlich viel zu nah. Als ich mich wieder umdrehe, stelle ich fest, dass er ganz dicht an mich herangerückt ist.

»Alter«, knurre ich.

Seine Nase ist nur noch wenige Zentimeter von mir entfernt.

»Ich warne dich, wenn du an mir schnüffelst, hau ich dir eine rein!«

Lachend lässt sich Timo gegen die Lehne des Sofas fallen. »Stell dich nicht so an. Wer weiß, vielleicht riechst du jetzt wie 'ne vierzigjährige Lady, wär doch abgefahren!«

Sofort drücke ich auf Play, um nicht antworten zu müssen. Timo hat keine Ahnung, dass ich genau weiß, von wem meine Niere stammt. Ich habe niemandem davon erzählt, seit einem Jahr kein Wort darüber verloren. Aber das bedeutet nicht, dass ich es vergessen kann.

Bewegungslos starre ich auf den Bildschirm, ohne auch nur irgendwas mitzukriegen. Ich weiß nicht mal genau, ob das Zombies oder Aliens sind, denen gerade die Köpfe weggepustet werden. Als Timo wieder völlig in den Film vertieft ist, stehe ich auf.

»Nur kurz was holen«, murmle ich, dann bin ich auch schon auf dem Weg ins Schlafzimmer. Ich schließe die Tür hinter mir, will absperren – nein, das könnte Timo hören, stattdessen lehne ich mich dagegen. Instinktiv lege ich eine Hand auf meine Bauchdecke, während ich mit der anderen mein Smartphone aus der Hosentasche ziehe. Beim Wählen zittern meine Finger. *Verdammt, jetzt reiß dich mal zusammen!*

Nachdem sich am anderen Ende der Leitung eine Frau gemeldet hat, spreche ich so gelassen wie nur möglich. »Hallo, hier ist Aaron Falk. Ich habe ein Problem mit meinem Transplantat.«

»Bitte versuchen Sie, ruhig zu bleiben«, kommt es zurück, was ich als wahnsinnig hilfreich empfinde. »Ist Ihr Blutdruck erhöht?«

»Ja. Ich weiß nicht. Kann sein.«

»Fieber?«

»Eher nicht.«

»Gewichtszunahme? Schmerzen? Weniger Urinausscheidung?«

»Nein, nein – da unten ist alles okay. Es ist nur, keine Ahnung, einfach ein …« Ich lasse meinen Kopf nach hinten gegen die Tür kippen, kneife kurz die Augen zu. *Fuck!* »Ein Fremdkörpergefühl.«

Stille. Ich sehe direkt vor mir, wie die Frau die Backen aufbläst, während sie nach einer netten, geduldigen Antwort sucht. »Verstehen Sie mich nicht falsch«, meint sie dann und es klingt genauso scheißfreundlich, wie ich es befürchtet hatte. »Das Transplantationszentrum ist rund um die Uhr für Sie da, Sie können sich jederzeit vertrauensvoll an uns wenden. Aber Sie haben ja schon mehrmals wegen unspezifischer Probleme mit Ihrer Niere hier angerufen. Vielleicht hilft es Ihnen, wenn wir einen psychologischen Beratungstermin für Sie vereinbaren …?«

Am liebsten würde ich mein Handy gegen die Wand pfeffern. Ich hätte wissen müssen, dass das nichts bringt. Es ist ein Schuss in den Ofen, genau wie all die Male zuvor. »Danke, aber noch renne ich hier nicht mit 'ner Kettensäge herum oder so.«

»Ich will damit doch nicht sagen, dass Sie verrückt sind, Herr Falk. Sehr viele Transplantierte haben anfangs ähnliche Schwierigkeiten wie Sie, auch wenn ihre Werte einwandfrei sind. Bei Ihnen dauert es eben etwas länger, bis Sie Ihr neues Organ emotional akzeptieren.«

»Und wenn mein Organ *mich* nicht akzeptiert?«, platzt es aus mir heraus.

»Was meinen Sie damit?«, höre ich noch ganz leise, aber ich habe mein Handy bereits sinken lassen. Langsam schiebe ich den Saum meines schwarzen Sweaters hoch, fixiere die Stelle schräg unterhalb meines Nabels. Ein Strich auf der Haut, mehr nicht. Sieht aus, als wäre alles in bester Ordnung, doch ich weiß, wie schnell sich das ändern kann.

Und ich weiß, dass ich endlich etwas unternehmen muss.

Nia

Tochter zweier knallharter Anwälte zu sein, hat Vor- und Nachteile. Zu den Nachteilen gehört definitiv, dass man sich bei einem Streit so fühlt, als stünde man als Angeklagter vor Gericht.

Die Vorteile fallen mir sicher auch gleich ein.

»Sabbatical?«, wiederholt meine Mutter und ihre Stimme ist mindestens eine halbe Oktave höher als sonst. »Was genau soll das überhaupt bedeuten? Hast du dir in den Sommerferien zu viele amerikanische Sitcoms angeschaut?!«

»Das ist ein klassischer Euphemismus«, lässt sich mein Vater hinter dem Wirtschaftsblatt vernehmen. »Ein Schönreden der eigenen Ziellosigkeit.«

Allmählich tun mir die Finger weh, so fest umklammere ich meine Kaffeetasse. »Ich will es doch überhaupt nicht schönreden. Aber irgendwie bin ich – keine Ahnung, blockiert oder so, und ich würde mir gern über ein paar Dinge klar werden ...«

»Du bist neunzehn«, unterbricht mich meine Mutter. »In deinem Alter sollte man schon wissen, was man will.«

»Luisa Bohnenstengel hat sich mit neunzehn auch ein Urlaubssemester genommen und bei einem sozialen Projekt in Afrika mitgewirkt. Sie meint, das hätte ihr sehr weitergeholfen.«

»Wer?«, fragt mein Vater.

Meine Mutter sieht mich ungläubig an. »Luisa Bohnenstengel studiert Literaturwissenschaften! Du wirst dich doch nicht ernsthaft mit Luisa Bohnenstengel vergleichen!«

»Würde mir bitte jemand verraten, wer Luisa Bohnenstengel ist?«, ertönt es hinter der Zeitung, während ich mich der Fantasie hingebe, in meinen Kursen über Romane zu diskutieren anstatt über Paragrafen. Und das dann auch noch zu meinem Beruf zu machen, so wie Luisa, die bald ein Volontariat bei einem Verlag beginnen wird …

Erst die Antwort meiner Mutter unterbricht diese Träumereien, die so gar nicht der Familientradition entsprechen.

»Luisa ist die Nachbarstochter, Schatz.«

»Ah. Schreckliches Mädchen«, murmelt mein Vater und meine Mutter nickt zufrieden.

Meine Eltern sind fast immer einer Meinung. Das zwischen ihnen ist wohl die große Liebe, auch wenn ich mir gut vorstellen kann, dass der Heiratsantrag von meiner Mutter stammte und mein Vater von irgendwelchen Papieren aufgeblickt und gesagt hat: »Ja, das klingt vernünftig.«

Auch jetzt legt er so widerstrebend die Zeitung beiseite, als würde er davon magnetisch angezogen. »Antonia, das vergangene Jahr war nicht einfach. Für uns alle.« Bedeutungsvoll schaut er zu meiner Mutter hinüber und ich fühle tief in mir drin einen Stich, so wie immer, wenn das Thema zur Sprache kommt. Wobei das nicht ganz stimmt, denn im Grunde *sprechen* wir nicht darüber. Nie.

»Aber«, fährt mein Vater fort, »du hast eine erfolgreiche Zukunft vor dir, wenn du dich nur ausreichend darauf konzentrierst. Dich treiben zu lassen, wäre Gift für dich. Du möchtest doch die wichtigste Zeit deines Lebens nicht verschlafen, oder?«

Beinahe hätte ich in meinen Kaffee gehustet. Wenn man meine Schlafprobleme bedenkt, liegt mein Vater mit dieser Wortwahl so dermaßen daneben, dass es schon fast lustig ist. Oder traurig. Ich weiß auch nicht.

»Es war ja nur so eine Idee«, sage ich, sobald ich wieder genug Luft bekomme. »Vergesst es bitte. Ich gehe jetzt nach oben, okay? Bevor das neue Semester anfängt, will ich mal all meine Mitschriften sortieren.«

»Das solltest du unbedingt tun. Und lies die Artikel, die ich dir per Mail geschickt habe! – Liebling, hast du den Autoschlüssel? Wir müssen wirklich los …«

Die Stimme meiner Mutter verliert sich hinter mir, während ich die Treppe zu meinem Zimmer hinaufsteige. Komisch, auf einmal fühle ich mich sterbensmüde. Mit zentnerschweren Armen räume ich Mappen voller Notizen aus dem Regal und türme sie auf dem Teppich übereinander: Stunden, die ich in Hörsälen verbracht habe, in der Bibliothek, nachts hellwach in meinem Bett, den Kopf voller Druckerschwärze. Als ich mit dem Fuß dagegenstoße, rutscht alles durcheinander.

Von unten erklingt die Türglocke und meine Eltern führen eine kurze, gehetzte Diskussion darüber, wer hingeht und wer noch ins Badezimmer muss und wo zum Teufel der Autoschlüssel steckt. Dann höre ich das Stakkato von hohen Absätzen in der Diele.

»Was gibt's?«

»Guten Tag, ich komme von Ihrem Stromanbieter und müsste mal eben den Zählerstand ablesen.«

»Wie bitte, jetzt?!«

»Oh ja. Hier ist mein Klemmbrett.«

»Das ist schön für Sie, aber warum konnten Sie sich und Ihr Klemmbrett nicht ankündigen?« Meine Mutter hat einen schneidenden Ton angeschlagen – so einen, bei dem wohl auch Schwerkriminelle im Gerichtssaal zu verlegenen Schuljungen mutieren. Diesmal scheint sie ihr männliches Gegenüber allerdings wenig zu beeindrucken.

»Hab ich doch. Kann sein, dass Sie das Schreiben übersehen haben. Oder die Post hat gestreikt. So was soll ja vorkommen.«

Meine Mutter zu verdächtigen, dass sie etwas übersehen haben könnte, grenzt an Rufmord. Wahrscheinlich würde sie den armen Kerl zur Schnecke machen, wenn sich nicht mein Vater einschalten würde:

»T minus zehn Minuten«, drängt er, womit er nicht etwa die Zeit bis zu einem Raketenstart angibt, sondern bis zu dem Moment, in dem die beiden in ihrer Kanzlei sein wollen.

Meine Mutter stöhnt auf. »Na schön, dann tun Sie, was Sie nicht lassen können. Falls Sie Hilfe brauchen, meine Tochter ist oben. ANTONIA!«

Ich stelle mir vor, wie der Mann vor Schreck sein Klemmbrett fallen lässt. Hoffentlich erwartet meine Mutter nicht, dass ich zurückbrülle – oder schlimmer, sie kommt hier rauf und sieht das Chaos. Eilig hocke ich mich auf den Boden und scharre meine Uni-Mitschriften zusammen.

Oje, das sind eine Menge durchgestrichener Passagen und Eselsohren. Und wieso um Himmels willen habe ich keine Aktenhüllen benutzt?

In meiner Hektik bekomme ich nur ganz am Rande mit, dass die Haustür zuschlägt. Immer noch knie ich über einem Berg von Zetteln und versuche, Zivilrecht von Strafrecht von Öffentlichem Recht zu trennen, als ich realisiere, wie still es geworden ist. Erleichtert streiche ich mir eine Haarsträhne aus dem Gesicht und hebe den Kopf.

Ein Paar haselnussbraune Augen starrt mich durch den Türspalt an.

Ich komme so ungeschickt auf die Beine, dass ich meine gesamte Ordnung mit einem Schlag wieder zunichtemache. Flüsternd gleiten die Papiere über den Boden, während ich der Gestalt im Flur linkisch zunicke.

»Ähm, hallo. Kann ich dir irgendwie helfen?« Wahrscheinlich ist es unhöflich von mir, den Strom-Typen einfach zu duzen, aber er wirkt nicht älter als ich. Außerdem trägt er ein langärmliges T-Shirt mit der Aufschrift:

I got a dig bick
You that read wrong
You read that wrong too

Langsam fange ich an, die Irritation meiner Mutter zu verstehen.

Der Typ tritt über die Schwelle und fixiert mich dabei weiterhin, als wollte er geradewegs in mich hineinschauen. Verstohlen fühle ich mit der Zungenspitze nach, ob mir vom Frühstück noch irgendwas im Mundwinkel hängt. Gleichzeitig überprüfe ich den Sitz meiner Haarspange und wirke dabei vermutlich so selbstbewusst wie

66

eine Sechstklässlerin bei ihrem ersten Referat. Peinliches T-Shirt hin oder her, der Strom-Typ macht gerade definitiv die bessere Figur von uns beiden. Er hat nicht nur die braunen Locken, sondern auch die lässige Haltung eines britischen Boygroup-Sängers, wie er da steht und mit dem Klemmbrett einen Rhythmus gegen seinen Oberschenkel klopft.

»Die Zähler sind unten«, sage ich und fummle auch noch am Kragen meines Blusenkleides herum. Dabei fällt mir auf, dass ich den Kopf nicht in den Nacken zu legen brauche – anders als sonst, wenn ich mit einem gleichaltrigen Jungen rede. Der Strom-Typ kann nicht viel größer sein als einen Meter siebzig. Es ist seltsam, aber irgendwie erwartet man bei Kerlen, die *so* aussehen, mindestens zehn Zentimeter mehr. »Soll ich sie dir mal zeigen?«

Oh Gott. Hitze schießt mir ins Gesicht, als ich die Finger zu spät von meinem Ausschnitt nehme. Hoffentlich fragt der Typ jetzt nicht: »*Was* willst du mir zeigen?« Hoffentlich hat er den Anstand, überhaupt keine Miene zu –

Sein rechter Mundwinkel rutscht um einige Millimeter nach oben. »Jap, mach das doch bitte.« Und dann zwinkert er mir zu.

So abrupt, wie sie gekommen ist, verschwindet die Hitze wieder aus meinen Wangen. Ich kann richtig spüren, wie ich bleich werde, während ein eisiges Kribbeln durch meinen Körper zieht. Es dauert einige Sekunden, bis ich überhaupt wieder einen Ton hervorbringe.

»Oh mein Gott«, flüstere ich und meine Stimme scheint ganz hinten in meiner Kehle festzustecken. »Du bist das … Du bist der Junge mit dem Mundschutz!«

Noch einmal klopft das Klemmbrett gegen seinen Oberschenkel, dann erstirbt die Bewegung. Nachdenklich legt der Typ den Kopf schief. »Stell dir vor, die vergangenen Ereignisse haben mich zu einer Namensänderung gezwungen. Jetzt bin ich besser bekannt als der Junge *ohne* Mundschutz.«

Ein Rascheln ertönt, als ich zwei Schritte zurückweiche und dabei auf meinen Notizen zu stehen komme. Meine Zehen krallen sich in das Papier. »Und was willst du bei mir zu Hause? Du bist doch nicht deshalb hier, weil die Niere nicht richtig funktioniert, oder? Bei all den Untersuchungen vor der OP konnten nie irgendwelche Mängel festgestellt werden, und selbst wenn, es – es gibt keinerlei Gewährleistungsansprüche, die …«

Ich verstumme, als der Junge abwehrend beide Hände hebt. »Entspann dich mal. Ich will einfach nur Hallo sagen, okay? Ist das etwa ein Verbrechen?«

»Also, wenn man bedenkt, dass du dir unter Vorspiegelung falscher Tatsachen Zutritt verschafft hast …«

»Nun hör endlich auf mit diesem Rechtsgedöns«, unterbricht er mich erneut. *Rechtsgedöns. Wenn meine Eltern das hören müssten!* »Ich komm mir schon vor wie bei Richterin Barbara Salesch«, fährt der Typ fort und beginnt, fröhlich in meinem Zimmer herumzuspazieren. Gerne würde ich mich ihm in den Weg stellen, aber ich verharre stocksteif auf meinen eselsohrigen Notizen.

»Wie bei was?«

»Vergiss es. Im Krankenhaus zeigen sie echt grottige Sendungen.« Inzwischen ist er bei meinem Bücherregal angekommen, in dem auf Augenhöhe ein paar Fotos stehen. Einige zeigen mich mit meiner besten Freundin Ella, die zum Studieren nach Wien gezogen ist; die meisten anderen wurden am Tag meines Schulabschlusses aufgenommen. Der falsche Strom-Kerl beugt sich ein bisschen vor, um mein jüngeres Ich mit hochgerecktem Abschlusszeugnis zu begutachten.

»Verrätst du mir wenigstens, wie du mich gefunden hast?«

»Um ehrlich zu sein, war das nicht besonders schwierig«, antwortet er, ohne sich umzudrehen. »Ich hab damals in der Cafeteria deinen Nachnamen mitgekriegt und auch, dass deine Eltern eine Kanzlei führen. Also hab ich sie gegoogelt, ihre Vornamen gefunden, im Online-Telefonbuch nachgeschaut ... ja, da gibt's wirklich keinen Grund zu prahlen.«

Als Nächstes tut er etwas, womit ich nie im Leben gerechnet hätte: Er klappt eines der Bilder nach vorne, um zu sehen, was sich dahinter verbirgt. Sofort strahlen mir Lauras rote Haare entgegen wie ein Leuchtfeuer. Mein Herz setzt einen Schlag lang aus.

Während der Typ weiter die Fotos begutachtet, erkenne ich, dass er mit seinem ungebetenen Besuch genau dasselbe bewirkt – er öffnet eine Tür zu meiner Vergangenheit, legt eine versteckte Seite an mir frei, macht mich verwundbar. Plötzlich kocht Wut in mir hoch und löst mich aus meiner Starre. »Jetzt pass mal auf, du ... du ...«

Mit lockerer Miene dreht er sich um. »Aaron. Sehr erfreut, Nia.«

Die Tatsache, dass er eine von Lauras Ansichtskarten gelesen haben muss, die bei den Fotos stehen, macht mich

69

nur noch wütender. Seit fast einem Jahr hat mich niemand mehr so genannt – und nun höre ich den Spitznamen aus dem Mund eines Jungen, dessen bloße Existenz ich am liebsten aus meinem Gedächtnis löschen würde.

»Ich bin erst dann sehr erfreut, wenn du mitsamt deinem Klemmbrett einen Abflug machst«, sage ich steif. »Am besten bis ans andere Ende der Welt!«

Ich bilde mir ein, den schneidenden Ton meiner Mutter perfekt imitiert zu haben. Tatsächlich verschwindet der selbstbewusste Gesichtsausdruck von Aarons Gesicht und er nickt langsam. Als er jedoch wieder den Mund öffnet, fällt mein Triumphgefühl in sich zusammen.

»Gutes Stichwort«, gibt er zurück. »Kommst du mit?«

Aaron

Irgendwie gibt es mir einen Kick, Military Girl eine starke Reaktion zu entlocken. So ähnlich muss es sich anfühlen, wenn man einen Queen's Guard zum Grinsen bringt – nur dass Nia gerade so nah an einem Lächeln dran ist wie Timo an einem Ruf als Gentleman.

Als sie mich entgeistert anschaut, fällt mir zum ersten Mal auf, wie weit ihre blauen Augen auseinanderstehen. Das sieht fast so aus, als wollten sie links und rechts aus ihrem Gesicht drängen wie bei einer Figur aus einem Manga.

»*Wohin* soll ich mitkommen?«

Ich zwinge mich, ganz ruhig zu antworten, obwohl ich am liebsten einfach abhauen würde – weg aus diesem Schlafzimmer, das eher aussieht wie ein Büro, und vor allem weg von Nias Blick. *Der Junge mit dem Mundschutz* … In Gedanken bin ich schon wieder auf dem Weg zur Tür, aber das seltsame Gefühl auf meiner rechten Bauchseite erinnert mich daran, was hier auf dem Spiel steht. Nur darum reiße ich mich zusammen.

»Ans andere Ende der Welt«, erkläre ich. »Nach Australien.«

»Ach so, okay. Müssen wir gleich los oder kann ich vorher mein Zimmer aufräumen?«, fragt sie und der Sarkasmus wirkt vor allem deshalb richtig ätzend, weil sich ihr Gesicht dabei kaum bewegt.

Seufzend lehne ich mich an ihr Bücherregal. »Das ist kein Witz. Du hast doch noch dieses Haus, das dir deine Tante vererbt hat, stimmt's? Darüber habt ihr ja damals in der Cafeteria gesprochen.«

»Selbst wenn – woher willst du wissen, dass ich nicht längst dort gewesen bin?«

»Warst du nicht«, entgegne ich knapp. »Niemand stellt sich nur Fotos vom Schulabschluss hin, wenn er schon mal in Australien war.« Oder sonst irgendwas im Entferntesten Geiles erlebt hat, füge ich innerlich hinzu.

Als hätte Nia das gehört, verengen sich ihre Alien-Augen zu Schlitzen. »Schön, dann habe ich es bisher eben nicht geschafft. Das Geld für den Flug würdest du auch nicht einfach aus dem Ärmel schütteln.«

Ich schiebe eine Hand in die Tasche meiner Jeans und balle sie dort zur Faust. Jetzt ist es so weit. Wenn ich weitermache, gibt es kein Zurück mehr. »Und was, wenn doch?«

Anstelle einer Antwort senkt sie nur den Blick auf mein T-Shirt. Es stammt natürlich aus der exklusiven Timo-Kollektion und hat außerdem ein stylisches Loch im Saum. Okay, vielleicht sehe ich nicht ganz danach aus, als würde ich jeden Morgen Kaviar zum Frühstück essen. Wenn sie mich ernst nehmen soll, muss ich etwas weiter ausholen.

»Als ich noch in der Kinder-Dialyse war, gab es da so einen Typen«, beginne ich übergangslos, und weil ich keine Lust habe, weiterhin wie angewurzelt herumzustehen, setze ich mich im Schneidersitz auf den Teppich. Kaum zu glauben, aber einen Moment später macht Nia es mir nach. Wahrscheinlich kommt ihr alles gerade wie

72

ein schräger Traum vor, bei dem sie genauso gut einfach mitspielen kann.

»Aha, sehr interessant.«

»Der hieß Ben«, rede ich weiter und versuche, mich nicht von ihren hochgezogenen Augenbrauen ablenken zu lassen. Ich muss mich konzentrieren, damit ich das richtig hinkriege. »Bens Gewebemerkmale waren ähnlich selten wie meine und seine Chancen auf ein Spenderorgan damit ähnlich beschissen. Irgendwann hat er seinen Eltern erklärt, dass er keinen Bock mehr auf die Dialyse hätte. Damals war er siebzehn, zwei Jahre älter als ich. Sie haben ihm gesagt, dass er das nicht selbst zu entscheiden hat, weil er ja noch nicht erwachsen war. Also ist er eines Tages losgezogen und hat sich eine große Tüte Bananen besorgt.«

Ich warte.

Nia wartet.

Als ihr klar wird, dass ich am Ende der Geschichte angelangt bin, drückt sie mit einem hörbaren Atemzug ihre Wirbelsäule durch. »Schön. Danke, dass du mir von Bens Bananen erzählt hast.« Ein paar weitere Sekunden verstreichen, bis bei ihr endlich der Groschen fällt. »Oh …«

Ich nicke. »Ja, *oh*. Er hat sich mit Kalium vollgestopft, bis sein Herz stehen geblieben ist. Als seine Eltern ihn gefunden haben, war es schon zu spät.«

Obwohl das Ganze fünf Jahre zurückliegt, fühlt sich der Gedanke immer noch mies an. Eigentlich hätte ich damals gar nichts davon erfahren sollen, doch in der Kinder-Dialyse kannte jeder jeden, da kriegt man so was eben mit.

Nia sieht jetzt eine Spur verlegen aus. Wahrscheinlich

73

passiert es ihr nicht oft, dass sie dermaßen auf der Leitung steht. »Okay, tut mir leid. Aber ich begreife nicht, was das mit Australien zu tun hat.«

»Na ja, die Ärzte hatten wohl Bammel davor, wie sich das auf mich auswirken würde. Ben und ich saßen ja sozusagen im selben Boot und ich hatte zu dieser Zeit 'ne Depri-Phase. Also haben sie eine Lady von *Herzenswünsche e. V.* herbestellt. Die wollte von mir wissen, ob es etwas gibt, das ich wirklich, wirklich will und das mich aufheitern könnte. Ich hab auf das Dialysegerät gezeigt und gesagt: Raten Sie mal. Aber sie hat geglaubt, ich würde ein Buch meinen, das gerade auf meinem Nachttisch lag – *On the Road* – und dass ich gern mal nach Amerika reisen möchte. Darum hat sie versprochen, mir so eine Reise zu ermöglichen.«

Ich kann nicht genau sagen, was es ist, aber irgendwie hat sich Nias Gesicht verändert. Sie macht nicht mehr den Eindruck, als würde sie insgeheim nach versteckten Kameras Ausschau halten, sondern wirkt aufmerksam und verunsichert zugleich.

»Du veräppelst mich doch, oder?«, fragt sie trotzdem.

»Du … na klar, wahrscheinlich hast du *Das Schicksal ist ein mieser Verräter* gelesen, hab ich recht?«

»Was soll das sein?«

»Ein Roman über zwei Teenies, die Krebs haben.«

»Ich lese keine Krebsbücher.«

»Das ist auch kein – also, nicht *so ein* Krebsbuch, sondern ein absolut …« Sie stockt und streicht nervös ihren Rock glatt. »Überhaupt geht es bei solchen Organisationen doch um die Wünsche kranker Kinder. Du bist kein Kind mehr.«

»Nein, aber es wäre ziemlich scheiße von denen, wenn sie mir einen Strick daraus drehen würden, dass es bis zu meiner Reisefähigkeit so lange gedauert hat.«

»Und du hast dir Amerika ausgesucht.«

»Mir ist jedes Ziel recht, solange es nur weit genug weg ist.«

In der folgenden Stille kann ich hören, wie sie ein paarmal schluckt. Dann verschränkt sie trotzig die Arme vor der Brust. »Wieso erzählst du mir das überhaupt? Toll, sie würden dir also einen Flug nach Australien spendieren, aber das ändert ja nichts daran, dass ich in Deutschland bleibe.«

Wir kapieren beide mit einiger Verspätung, welche Bedeutung im letzten Satz mitschwingt. Immerhin würde *ein Teil* von ihr dann schon ans andere Ende der Welt reisen ... Völlig synchron drehen wir die Köpfe zur Seite, um einander nicht mehr in die Augen sehen zu müssen. Ist wahrscheinlich auch besser so – denn jetzt kommt der Part, in dem ich ihr eine dicke, fette Lüge auftischen werde. Ursprünglich hatte ich das nicht vor, doch da wusste ich noch nicht, mit was für einer Paragrafenreiterin ich es zu tun habe. Bestimmt könnte sie mir sogar im Schlaf die Stelle aus dem Transplantationsgesetz aufsagen, in der erklärt wird, wie streng verboten jegliche Entlohnung für Organspenden ist. Wenn sie mein Angebot nur deshalb ausschlägt, bleibe ich für immer in ihrer Schuld, und dann bin ich geliefert.

Ich muss es irgendwie wiedergutmachen. Dieses Gefühl kann ich niemandem erklären, weder den Leuten aus dem Transplantationszentrum noch mir selbst, aber genauso wenig kann ich es abschütteln.

Während ich den Blick auf ein paar Mappen mit offensichtlich ödem Inhalt gerichtet halte, sage ich gedehnt:

»Die werden mich natürlich nicht alleine in den Urlaub schicken, sondern ich muss ihnen eine Begleitperson nennen. Ansonsten stellen sie mir rund um die Uhr einen Betreuer zur Seite. Du würdest mir also einen Gefallen tun … wenn du mitfliegst und dich unterwegs von der Tour absetzt. Jedenfalls wäre es eine Win-win-Situation.« Erst nachdem ich das ausgesprochen habe, schaue ich wieder zu Nia. Sie kaut auf ihrer Unterlippe und schüttelt ein paarmal den Kopf, als würde sie gerade eine Diskussion mit sich selbst führen.

»Was ist mit deiner Familie?«, fragt sie schließlich. Ihre Augen huschen zwischen mir und den Fotos von dieser rothaarigen Hippie-Frau hin und her.

»Da gibt's nur meine Mom und die kann sich in nächster Zeit unmöglich freinehmen.«

»Und deine Freunde?«

»Tja, weißt du, nach fünf Jahren Dialyse sind davon nicht mehr sonderlich viele übrig.« Zu meinem Gesichtsausdruck fehlt in diesem Moment nur noch ein Seitenscheitel, dann wäre ich der perfekte Emo. Dabei habe ich mir schon eine Million Mal vorgestellt, wie ich Timo zu dieser Reise einladen würde – als Dank für sämtliche Besuche, T-Shirts und Pornohefte. *Hey Alter, was hältst du von einem Abstecher nach Down Under …?* Scheiße, wir hätten die Zeit unseres Lebens gehabt. Aber um dieses Opfer komme ich nicht herum, wenn ich mich endlich frei fühlen will. Nur leider wirkt Nia gerade so, als hätte ich sie nicht zu einem abgefahrenen Trip, sondern zum Antritt einer mehrjährigen Haftstrafe eingeladen.

»Ich kann nicht. Es geht nicht. In einem knappen Monat fängt das neue Semester an …«

»Mit den Leuten von *Herzenswünsche e.V.* ist schon alles geregelt. Zwei Flüge nach Sydney in genau zwei Wochen.«

Ihr klappt der Mund auf. »Wie bitte?«

»Für dich ist das längst nicht so kompliziert wie für mich – mit den Impfungen und dem restlichen Kram. Besorg dir ganz einfach ein Touristen-Visum und fertig.«

»Und fertig?!« Zum ersten Mal klingt ihre Stimme ein bisschen schrill. Ich unterdrücke ein Stöhnen, als sie aufspringt, um im Zimmer hin und her zu tigern. Irgendwas läuft bei diesem Mädchen nicht ganz richtig. Ich meine, welcher normale Mensch reagiert denn bitte schön so, wenn man ihm eine Reise für lau anbietet?

»Aber … aber das ist doch alles nicht so einfach!«, jammert sie weiter. »Was nimmt man überhaupt mit auf eine solche Reise?«

»Saubere Unterwäsche?«, schlage ich vor und ernte einen vernichtenden Blick.

»Toller Rat, danke. Aber was sag ich meinen Eltern, bevor ich einfach nach Australien abdampfe?«

»Keine Ahnung. ›Tschüss‹ wäre vielleicht ganz nett.«

»Das ist überhaupt nicht lustig!«

»Ja, dieses Gefühl macht sich allmählich auch bei mir breit.« Ich rapple mich hoch und lege eine Hand schützend auf meine rechte Bauchseite. »Sag mal, du willst doch dein geerbtes Haus besuchen, oder?«

»Schon«, stößt sie aus und ich zähle in Gedanken den Countdown bis zum nächsten »*Aber* – die ganze Idee ist doch total irre!«.

»Wo wir gerade beim Thema ›Irre‹ sind …«

Die Antwort ist faszinierend: Deutlicher hat man mir das F-Wort noch nie an den Kopf geworfen, und das völlig lautlos und ohne irgendwelche Gesten. Military Girl schafft das nur mit dem Gesicht. Ich hatte mir schon gedacht, dass der Besuch heute schwierig werden könnte, aber die Realität toppt all meine Befürchtungen. Heilige Scheiße, ist dieses Mädchen anstrengend. Wenn ich durch die Transplantation echt ihren Körpergeruch angenommen hätte, dann wäre das höchstwahrscheinlich eine Mischung aus Angstschweiß und Desinfektionsmittel.

»Pass auf, du kennst ja jetzt das Datum. Der Flug startet von Tegel aus und am übernächsten Montag werde ich um zehn Uhr abends dort beim Check-in auf jemanden warten, der mit mir für zwölf Tage nach Australien will. Ich lass mich einfach überraschen.« Damit drehe ich mich um und gehe über das Papierchaos hinweg zur Tür.

»Und wenn ich nicht komme?«, höre ich Nia hinter mir rufen.

»Dann wäre ich untröstlich.«

Nur eine Sekunde, nachdem ich die Tür geschlossen habe, knallt von der anderen Seite etwas dagegen. Ich schaue hinunter auf meine leeren Hände.

Das war dann wohl mein Klemmbrett.

Nia

Über die fünf Phasen der Bewältigung weiß ich bestens Bescheid. Schließlich hatte ich im vergangenen Jahr mehr als genug Gelegenheit zu erfahren, wie so etwas abläuft. Trotzdem erstaunt es mich, dass sich dieses Konzept auch auf den Umgang mit sonderbaren Reiseeinladungen anwenden lässt. Mehr noch: wie oft man zwischen den einzelnen Phasen hin und her springen kann. Dieser emotionale Gummitwist beginnt gleich am Abend nach Aarons Besuch.

»Und, was hast du heute so gemacht?«, fragt mich meine Mutter, während sie ihren Aktenkoffer im Flur abstellt.

»Nichts.« Es platzt aus mir heraus wie ein Schluckauf, ohne dass ich es geplant hätte. Ganz klar: Verleugnung. Wenn ich nicht davon rede, muss ich mir auch nicht weiter den Kopf darüber zerbrechen. Das war doch sowieso nur ein dummer Scherz.

Meine Mutter sieht mich bekümmert an. Nach ihrer Mimik zu schließen, ist es mehr als besorgniserregend, wenn eine Studentin während der Sommerferien einfach nur faulenzt.

»Ich meine, nichts Besonderes«, füge ich hastig hinzu und frage mich, wie man eine Stippvisite von seiner linken Niere sonst einstufen sollte. *Gruselig* trifft es wahrscheinlich eher. Es hat schon seine Gründe, warum Organ-Empfänger niemals mit dem Umfeld des Spenders Kontakt aufnehmen dürfen, und in meinem besonderen Fall sollte das umso mehr gelten. Über diese Regel würde sich wirklich nur jemand hinwegsetzen, dem es egal ist, ob er bei anderen kaum verheilte Wunden wieder aufreißt. Jemand, der einfach in ein fremdes Leben platzt und es umzukrempeln versucht, als würde ihm ein Teil davon gehören. Jemand, der sich ganz toll vorkommt mit seinem bescheuerten Mottoshirt und seiner Harry-Styles-Frisur und – peng, damit bin ich mitten in Phase zwei der Bewältigung gelandet: Wut.

Wie erwartet habe ich Probleme beim Einschlafen, aber diesmal kann ich wenigstens jemandem dafür die Schuld geben. Aarons spöttisches Grinsen steht vor meinem geistigen Auge, während ich die Anzeige meines Leuchtweckers fixiere. Die Ziffern springen eine Minute weiter. Ich überlege, wie spät es wohl gerade in Australien sein mag. Gleich darauf knülle ich schnaufend mein Kopfkissen zusammen – das interessiert doch niemanden, keine Menschenseele auf der ganzen Welt, verflixt noch mal! Na ja, bis auf die paar Australier, logischerweise. Wie viele das auch immer sein mögen. Der Kontinent soll ja nicht sonderlich dicht besiedelt sein …

Danach habe ich wohl einen kleinen Blackout, denn als ich meine Sinne wieder beisammenhabe, sitze ich vor meinem Laptop und starre verbissen auf eine Wikipedia-Seite. Mein Blick bleibt an einer Stelle mitten im Artikel hängen.

Zwei Drittel aller Schlangenarten, die auf dem australischen Kontinent beheimatet sind, sind giftig und 25 Arten für den Menschen gefährlich, unter den Schlangen beispielsweise die Taipane und Tigerotter. Des Weiteren sind verschiedene Spinnenarten, Haie und Würfelquallen zu nennen.

Und damit zurück zu Phase eins, Verleugnung. Gute Nacht.

Während der nächsten Tage schleiche ich allerdings weiter um das Thema herum wie eine Katze um den heißen Brei. Ich wünschte, Aaron hätte mir seine Handynummer dagelassen, damit ich noch ein paar Informationen einholen könnte. Aber er schien ja regelrecht entrüstet zu sein, dass ich Bedenken habe, mit einem Wildfremden einfach mal ans andere Ende der Welt zu reisen. Plötzlich frage ich mich, wie Laura sich das alles vorgestellt hatte. Wollte sie wirklich, dass ich so mir nichts, dir nichts losziehe? Und warum? Damit ich das erlebe, was sie selbst nicht mehr geschafft hat? In meiner Fantasie stapft meine Tante staunend durch den australischen Busch wie eine rothaarige Variante von Sue Charlton aus *Crocodile Dundee*. Meine Kehle schnürt sich zusammen. Dieser Phase brauche ich bestimmt keinen Namen zu geben – wir beide kennen einander inzwischen ziemlich gut.

Um mich abzulenken, vertrödle ich meine Zeit damit, vollkommen überflüssige Informationen im Internet zu suchen. Ich kann mir überhaupt nicht erklären, wie ich dabei auf einer Webseite zur elektronischen Einreisegenehmigung lande.

»Besorg dir ganz einfach ein Touristen-Visum«, grummle ich vor mich hin, in Erinnerung an Aarons ungeduldigen Tonfall, »ganz einfach, ja klar …«, während ich ein

Formular öffne. Dann trage ich ein paar persönliche Daten aus meinem Pass ein und schicke den Antrag ab.

Eine Woche später habe ich das Visum in meinem E-Mail-Postfach. Ganz einfach.

Ich sitze gerade am Esstisch, als die Mail ankommt. Meine Mutter ist heute noch früher in die Kanzlei gefahren als sonst, weil sie sich auf einen schwierigen Fall vorbereiten muss, und so verbringen wir das Frühstück in trauter Viersamkeit: ich mit meinem Smartphone, mein Vater mit seiner Zeitung. Nur das Klingeln des Postboten stört diese Idylle – und dann lasse ich vor Schreck fast das Handy in meinen Naturjoghurt fallen, als mein Vater ein großes Paket vor mir abstellt.

»Was ist das?«, fragt er misstrauisch und ich zucke zusammen, als hätte er mich bei etwas Verbotenem ertappt.

Du bist eine 19-Jährige, die was bei Amazon bestellt hat, zischt ein Stimmchen in meinem Kopf. *Jetzt krieg dich mal wieder ein.*

Ich befehle dem Stimmchen, seine imaginäre Klappe zu halten. »Bücher«, sage ich laut. »Fachliteratur. Ich bin da an einer Sache dran … einer Idee für eine Seminararbeit.«

Wie immer, wenn ich lügen muss, halte ich den Blick krampfhaft nach unten gerichtet. Jede Rothaarige mit Vampir-Teint kennt wohl dieses Problem: Der kleinste Anflug von Scham oder schlechtem Gewissen verwandelt das Gesicht in eine überreife Tomate. Die Antwort meines Vaters lässt meinen Kopf jedoch abrupt hochfliegen:

»Das ist ja wunderbar! Ich bin so froh, dass du wieder in der Spur bist!« Alles daran – die Wortwahl, der Tonfall, der Gesichtsausdruck – ist so ungewöhnlich, dass ich zuerst glaube, es wäre ironisch gemeint. Mein Vater strahlt nämlich sonst nie; das Äußerste, was man sonst von ihm zu sehen bekommt, ist ein wohlwollendes Schmunzeln.

»In der Spur?«, wiederhole ich unsicher, und anstatt mich von der guten Laune meines Vaters anstecken zu lassen, fühle ich den Joghurt in meinem Bauch wie einen kalten Klumpen.

»Nun, ich kann nicht verleugnen, dass deine Mutter und ich uns Sorgen gemacht haben.« Er spricht langsamer, sogar irgendwie sanfter als sonst, aber gleichzeitig immer noch förmlich. Seltsam – als würde man sich mit einem Uni-Dozenten über Liebeskummer unterhalten. »Du hast im vergangenen Jahr eine gewichtige Entscheidung getroffen und der tragische Ausgang hat dich aus der Bahn geworfen. Deine Idee mit der Auszeit vom Studium hat uns das deutlich vor Augen geführt. Dabei ist das, was du am dringendsten brauchst, eine klare Linie. Wenn du anfängst, dein Leben völlig umzukrempeln, findest du dich doch nicht mehr zurecht.«

Diesmal begnügt sich das Stimmchen nicht mit meinen Gehirnwindungen, sondern drängt mir geradewegs über die Lippen. »Aber ... ich bin neunzehn!«

»Das hat gar nicht primär mit dem Alter zu tun, sondern ist eher eine Frage des Charakters.« Etwas in meinem Gesicht verrät ihm offenbar, dass er das lieber nicht so stehen lassen sollte, also fährt er nach einer zu langen Pause fort: »Du bist ein gutes Kind, Antonia, und wir werden bestimmt einmal sehr stolz auf dich sein. Dass du nicht zu den tatkräftigsten Menschen gehörst, ist schon in Ordnung. Halte dich einfach genau an den Plan, dann kann gar nichts passieren.«

Lächelnd prostet er mir mit seinem Kaffeebecher zu, ehe er wieder hinter der Zeitung verschwindet. Er bemerkt überhaupt nicht, dass ich aufstehe und den Raum verlasse. Ich kann selbst nicht begreifen, was mich plötzlich so aufwühlt, bis mir klar wird, dass der letzte Satz meines Vaters nicht etwa beruhigend klang – sondern eher wie eine Drohung: *Dann kann gar nichts passieren. Gar nichts.* Und vielleicht ist gerade das mein Problem.

Schwerfällig steige ich die Treppe hoch, das Paket mit beiden Armen umschlungen, während ich Phase vier im Schnellgang durchlaufe. Es dauert nur einen Atemzug, bis die Stimme in meinem Kopf die Verhandlung für sich entscheidet. Tief in mir drin rastet ein Schalter ein und auf einmal bin ich fest entschlossen. Ich dachte immer, das müsste ein gutes Gefühl sein, aber meine Glieder sind wie aus Schaumstoff. In meinem Zimmer schließe ich zuerst die Tür ab, dann gehe ich hinüber zum Regal und ziehe wahllos eine Postkarte hinter den Fotos hervor. Die Vorderseite zeigt blitzblaues Meerwasser und was auf der Rückseite steht, müsste ich eigentlich gar nicht lesen; ich weiß es längst auswendig.

Nia, stella mia, *du kannst dir nicht vorstellen, wie paradiesisch es hier ist. Die Sonne schmilzt alle Sorgen einfach weg. Ich fühle mich schon wie ein ganz neuer Mensch …*

Mit tauben Fingern stelle ich die Karte zurück, öffne das Paket und hole einen Rucksack heraus.

Willkommen in der letzten Phase: Akzeptanz.

Aaron

Kommt ein Mann zum Arzt und sagt: »Herr Doktor, ich glaube, ich bin schwanger.«

So beginnt nicht irgendein Witz, den Timo mir erzählt hat. Nein, ich halte es für möglich, dass ein paar Ärzte sich wirklich schon diesen Blödsinn anhören mussten. Wenn ein Mann nämlich mit einer schwangeren Frau zusammen ist und sich in das Vater-Werden zu sehr reinsteigert, kann es passieren, dass seine Hormone verrücktspielen, sodass er morgens kotzen muss und ihm eine Wampe wächst, die nichts mit Bier und Fast Food zu tun hat.

Andere Story: Vor ein paar Jahren hatte ein Student Zoff mit seiner Freundin und weil er gerade an einer Medikamentenstudie teilnahm, hatte er jede Menge Antidepressiva bei sich zu Hause. Die hat er dann prompt in sich reingestopft. Sein Blutdruck sackte ab, er kam in die Notaufnahme und es sah echt übel für ihn aus – bis man ihm verriet, dass er in der Placebo-Gruppe der Studie gewesen war. Er hatte sich also einen Haufen Zuckerpillen reingepfiffen und wäre fast daran krepiert.

Was ich damit sagen will, außer dass sich manche Männer dringend ein Paar Eier wachsen lassen sollten: Die Psyche kann irres Zeug mit dem Körper anstellen. Gerade nach einer Transplantation braucht man sie aber ganz dringend als Verbündete, weil der Körper sowieso schon genug Stress macht. Zwar bin ich seit einigen Monaten über die Mundschutz-Phase hinweg, aber ich werde für immer mit meinem Immunsystem Verstecken spielen. Sollte es nämlich dahinterkommen, dass ich ihm ein fremdes Organ untergejubelt habe, wird es sofort damit anfangen, den Eindringling zu zerstören. Deshalb muss ich täglich fast zwanzig Pillen einwerfen, die alles andere als aus Zucker sind und meine Abwehrkräfte nach unten schrauben. Aber mit welchen Medikamenten kriege ich das Gefühl in den Griff, dass irgendetwas in mir drin nicht … passt?

Oder die bohrenden Kopfschmerzen, sobald ich eine bestimmte Person auch nur sehe, füge ich innerlich hinzu. Ich bin so abgelenkt von der zweibeinigen Schildkröte, die gerade in meine Richtung wackelt, dass ich den Blogbeitrag, ohne zu überlegen, veröffentliche. Klasse, jetzt kann ich nur hoffen, dass meine Mom ihn nicht liest.

»Was zur Hölle ist das?«, platzt es aus mir heraus, sobald Nia den Check-in erreicht hat.

Sie pustet sich eine karottenrote Haarsträhne aus der Stirn. »Das«, verkündet sie ebenfalls grußlos, »ist ein Multifunktionsrucksack mit siebzig Litern Fassungsvermögen. Er hat viereinhalb Sterne auf Amazon.«

»Und wahrscheinlich eine eigene Postleitzahl!«

»Ich könnte dich genauso gut fragen, warum dein Gepäck so klein ist.« Kritisch beäugt sie den verbeulten Seesack, den ich schon als Vierzehnjähriger auf meinem Sommerurlaub mit Timo und seiner Familie dabeihatte.

»Tja, ich wechsle meine Klamotten nur einmal im Monat. Mit dem zweiwöchigen Trip kommt das grade noch so hin.«

Ich schwöre, sie rümpft allen Ernstes ihre spitze kleine Nase. Notiz an mich selbst: neonfarbenes Sarkasmus-Schild basteln!

»In Australien wird es wohl auch Waschmaschinen geben«, erkläre ich so geduldig wie möglich. »Selbst wenn das Wasser dort verkehrt rum in den Abfluss rinnt.«

Sie antwortet nicht, sondern spielt nur mit einem der zwanzig Riemen ihres Mutantenrucksacks. Würde mich nicht wundern, wenn sich das Ding wie ein Transformer zu einem Campingwagen samt Sonnendach, Gartenmöbel und Grill aufklappen ließe.

»Wenigstens musstest du nicht lange überlegen, was du mitnehmen sollst«, bemerke ich in Erinnerung an ihre erste Sorge, nachdem ich ihr von der Reise erzählt hatte. »Einfach, indem du deinen gesamten Besitz mitschleppst. Und wie hast du die Sache deinen Eltern verklickert?«

Ruckartig hebt sie den Kopf und ich kann mir nicht helfen, irgendwie erkenne ich etwas leicht Durchgeknalltes in ihrem Blick. »Ich hab ihnen einen Zettel geschrieben.«

»Cool.« Ungerührt beginne ich, auf die Schlange vor der Gepäckabgabe zuzugehen, aber Nia macht keine Anstalten, mir zu folgen.

»Nein, du verstehst das nicht«, protestiert sie hinter mir.

»Waren ein Stift und ein kleines Blatt Papier involviert?«

»Ja …«

»Ich denke, dann verstehe ich es doch.« Eine Reisegruppe übertrieben fröhlicher Japaner zieht an uns vorüber, ehe ich mich umdrehe und widerstrebend nachhake: »Was hast du ihnen denn geschrieben?«

Nia holt tief Luft – wie ein Schulkind, das vor versammelter Klasse das Einmaleins aufsagen soll. Ihre Schultern straffen sich, dann sprudelt es aus ihr hervor: »Liebe Eltern, die letzten beiden Wochen der Sommerferien werde ich nutzen, um das Haus in der Nähe von Sydney zu besichtigen. Ich glaube, ich muss das tun, um mich danach wieder voll und ganz auf mein Studium konzentrieren zu können. Macht euch keine Sorgen, ich melde mich, sobald es geht. Mit besten Grüßen – Antonia.«

Ich starre sie an. »Du hast echt *mit besten Grüßen* geschrieben?«

»Ja, wieso?«

»Kannst du die zwei nicht leiden, oder was?«

Ihr Gesicht verzieht sich, als hätte ich sie mit einer Gabel gepiekt. »Doch sicher, es sind meine Eltern!«

»Und ich hab schon geglaubt, deine Steuerberater.«

»Du meinst …«, setzt sie an, danach verschwindet das winzige bisschen Farbe aus ihren Wangen. »Oh Gott. Der Brief war eine blöde Idee.« Sie macht eine Bewegung, als wollte sie herumwirbeln und zum Ausgang stürmen, doch der gestrandete Wal auf ihrem Rücken erlaubt ihr nur ein tollpatschiges Torkeln. Ich erwische ihren rechten Arm und halte sie fest.

»Ach was, der Brief war großartig, ganz entzückend sogar, okay? Du wirst doch nicht in letzter Sekunde kneifen wollen!«

Aber anscheinend hat sie genau das vor. Ich muss fast Gewalt anwenden, damit sie ihr Gepäck abgibt, und beim Sicherheitscheck ist sie derart durch den Wind, dass wir von Glück reden können, nicht für Terroristen gehalten zu werden. Allerdings habe ich selbst genug Schwierigkeiten und keinen Nerv für übertriebene Dramatik. Es ist nicht einfach, die vielen Medikamente in meinem Handgepäck durch die Kontrolle zu schleusen, obwohl ich natürlich den nötigen gestempelten Wisch dabeihabe. Die Beamten prüfen jede einzelne Packung so genau, als wären winzige Sprengkörper darin versteckt, und es geht mir echt gegen den Strich, dass dieser Zirkus vor Nias Augen ablaufen muss. Ich versuche, sie deshalb so gut wie möglich zu ignorieren, bis wir es ins Flugzeug geschafft haben.

Sobald ich auf meinem Platz sitze, verwandelt sich der Stress schlagartig in ein völlig anderes Gefühl. Die Begrüßung und das Sicherheitsblabla kriege ich kaum mit, weil ich die ganze Zeit nur denken kann: Jetzt geht es los, jetzt kann mir das keiner mehr wegnehmen. Verdammt, als ich das letzte Mal geflogen bin, war ich dreizehn und auf dem Weg zur Hochzeit meiner Cousine in Hamburg. Ein Jahr später gab es den Trip mit Timo, den wir zu unserer Sommerferientradition machen wollten – und dann habe ich das Land sechs Jahre nicht mehr verlassen. Nach so langer Zeit kann ich kaum glauben, dass das hier wirklich passiert. Deshalb muss ich genau hinfühlen, als die Turbinen zu vibrieren beginnen, und wie hypnotisiert aus dem Fenster schauen, als die Häuser unter uns immer kleiner werden. Erst als wir die Stadt schon weit, weit hinter uns gelassen haben, fällt mir ein, dass ich irgendwas unternehmen sollte, um die Eisskulptur auf dem Platz neben mir aufzutauen. Bald werde ich sie wieder los sein, aber bis dahin muss ich dafür sorgen, dass sie zumindest ein bisschen Spaß an dieser Reise hat. Wenn sie es bereut, mitgekommen zu sein, hätte ich mir mein Opfer auch sparen können.

Ein bisschen widerwillig lehne ich mich zu ihr hinüber. »Hast du Lust, etwas zu machen, damit die Zeit schneller vergeht?«

»Und was?« Sie wirft mir einen Seitenblick zu, der vor Misstrauen nur so trieft.

»Ich dachte, wir könnten vielleicht etwas spielen – womit haben dich denn deine Eltern bei Laune gehalten, wenn ihr unterwegs in den Urlaub wart?«

»Also … mein Vater war immer mit Fahren beschäftigt und meine Mutter hat mir aus der Landkarte die wichtigsten Städte und Gewässer der Gegend vorgelesen. Die hab ich dann wiederholt.«

Nun bin ich an der Reihe, sie komisch anzuglotzen. »Warum sollte man das im Urlaub machen?«

»Es hilft dabei, sich geografische Fakten einzuprägen.«

»Und warum sollte man das im Urlaub machen?«, sage ich noch einmal langsam, aber ich rechne nicht wirklich mit einer sinnvollen Antwort und Nia liefert auch keine. »Also, pass auf«, schiebe ich hinterher, bevor sie wieder zuschnappt wie eine Muschel. »Meine Mom konnte nicht oft mit mir wegfahren, weil sie sich um ihr Gasthaus kümmern musste. Aber wenn wir meine Großeltern besucht haben und sie mich im Auto ablenken wollte, hat sie mit mir *Was, wenn …* gespielt. Du weißt schon: Was wäre deine Bestellung, wenn wir jetzt in ein Restaurant gehen könnten. Was wäre der Name deiner Band, wenn du eine hättest. Was wären deine ersten Worte, wenn du auf dem Mond landen würdest …«

»Ich glaube, ich habe verstanden«, sagt sie so ernst, als hätte ich ihr gerade eine mathematische Formel erklärt.

»Dann schieß los.«

Die Aufgabe aus heiterem Himmel scheint sie total nervös zu machen. Sie beginnt mal wieder, an ihren hochgesteckten Haaren zu zupfen, wippt mit dem rechten Knie, beißt sich vor Konzentration auf die Lippe. »Was wärst du für ein Gewürz … wenn du eines wärst?«, fragt sie stockend.

Mir fällt die Kinnlade herunter. »Von allen möglichen Fragen, die du mir stellen könntest, willst du ausgerechnet wissen, welches *Gewürz* ich wäre?!«

»Hör mal, ich bin anscheinend nicht gut in diesem Spiel, also …«

»Nein, schon okay. Welches Gewürz, lass mich überlegen.« Ich denke kurz nach und beschließe, Timo zu imitieren, um sie noch mehr aus der Fassung zu bringen. »Dann wäre ich wahrscheinlich Cayennepfeffer. Jedenfalls irgendwas Scharfes.« Ich ziehe einen Mundwinkel hoch.

»Von zu viel scharfer Würze bekommt man Durchfall.«

Dieses Mädchen ist einfach unfassbar.

»Und wenn du ein Komiker wärst, welcher wärst du dann wohl?«, rutscht es mir heraus. Jetzt habe ich ihn mir wieder verdient, den einzigartigen, frostigen Military-Girl-Blick.

»Ein arbeitsloser, vermutlich«, antwortet sie wie aus der Pistole geschossen. »Bei *der* Konkurrenz.«

91

Damit ist unser kleines Spiel ganz offensichtlich zu Ende.

Als sich gleich darauf eine Stewardess an uns vorbeischiebt, hebe ich die Hand. »Hey, entschuldigen Sie, wie lange noch bis zur Ankunft?«

Die Stewardess schaut mich irritiert an. »Etwa sieben Stunden – bis zu unserem Zwischenstopp in Dubai.«

Und dann noch mal doppelt so viele bis Sydney. Was mich nicht umbringt, macht mich härter, versuche ich, mir einzureden. Am besten, ich schlafe ein und wache erst am anderen Ende der Welt wieder auf. Dafür muss ich mir nur eine halbwegs bequeme Position suchen …

Im nächsten Moment landet Nias Ellenbogen zwischen uns auf der Armlehne.

Nia

Irgendwo zwischen Dubai und Singapur beginne ich, über die Relativitätstheorie nachzudenken.

Ich kann nicht behaupten, dass ich dieses Prinzip jemals wirklich begriffen hätte. Vor einem Physiktest hat mein Vater einmal angeboten, mich zu diesem Thema abzufragen, und ich war deswegen so nervös, dass ich die Doppelseite in meinem Physikbuch Wort für Wort auswendig gelernt habe. Hängen geblieben ist bei mir trotzdem nur eins: In einem Flugzeug vergeht die Zeit langsamer als auf der Erde. Und da kann ich Albert Einstein nur zustimmen.

Gut möglich, dass ich meine Schlaflosigkeit noch nie zuvor so sehr verflucht habe wie jetzt. Seit unserer Zwischenlandung in Dubai scheinen die meisten anderen Passagiere zu dösen oder sie lassen sich von seichten Filmen berieseln. Ich hingegen sitze stocksteif da und rechne damit, jeden Augenblick vor lauter Nervosität und schlechtem Gewissen zu implodieren. Immer wieder versuche ich, mir vorzustellen, was meine Eltern gerade tun … wie sie auf den Brief reagiert haben und ob mich auf meinem Handy Hunderte Anrufe in Abwesenheit erwarten, sobald ich es wieder einschalte. Es ist nur ein schwacher Trost, dass meine Nacht-und-Nebel-Aktion die beiden wohl kaum überrascht. Mein Vater hatte schon recht damit, dass ich aus der Bahn geworfen wurde – allerdings laufe ich nicht bloß ein wenig *neben der Spur,* wie er es genannt hat. Zwischen mir und dieser Spur liegt bald die ganze Welt.

Als der Pilot aus dem Cockpit meldet, dass wir uns im Landeanflug auf Sydney befinden, fühle ich mich so elend, dass ich sicherheitshalber nach der Spucktüte greife. Beim Vorbeugen gleitet mein Blick über Aarons zusammengerollten Körper hinweg nach draußen. Ich erkenne eine Menge Wasser und ein Meer von Häusern, aber nichts von der berühmtesten Farbe des Roten Kontinents. Trotzdem zücken ein paar Asiatinnen in der gegenüberliegenden Sitzreihe aufgeregt ihre Smartphones, verbiegen sich vor den Fenstern und starten einen Selfie-Marathon, bis eine Flugbegleiterin sie streng ermahnt, die Gurte anzulegen. Aaron schnarcht unterdessen einfach weiter und darüber bin ich ehrlich gesagt froh. Schlafend, den Kopf gegen das Fenster gelehnt und die braunen Locken wirr im Gesicht, ist er die angenehmste Version seiner selbst. Im wachen Zustand hat er offenbar nur zwei andere Varianten zu bieten: Nonstop-Entertainer und sein eigener größter Fan.

Leider ist es mit diesem friedlichen Bild vorbei, sobald unsere Maschine auf der Landebahn aufsetzt. Mit einem Keuchen fährt Aaron aus dem Schlaf hoch und ich blicke hastig wieder nach vorne. Das schnappende Geräusch, mit dem er seinen Gurt löst, ist allerdings nicht zu überhören. Ich beiße mir auf die Unterlippe, ringe mit mir selbst, aber dann drängt die Warnung förmlich aus mir heraus: »Die Anschnallzeichen sind noch nicht erloschen!«

Aaron dreht sich stirnrunzelnd zu mir. »Hm?«

»Wir haben unsere endgültige Parkposition noch nicht

erreicht«, erkläre ich widerwillig. »Es ist gefährlich, sich jetzt schon abzuschnallen …«

Erschrocken breche ich ab, als Aaron anfängt zu zappeln. Es sieht aus, als würde er von der Fahrgeschwindigkeit des Flugzeugs herumgeworfen – obwohl wir uns kaum schneller bewegen als im Schritttempo. Da begreife ich, dass er sich mal wieder über mich lustig macht.

»Heilige Scheiße, du hast recht!«, japst er und ich spüre den Druck seines Oberarms gegen meinen. Vergeblich rutsche ich bis an den äußersten Rand meines Sitzes, während Aaron immer weiter auf meine Seite sinkt. »Ich kann mich … nicht mehr … länger halten …«

»Ist alles in Ordnung, Sir?« Die Flugbegleiterin ist neben uns stehen geblieben und beäugt uns misstrauisch. Schlagartig sitzt Aaron wieder kerzengerade da. Ich spüre, dass ein klein wenig Schadenfreude in mir hochsteigt, bis der Kerl völlig unbekümmert erwidert: »Ja, alles bestens. Ich freu mich nur so, endlich hier zu sein.«

Sein Tonfall wirkt dermaßen aufrichtig, dass die Flugbegleiterin offenbar nicht anders kann, als sein breites Grinsen zu erwidern. »Okay, dann – genießen Sie Ihre Weiterreise.«

»Wir werden es auf jeden Fall versuchen«, verspricht er und ich bin mir fast sicher, dass er dabei vielsagend in meine Richtung nickt. Die Spucktüte zerknittert in meiner Faust. Und natürlich erlöschen die Anschnallzeichen über unseren Köpfen ausgerechnet jetzt mit einem *Pling*.

»Hey, Military Girl?«, höre ich Aaron fragen, während ich der verantwortungslosen Stewardess noch ungläubig hinterherstarre. Ohne Vorwarnung lehnt er sich wieder zu mir, schiebt den Saum meiner Bluse ein paar Zentimeter hoch und löst meinen Gurt. »Welcome to Australia.« Dann drängt er mich auf den Gang zwischen den Sitzreihen hinaus. Mir fällt plötzlich ein, dass die ersten europäischen Siedler in Australien Sträflinge waren. So gesehen folge ich wohl einer jahrhundertealten Tradition, wenn ich den Kontinent mit Mordfantasien im Kopf betrete.

Beim Aussteigen zittern mir allerdings so sehr die Knie, dass ich mich lieber auf meine Schritte konzentriere als auf Rachepläne. Nach dem ewigen Stillsitzen fühle ich mich wie ein tiefgekühltes Hühnchen und auch meine Gedanken sind wie eingefroren. Dabei ist es hier fast sommerlich warm. Benommen passiere ich den Zoll, die Gepäckausgabe und eine letzte Sicherheitskontrolle. Erst als Aaron in der Ankunftshalle unvermittelt stehen bleibt, werde ich aus meinem Dämmerzustand gerissen. Ich folge seinem Blick und entdecke einen Mann Anfang dreißig mit blonder Föhnwelle, der ein Schild in die Höhe reckt:

HERZENSWUENSCHE E. V. KIDDOS

Der Typ strahlt zu uns herüber und entblößt dabei unnatürlich viele, unnatürlich weiße Zähne. Prompt beginnt Aaron, die langen Ärmel seines T-Shirts zu begutachten, als gäbe es nichts Wichtigeres auf der Welt. Merkwürdig, dass jemand bei diesen Temperaturen auf die Idee kommt, lange Sachen anzuziehen, aber im Moment gibt es wichtigere Fragen.

»Ähm … hast du eine Ahnung, warum dieser Mann dich angrinst?«

»Vielleicht steht er ja auf mich«, murmelt Aaron, ohne den Kopf zu heben.

Ich verdrehe die Augen. »Das hoffe ich um seinetwillen nicht.«

»Ich auch nicht. Immerhin bin ich vergeben.«

Mir entgleist das Gesicht – ganz einfach, weil ich nicht mit dieser Antwort gerechnet habe. Nun bahnt sich der Mann einen Weg in unsere Richtung, wobei seine Föhnwelle auf und ab wippt. Er sieht ein bisschen so aus wie Prince Charming aus *Shrek,* nur freundlicher.

»Und zwar an dich«, fügt Aaron hinzu, was mir nicht gerade dabei hilft, meine Fassung wiederzuerlangen. Ruckartig wendet er sich zu mir und der panische Blick aus seinen haselnussbraunen Augen scheint mich zu durchbohren. »Ich hatte keine Ahnung, dass die mir einen Betreuer aufhalsen, obwohl ich angegeben habe, dass ich in Begleitung reise. Genauer gesagt … in Begleitung meiner Freundin. Okay? Du musst diese kleine Lüge bitte unbedingt decken!«

Ich öffne den Mund zum Protest, doch mittlerweile hat uns der blonde Typ schon erreicht.

»G'day, mates!«, ruft er mit unverändert begeisterter Miene. »Ihr seid doch die beiden aus Deutschland, oder? Ich kenne eure Fotos von Facebook. Die Leute von *Herzenswünsche* haben mich als euren Guide gebucht.« Er spricht das Wort wie *Hörsenswunsche* aus.

In ziemlich gutem Englisch sagt Aaron: »Hey, ja, ich bin Aaron Falk, und das hier … das hier ist«, seine Hand tastet an mir herum, bis er es geschafft hat, seinen Arm um meine Schultern zu drapieren, »meine wundervolle Freundin Antonia.«

Ich versuche, mich aus seinem Griff zu winden, aber

er hält mich wie ein Schraubstock. Seine Körperwärme dringt durch meine Bluse.

»Aaaaaawesome«, kommentiert der Guide, wobei das A kein Ende zu nehmen scheint. »Ich bin Gabriel, aber ihr könnt mich Gabe nennen. Wir drei werden in den nächsten Tagen *so* viel Spaß haben! Mit mir bekommt ihr sämtliche Touristen-Hotspots zu sehen, das könnt ihr mir glauben. Habt ihr jetzt schon Fragen zu unserer Reise?«

Ich muss mich räuspern, weil meine Stimmbänder nach dem langen Schweigen regelrecht eingerostet sind. »Eine hätte ich: Gibt es in Australien wirklich so viele Schlangen, wie man immer hört?«

»Na klar, jede Menge«, versichert er mir eifrig. »Wir haben hier die verschiedensten Arten, du wirst begeistert sein.«

Ein Luftzug an meinem Ohr verrät mir, dass Aaron heftig gestikuliert. Das Strahlen des Guides fällt in sich zusammen.

»Oh, du meinst Schlangen! Snakes! Ich dachte, du hättest *Snacks* gesagt. Also, nein, Schlangen sieht man hier wirklich überaus selten. Aber wenn du auf Burger und Frühlingsrollen und solche Sachen stehst … also … davon haben wir eine ganze Menge.« Und er wirft Aaron über meine Schulter hinweg einen verschwörerischen Blick zu.

»Trifft sich perfekt, sie interessiert sich nämlich total für exotische Küche«, antwortet der und klingt dabei so unschuldig, dass ich es ihm direkt abkaufe – fast. »Besonders für Gewürze. Hab ich nicht recht, Babe?«

Aaron

Angenommen, man wäre in einer Dauerwerbesendung gefangen. Und zwar in einer Werbesendung für die größte Stadt Australiens, moderiert von einem Eichhörnchen auf Speed: So ungefähr fühlt es sich an, wenn man die Gesellschaft von Gabe the Guide genießt. Jedes dritte Wort von ihm lautet *awesome, beautiful* oder *fantastic* und er ist echt scharf auf seine eigene Heimat.

»In Sydney gibt es einfach alles«, behauptet er, während er in seinen Flipflops aus dem Flughafengebäude schlappt. »Nicht so wie in Melbourne … wo es zwar auch alles gibt, aber alles ein bisschen schlechter. Und das Wetter ist echt mies in Melbourne. Am besten, ihr vergesst einfach Melbourne.«

Wir quetschen uns mitsamt unserem Gepäck auf die Rückbank seines Autos, weil im Kofferraum ein komisches kurzes Surfbrett liegt. Der Boden ist zentimeterhoch mit Sand bedeckt und über dem Lenkrad – auf der falschen Seite des Wagens – baumelt eine Karte mit der Aufschrift »Life's a beach«.

Auf der Fahrt nach Downtown erzählt uns Gabe, dass er die Stadt nur verlässt, wenn er an *Chrissie* seine *rellies* in Adelaide besucht.

»Ich dachte, Sie wären Reiseleiter?«, fragt Nia skeptisch, während ich mir langsam zusammenreime, dass der

Guide eben von Weihnachten und seinen Verwandten gesprochen hat.

»Oh nein, ich bin Lebenstrainer, vor allem für Schwer-
kranke.«

Dazu scheint Nia nichts einzufallen, denn sie bleibt
stumm. Ich als »Schwerkranker« hab daraufhin fürs Erste
die Schnauze voll von Gabe und konzentriere mich stattdessen auf unsere Umgebung. Nach einem derart langen
Flug rechnet man damit, auf dem Wüstenplaneten Tatooi-
ne gelandet zu sein oder so, aber eigentlich sieht es hier
ganz normal aus. Wir fahren an einem McDonald's und
anderen Fast-Food-Läden vorbei, es gibt viele verglaste
Hochhäuser und niemand führt ein Känguru an der Leine
spazieren. Trotzdem werde ich im Leben nie weiter kommen und es ist irre, dass ich es bis hierher geschafft habe.
Je mehr ich das begreife, umso schneller wird das Adrenalin durch meine Blutbahn gepumpt. Obwohl zu Hause
Mitternacht gerade vorbei wäre, habe ich mich noch nie so
hellwach gefühlt.

Nia hingegen macht eher den Eindruck, als wären ihre Adern mit Blei gefüllt. Nachdem wir unser Gepäck im
Hotel abgeladen haben, schleppt uns Gabe kreuz und quer
durchs Stadtzentrum und pustet uns Gute-Laune-Seifen-
blasen um die Ohren, die allesamt an Nias knallhartem
Pessimismus zerplatzen. Nicht mal die beiden berühmtesten Wahrzeichen Sydneys können ihr ein Lächeln entlocken, obwohl sie einen ziemlich geilen Anblick bieten.
Die Harbour Bridge hat mit ihren vier fetten Pfeilern und
den vielen Stahlplatten etwas Einschüchterndes an sich
und das leuchtend weiße Opera House wirkt chaotisch

und witzig, fast wie ein überdimensionales Spielzeug. Am glitzernden Wasser entlang führt uns Gabe weiter bis zum Botanischen Garten, der einen schrägen Kontrast zu den Wolkenkratzern bildet. Überall wachsen hier Palmen, kleine Papageien mit blauen Köpfen schwirren zwischen den Blüten herum und – das Unglaublichste überhaupt – anstatt »Betreten verboten« steht auf einem Schild: »Please walk on the grass.« Außerdem wird man dazu aufgefordert, an Rosen zu schnuppern und Bäume zu umarmen. Gabe entfernt sich ein paar Schritte von uns; wahrscheinlich, um genau das zu tun und seine guten Vibes wieder aufzutanken.

Nia ist eher nicht so der Bäume umarmende Typ. Sie bleibt stirnrunzelnd vor einem Exemplar mit schmalen, länglichen Blättern stehen und legt den Kopf in den Nacken.

Ich stelle mich neben sie. »Eukalyptus, hm?«

Sie nickt. »Wusstest du, dass Eukalyptusbäume ein leicht entflammbares Öl absondern, mit dem sie Buschfeuer begünstigen? Viele von ihnen brauchen extreme Hitze zur Verbreitung ihrer Samen. Außerdem können sie auch weiterwachsen, wenn sie total verkohlt sind. Aber alle anderen Pflanzen in ihrer Umgebung gehen dabei drauf.«

»Interessant«, sage ich ernsthaft. »Gibt es noch etwas, das du mir gern über diese wundervollen Pflanzen mitteilen möchtest?«

Nia denkt einen Moment lang nach. »In starken Trockenperioden lassen die Bäume ihre Äste einfach absterben, um Wasser zu sparen. Die fallen dann runter und können einen erschlagen. Deshalb nennt man sie auch Witwenmacher.«

»Ach du *Scheiße!*« Ich springe einen Schritt nach hinten und habe mir wahrscheinlich für einen winzigen Augenblick Nias Wohlwollen eingehandelt, obwohl meine Reaktion nichts mit ihrem Gequassel zu tun hat. Aufgeregt zeige ich zur Baumkrone. »Siehst du das, die schwarzen Beutel da oben? Ich dachte, das wären irgendwelche komischen Früchte, aber eben hat sich einer davon bewegt! Sind das … Flughunde oder so was?«

Die Miene, mit der sie den armen Baum und die Viecher darauf betrachtet, würde auch zu einem Türsteher passen. »Ich denke schon. Die solltest du auf keinen Fall berühren. Wenn man gebissen wird, kann man sich einen Virus einfangen, der potenziell lebensbedrohlich ist.«

»Sag mal, gibt es auch nur ein winziges Detail an Australien, das du *nicht* deprimierend oder ekelerregend oder potenziell lebensbedrohlich findest?«

Ich rechne nicht wirklich mit einer Antwort und bin deswegen umso überraschter, als Nia sofort eine ausspuckt: »Koalas. Die sind gemütlich und flauschig und sehen aus wie Teddybären …« Ihr Gesicht verklärt sich, bis sie merkt, dass ich sie anstarre. »Wobei ich sie natürlich nicht für Bären halte«, ergänzt sie hastig. »Das sind sie nämlich nicht, sondern Beuteltiere.«

Ohne eine Erwiderung abzuwarten, stapft sie von dannen, als wäre ihr der Anflug von Mädchenhaftigkeit peinlich. Ich bleibe kopfschüttelnd zurück und ein paar Sekunden später erkenne ich, dass ich da nicht der Einzige bin. Gabe ist neben mir aufgetaucht und blickt Nia staunend nach, obwohl er kein Wort unseres Gesprächs verstanden haben kann. Ich schätze mal, Nias Tonfall genügt.

»Das Mädchen ist echt eine Klasse für sich«, sagt der Guide schließlich.

»Allerdings. Ein Tag mit ihr, und man fühlt sich wie nach einer Weisheitszahn-OP.«

Als ich endlich kapiere, warum er so entgeistert dreinschaut, ist es fast zu spät für ein Ausweichmanöver. »... was ich einfach *super* finde«, schiebe ich trotzdem lahm hinterher, »an meiner Freundin, die ich ... so liebe.«

Dann verkrümle ich mich wieder zu Nia, die sich in einigen Metern Entfernung potenziell lebensbedrohliche Tulpen ansieht. Hinter mir höre ich Gabe nur ein einziges Wort murmeln: »*Germans.*«

Nia

Ein Zehntel eines Hotelkissens besteht üblicherweise aus Hausstaubmilben und deren Ausscheidungen.

Mehrmals sage ich mir das vor, um mich nicht einfach ins Bett fallen zu lassen. Dabei sieht es frisch und sauber aus, genau wie Aaron, der sich quer über beide Matratzen gefläzt hat. Vor zehn Minuten ist er aus dem Badezimmer gekommen und seine Locken sind noch feucht vom Duschen. Barfuß, in Jogginghosen und einem T-Shirt liegt er da und tippt etwas in sein Handy. Es ist definitiv zu warm für ein Shirt mit langen Ärmeln, denke ich wieder, aber vielleicht geht es ihm ja um den aufgedruckten Spruch: *Installing muscles – please wait.* Darunter ist ein unvollständiger Ladebalken zu sehen.

Ich frage mich, ob er sich das selbst gekauft hat.

Ich frage mich, ob der Spruch bloß ein Understatement sein soll.

Ich frage mich, warum ich mich das frage.

Schnell richte ich den Blick wieder auf den Zettel in meiner Hand, der schon total abgegriffen aussieht. Egal wie oft ich die Wörter darauf lese, sie geben keine geheime Botschaft preis. Ich kann immer noch nicht glauben, dass Laura ein Haus gekauft hat, über das sie so wenig wusste.

»Also, du willst das jetzt echt durchziehen?«, erkundigt sich Aaron unvermittelt und ich bilde mir fast ein, dass er sich Sorgen um mich macht. Zumindest, bis er hinzufügt: »Morgen will Gabe mit uns zum Strand. Du kannst dir doch nicht die Themen ›Todbringende Quallen‹ und ›Menschenfressende Haie‹ entgehen lassen!«

Damit ist klar, dass er mich bloß verspotten will. Mein Tick, bei Nervosität überflüssige Fakten auszuspucken, hat heute einen neuen Höhepunkt erreicht. Wahrscheinlich hält mich Aaron inzwischen für völlig verkorkst, aber das ist mein geringstes Problem.

»Wie willst du denn zu deinem Haus kommen? Gibt es etwa eine Busverbindung dorthin?«, bohrt er weiter.

»Ich schaff das schon, okay?« Meine Stimme klingt angriffslustiger als geplant und ich kann es Aaron nicht verübeln, dass er sich wieder seinem Handy zuwendet. In Wahrheit bin ich einfach nur neidisch. Zu gern möchte ich meinen Plan für heute Nacht aufgeben, der ohnehin meilenweit von dem entfernt ist, was ich als sicher und vernünftig bezeichnen würde. Stattdessen will ich mich unter einer Decke zusammenrollen – wenn auch nicht notwendigerweise im selben Bett wie Aaron – und endlich mal tief und fest schlafen. Aber wenn ich das täte, wäre es mit meiner Entschlossenheit vorbei. Dann würde ich morgen gemütlich am Bondi Beach spazieren gehen, anstatt das zu tun, was Laura sich gewünscht hat. *Dass du nicht zu den tatkräftigsten Menschen gehörst, ist schon in Ordnung,* erinnere ich mich an die Moralpredigt meines Vaters. Ich werde ihm das Gegenteil beweisen, ihm und auch mir selbst.

Als Aaron die Nachttischlampe ausknipst, bleibe ich stocksteif auf dem Stuhl neben der Tür sitzen. In der Dunkelheit wirken alle Geräusche verstärkt. Kurz höre ich es im Zimmer nebenan rumoren, wo sich Gabe vermutlich zum Schlafen fertig macht, danach kehrt auch dort Ruhe ein. Jetzt nehme ich nichts mehr wahr außer Aarons Atemzügen und dem Hämmern in meinen Ohren. Mein Handy liegt auf meinem rechten Knie und ich drücke ab und zu darauf, um die Uhrzeit abzulesen. Ich weiß nicht genau, ob ich mir wünschen soll, dass diese Nacht rasch vorbeigeht, oder ob ich so lang wie möglich in der Sicherheit dieses Hotelzimmers bleiben möchte. Das führt dazu, dass die Zeit in Sprüngen voranzuschreiten scheint: Eben kriechen die Minuten noch wie zäher Schlamm dahin, dann ist plötzlich eine ganze Stunde um. Vielleicht dämmere ich zwischendurch auch kurz weg, ich bin mir nicht sicher. Einmal fliegt mein Kopf so ruckartig hoch, dass mir beinahe das Handy runterfällt. Ich erwische es gerade noch, ehe es von meinem Knie rutscht, und erkenne, dass es bereits nach fünf ist. Zeit für mich zu gehen.

Mit steifen Gliedern richte ich mich auf und werfe einen Blick hinüber zu Aaron, aber er hat mir den Rücken zugekehrt. Behutsam öffne ich die Tür und schiebe mich auf den Gang, der von der Notbeleuchtung spärlich erhellt wird. Auf dem Teppichboden sind meine Schritte kaum zu hören. Ich schleiche an Gabes Zimmer vorbei, die Treppe hinunter und durch die Lobby, wo ich es vermeide, dem Nachtportier in die Augen zu sehen. Wer sich im Morgengrauen ohne seinen Begleiter aus dem Hotel stiehlt, hinterlässt bestimmt nicht den besten Eindruck.

Erst als ich ins Freie trete, bemerke ich, dass ich den Atem angehalten habe. Die Luft strömt kühl in meine Lungen und entspanne mich ein bisschen, obwohl sie nach Abgasen riecht. Es wirkt beruhigend, dass um diese Uhrzeit schon jede Menge Autos unterwegs sind. In den Wolkenkratzern brennt hinter einigen Fenstern Licht und ich erhasche auch einen Blick auf die beleuchtete Harbour Bridge. Sydney ist genauso schlaflos wie ich. Wäre doch gelacht, wenn wir uns nicht arrangieren könnten.

Ich laufe über den Hotelparkplatz und weiter den Gehweg entlang, um zur nächsten großen Straße zu gelangen. Was ich jetzt vorhabe, kenne ich nur aus Büchern und Filmen, aber ich bin gut vorbereitet. Sobald ich eine mehrspurige Fahrbahn erreicht habe, lade ich meinen Rucksack ab und krame ein geknicktes Pappschild hervor. Mit einem nervösen Flattern in der Brust halte ich es hoch und drehe mich zur Straße, sodass mich keiner der entgegenkommenden Autofahrer übersehen kann. Trotzdem rauschen alle an mir vorüber, ab und zu wird einer etwas langsamer, doch zum Stehenbleiben entschließt sich keiner.

Plötzlich fällt mir ein, woran es hakt: Ich habe den Daumen vergessen! Dann kann das natürlich nichts werden. Ich versuche, das Schild mit einer Hand hochzuhalten und den Daumen der anderen Hand rauszustrecken, aber der Fahrtwind des nächsten vorbeibrausenden Autos lässt mein Plakat zusammenklappen. Komisch, in Filmen sieht das immer viel einfacher aus. Ich kämpfe mit der Pappe, während ich meinen Rucksack mit einem Bein stütze und insgesamt wohl einen reichlich unbeholfenen Eindruck mache. Umso verblüffender ist es, dass gerade jetzt ein schwarzer Van neben mir anhält.

Im Licht der Scheinwerfer kneife ich die Augen zusammen und bleibe wie gebannt stehen. Auch im Auto rührt sich nichts. Gut möglich, dass mich die Leute da drin gerade unter die Lupe nehmen und darüber diskutieren, ob ich einsteigen darf. Bei dieser Vorstellung fühle ich mich gleich noch unbehaglicher. Endlich wird das Fenster auf der rechten Seite heruntergelassen. Der Typ, der den Kopf herausstreckt, trägt ungeachtet der Tageszeit eine Sonnenbrille und eine Baseball-Kappe. Von seinem Beifahrer kann ich nicht mehr erkennen als Füße in ausgelatschten Sportschuhen, die er auf dem Armaturenbrett abgelegt hat. In meinem Inneren meldet sich mal wieder dieses vorlaute Stimmchen zu Wort, um mir klarzumachen, dass das hier eine ganz miese Idee ist. Aber ich höre nicht darauf und auch das flaue Gefühl in meiner Magengrube versuche ich zu ignorieren. Für Feigheit ist jetzt definitiv nicht der richtige Zeitpunkt. Und überhaupt: Welche Alternative bleibt mir denn schon? Wer weiß, wann noch mal ein Auto anhält – also Augen zu und durch.

»Hi, Redhead. Wo soll's denn hingehen, so ganz allein?«, fragt der Sonnenbrillen-Typ. Er spricht Englisch mit irgendeinem Akzent, vermutlich ist er auch nicht von hier. Weil der Ortsname auf meinem Schild wohl kaum zu übersehen ist – Sonnenbrille hin oder her –, nehme ich an, dass er sich für den Grund meiner Reise interessiert.

»Hallo. Ich habe ein Haus geerbt, das ich mir ansehen will«, antworte ich mechanisch, zu müde und zu nervös für eine Lüge.

Der Kerl lacht. »Eine Hausbesitzerin, was sagt man dazu. Und aus Deutschland, so wie's klingt. Bist du heute erst angekommen mit all deinem … Kram?« Er neigt ein wenig den Kopf und späht zu meinem Rucksack.

»Ja, genau. Könnt ihr mich ein Stück mitnehmen?« Zur Sicherheit ziehe ich den Zettel mit den spärlichen Informationen hervor, aber Sonnenbrille scheint sich gar nicht dafür zu interessieren. Er grinst nur.

»Klar, für einsame Touristinnen aus Deutschland haben wir immer einen Platz frei. Stell dein Gepäck hinten rein, dann kann's auch schon losgehen.«

Als Reaktion auf seinen schmierigen Kommentar verdrehe ich unwillkürlich die Augen. Wieso konnte statt dieses Kerls nicht irgendeine nette Oma neben mir halten? Der Grund dafür liegt allerdings auf der Hand: Vertrauenerweckende ältere Damen sammeln keine Autostopper vom Straßenrand ein. Sonnenbrille und sein Van sind vermutlich das Beste, was ich kriegen kann.

Widerstrebend trotte ich zum hinteren Teil des Autos und öffne die Schiebetür. Von dort streckt sich mir ein Paar Hände entgegen, anscheinend sind die Männer also zu dritt. Ich reiche den Rucksack hinein und will hinterherklettern – da trifft mich ein Faustschlag mitten auf den Brustkorb. Der Stoß kommt so plötzlich und mit solcher Wucht, dass ich ein paar Schritte nach hinten stolpere. Mit gekrümmtem Oberkörper ringe ich um mein Gleichgewicht und um Atem. Als ich wieder klar denken kann, ist der Wagen schon einige Meter entfernt.

»Kommt zurück!«, versuche ich zu schreien, aber der Hieb oder der Schock lässt mich nur ein Krächzen hervorbringen. Ich beginne zu rennen, taumle auf die Fahrbahn und springe zur Seite, weil hinter mir wildes Hupen ertönt. Hilfe suchend drehe ich mich um, aber der Fahrer macht bloß eine Geste mit zwei ausgestreckten Fingern und braust weiter. Als ich den Blick wieder nach vorn richte, ist der schwarze Van bereits verschwunden. Zusammen mit fast allem, was ich auf diesem Kontinent besitze.

Es ist merkwürdig, doch anstatt vor Panik zu rotieren, tröpfeln die Gedanken nur ganz langsam in mein Bewusstsein. Auf zitternden Beinen stehe ich da und folge den Lichtern der vorbeifahrenden Autos mit den Augen, während ich nach und nach begreife:

Ich habe kein Handy, um meine Eltern anzurufen.

Ich habe kein Geld, um mir ein Hotelzimmer zu nehmen.

Alles, was mir bleibt, sind das Pappschild und Lauras zerknautschter Zettel in meinen Händen.

Jetzt geben meine Knie nach und ich setze mich auf den Bordstein. Ich kriege kaum mit, dass ein Paar Füße neben mir haltmacht. Erst die Männerstimme lässt mich zusammenzucken: »Hey, irgendwie siehst du meiner Freundin verdammt ähnlich …«

Aaron

Im Jahr 2007 löste eine niederländische TV-Sendung einen Skandal aus. Dabei ging es nicht darum, sich nackt auf einer Insel gegenseitig anzubaggern, und Känguruhoden musste auch niemand essen. Im Grunde war es eine stinknormale Game-Show, bei der mehrere Spieler gegeneinander antraten, um am Ende einen Preis zu gewinnen. Der Titel lautete »Die Große Organspender-Show« und der Preis war eine Niere.

Nachdem die Presse ein Mordsgeschrei veranstaltet hatte, wurde enthüllt, dass das Ganze ein Fake war. Es gab nie wirklich eine Niere zu gewinnen und die Teilnehmer waren zwar echt nierenkrank, wussten aber alle Bescheid. Ziel der Aktion war es, dem Thema Organspende größere Aufmerksamkeit zu verschaffen. Ich persönlich finde daran vor allem interessant, wie gut mir die Idee gefällt. Klar, es ist unethisch, ein Organ als eine Art Siegermedaille zu verwenden und blablabla ... aber glaubt mir, eure Sicht darauf wird sich ändern, sobald ihr selbst mal so eine Auszeichnung mit euch herumtragt, und zwar ohne etwas dafür geleistet zu haben. Man hat das irrste Geschenk bekommen, das man sich nur vorstellen kann – und wie zur Hölle soll man sich dafür bedanken? Wie gigantisch müsste eine Merci-Packung sein, um damit zu sagen: Hey, echt nett, dass ein Arzt dir oder deinem jetzt toten Verwandten ein Ersatzteil für mich aus dem Körper schnippeln durfte?! Ich wette, ich bin nicht der Einzige, der das Konzept dieser Game-Show attraktiv findet. Da hätte ich mir mein Ersatzteil ehrlich erarbeiten können und würde niemandem etwas dafür schulden. Es würde ganz mir gehören, ganz zu mir …

Gar nicht so einfach, das in mein Handy zu tippen, während Nia neben ihrem Rucksack sitzt und ins Leere starrt. Wann immer ich vom Display hochschaue, ist es fast ein Schock, wie unfassbar klein sie aussieht. Ich meine, ich kann ja selbst nicht gerade aus der Dachrinne trinken, aber verdammt, ist dieses Mädchen winzig! Und das Schlimmste: Während sie auf den geeigneten Zeitpunkt wartet, um sich aus dem Staub zu machen, scheint sie sogar noch zu schrumpfen. Irgendwann halte ich das nicht mehr aus – ich kriege schon Schiss, sie könnte demnächst auf Nimmerwiedersehen durch eine Ritze im Fußboden flutschen. Also knipse ich das Licht aus, aber dadurch wird es auch nicht viel besser. Ab und zu kann ich ihr Handy in der Dunkelheit aufleuchten sehen und jedes Mal reagiert mein Hirn abwechselnd mit »*Nicht mein Problem*« und »*Fuck, fuck, fuck*«. Mir ist bewusst, dass eine Reise mit Gabe zwar nur halb so geil wäre wie eine Reise allein und nur ein Hundertstel so geil wie mit Timo, aber trotzdem ziemlich cool. Die Vorstellung ändert jedoch nichts daran, dass ich mich Nia gegenüber immer noch schuldig fühle. Wichtiger als jedes Reisevergnügen, überhaupt das Wichtigste an der gesamten Reise ist es, dieses Gefühl endlich loszuwerden. Automatisch kriecht meine Hand unter der Bettdecke auf die Stelle neben meinem Nabel zu, bis ich die leichte Wölbung spüren kann. Selbst wenn das alles zum unspaßigsten Trip meines Lebens wird, wäre es ein geringes Opfer im Vergleich zu *dem hier …*

Als Nia sich dann wirklich aus dem Zimmer schleicht, bin ich auf der Stelle hellwach. Ich warte, bis sie die Tür hinter sich geschlossen hat, dann erlaube ich mir, laut auszusprechen, was mir durch den Kopf schießt: »Fuck!« Mit einem Sprung bin ich auf den Beinen, ziehe meinen unausgepackten Seesack unter dem Bett hervor und sprinte auf den Flur. Bye, Gabe, bye, Hotelbett. Ich folge jetzt mal einer winzig kleinen, unselbstständigen, krass nervtötenden Person, die ganz bestimmt nicht alleine durch Australien gurken sollte.

Dieser Gedanke hätte es verdient, irgendwo in Stein gemeißelt zu werden, als ich zehn Minuten später das Häufchen Elend auf der Bordsteinkante entdecke. Ich atme einmal tief durch, dann gehe ich in die Hocke. »Hey, irgendwie siehst du meiner Freundin verdammt ähnlich …«

Nias Blick zuckt hoch und sie macht eine Bewegung, als wäre sie selbst nicht sicher, ob sie davonstürmen oder sich mir an den Hals werfen soll. Ich hab echt keine Ahnung, womit ich schlechter umgehen könnte. Zum Glück entscheidet sie sich für keins von beidem.

»Was machst *du* denn hier?« Sogar jetzt, auf dem Boden kauernd wie ein Penner und nahe am Heulen, bringt sie einen distanzierten Tonfall zustande. Prinzessin Antonia von und zu *Berührmichundesknallt.* Dabei kriegt sie doch bestimmt jedes Mal von Mami und Papi den Kopf getätschelt, sobald etwas schiefläuft.

»Ich suche deinen Rucksack, um ehrlich zu sein«, antworte ich trocken. »Aber wenn ich mich hier so umschaue, gibt es wohl kein Versteck, das gigantisch genug für ihn wäre.«

Nun fängt ihre Unterlippe an zu zittern, aber irgendwie schafft sie es, die Tränen zurückzuhalten. »Sie haben ihn mir gestohlen. Wer macht denn so was?«

Leute mit zu viel Platz im Kofferraum?, will ich vorschlagen, aber ich kann mich noch beherrschen. »Scheiße«, sage ich bloß. »Also hast du auch keine Kohle mehr?«

Nia schüttelt den Kopf. »Zum Glück hab ich wenigstens mein Portemonnaie mit meinem Pass hier in der Hosentasche. Aber meine Ersparnisse waren im Rucksack, zusammengerollt in einer Socke.«

Diesen Tipp hatte sie bestimmt aus *Backpacking für Dummies* oder so. Ich beschließe, auch dazu keinen Kommentar vom Stapel zu lassen, weil Nia schon fertig genug aussieht. Stattdessen begutachte ich das Pappschild, das neben ihr auf dem Asphalt liegt.

»Was ist das denn?«, frage ich und deute auf den eleganten Schriftzug, den sie ernsthaft in einem Copyshop da draufgedruckt haben muss.

Schniefend rappelt sie sich hoch. »So heißt der Ort, in dem das Haus steht. Oder jedenfalls steht es in der Nähe davon, zumindest nach dem Kreuz auf dieser Landkarte zu urteilen …« Ihre Stimme wird immer leiser, während ich ihr das Schild abnehme.

»Spuck's aus, wie heißt die nächste größere Stadt?«

Mit zusammengekniffenen Augen studiert sie den zerknitterten Zettel in ihrer Hand. »B…broken Hill?«

Es klingt wie eine Frage, dabei habe ich doch selbst keinen Dunst, wo das sein soll. Allerdings genügt es ja, wenn die Fahrer das wissen. Ich krame also einen schwarzen Filzstift aus meinem Seesack hervor und ignoriere Nias entgeisterten Gesichtsausdruck, als ich auf die Rückseite der Pappe schmiere: DIRECTION: BROKEN HILL. Dahinter male ich ein Smiley.

»Das ist in etwa der Gesichtsausdruck, den ich von dir brauche, wenn das mit dem Autostoppen was werden soll, klar? Sonst machst du den Leuten noch Angst.«

Nias linker Mundwinkel verzerrt sich. »Besser?«

»Als ob die Sonne aufgegangen wäre«, lüge ich dreist. Dann schiebe ich sie an den Schultern wieder zum Straßenrand. »So, und jetzt Schild vor, Daumen hoch, Brust raus …« Ihr Ellenbogen ruckt nach hinten, aber es ist eher ein Stups als ein Stoß. Gleichzeitig nimmt sie brav Haltung an. Der Verkehr wird immer stärker und es dauert gar nicht so lange, bis jemand sein Tempo drosselt. Doch in letzter Sekunde drücke ich Nias Arme mitsamt dem Schild hinunter.

»Den nicht, der hatte einen Aufkleber am Seitenfenster.«

»Meinst du wirklich, dass ich so wählerisch sein kann?«

»Da stand: *Lost your cat? Try looking under my tyres.*«

»Oh.«

Wir schweigen, bis der nächste Wagen langsamer wird.

»Den auch nicht.«

»Wieder ein Sticker?«

»*I'm speeding because I really have to poop.*«

»Das denkst du dir jetzt aber nur aus … Hey, warte. Schild runter. Schild runter!«

Sie zappelt vor mir herum, doch ich halte ihre Arme unerbittlich nach oben, auch wenn mich ihre Locken im Gesicht kitzeln. Der Camper, der gerade abbremst, wirkt wie aus einer anderen Zeit – und von einem anderen Planeten. Er ist über und über mit bunter Farbe besprüht: Blumen, Sonnen, Monde, Regenbögen, Schmetterlinge, als hätte My Little Pony einen Joint geraucht und dann quer über den Bus gekotzt.

Sobald der Hippie-Wagen vor uns anhält, weicht jegliche Spannung aus Nias Körper. Mit hängenden Schultern steht sie da, während die Beifahrertür des Campers aufgeht und sich zwei Gestalten zu uns herauslehnen. Beide sind über vierzig, braun gebrannt, klapperdürr und mit welligen blonden Haaren ausgestattet. Das Einzige, was die eine Person von der anderen auf den ersten Blick unterscheidet, ist ein langer Bart.

»Einen wunderschönen guten Morgen«, sagt der Bärtige in breitem Aussie-Englisch. »Wir haben genug Platz für weitere Fahrgäste. Ich bin Windsong River und das ist meine Gefährtin Blue Moon.«

»Freut mich. Aaron Falk und, äh, Peaceful Patchouli.«

Diesmal ist Nias Stoß mit dem Ellenbogen um einiges fester. Laut sagt sie dazu: »Danke für euer freundliches Angebot, aber ich kann es leider nicht annehmen.«

Der Bärtige lächelte milde. »Doch, natürlich kannst du das, Patchouli.«

»Ja, Patchouli, warum nicht?« Ich kriege gleich einen Krampf, so sehr muss ich mir das Lachen verkneifen.

Eine Weile kaut Nia nervös auf ihrer Unterlippe. Kaum zu glauben, dass ein bisschen zu viel Farbe sie noch erschrecken kann, nachdem sie gerade ausgeraubt wurde, aber genau das scheint der Fall zu sein. »Wäre das auch kein Umweg für euch?«, fragt sie schließlich zögernd. »Wir müssen nicht wirklich bis nach Broken Hill, nur zu einem Ort, der auf dem Weg liegt, aber …«

Blue Moon schüttelt ihre federngeschmückten Strähnen. »No worries, das liegt ohnehin auf unserer Strecke. Anschließend geht's weiter nach Nordwesten, bis zum Uluru. Diese Tour machen wir jedes Jahr. Es gibt nichts Besseres, um sich innerlich zu reinigen.«

Nia beäugt den Campingbus mit einer Miene, als wollte sie nur zu gern auch mal eine äußere Reinigung vorschlagen. Nach etwas Bedenkzeit bringt sie es allerdings fertig, lächelnd zu nicken. Sie klettert in den Wagen, wobei sie mit dem Kopf an ein Mobile aus bunten Scherben stößt, und dreht sich noch einmal um.

»Okay, danke für deine Hilfe, und … äh … mach's gut.«

»Genau das hab ich vor.«

Ich halte weiterhin die Finger um den Türgriff geschlungen, während sich die beiden Blondschöpfe zurückziehen und der Motor startet. Aus dem Innern des Busses stiert mich Nia verwirrt an. Sie macht eine winkende Geste, die wohl bedeutet, dass ich die Tür schließen oder mich verpissen soll oder beides. Doch ich umklammere den Griff nur noch fester und dann, als sich der Bus gerade in Bewegung setzt, springe ich mitten in einen Haufen regenbogenfarbener Kissen.

Nia

Schon mit fünf Jahren habe ich gelernt, wie wichtig gute Manieren sind. Meine Mutter hatte die Nase voll von meinem Benehmen bei Tisch, also ging sie eines Tages wortlos mit ihrem Teller ins Arbeitszimmer. Mein Vater folgte ihr. Von da an zwang ich mich, genauestens auf jede Verhaltensregel zu achten, weil ich nicht allein essen wollte.

Mit neun war ich dann so weit, meine Eltern zu Abendveranstaltungen der Rechtsanwaltskammer zu begleiten. Ich sagte mir immer wieder, dass man Kinder zwar sehen, aber nicht unbedingt hören soll, und nicht ein einziges Mal habe ich einen der Anwesenden mit dem falschen akademischen Titel angesprochen. Das alles hat zwar nicht unbedingt Spaß gemacht, aber ich war glücklich, wenn meine Eltern stolz auf mich waren.

Man kann also sagen, dass ich durchaus weiß, wie man sich benimmt. Allerdings musste ich bisher auch nie gegen den Drang ankämpfen, in einem Hippie-Bus eine Szene zu machen.

»Was soll das denn? Du ... du kannst doch nicht einfach mitkommen!«, flüstere ich hektisch, während River und Moon vorne zu einem Song im Radio summen.

»Irrtum, ich muss sogar«, gibt Aaron zurück und verschränkt seine Beine im Schneidersitz. Er trägt immer noch seine grauen Jogginghosen und das schwarze T-Shirt mit dem bescheuerten Spruch. Wahrscheinlich wirkt er zwischen all den bunten Kissen und Quilts, den Perlenschnüren, Traumfängern und Mandalas ähnlich fehl am Platz wie ich. »Wie sollte ich Gabe erklären, dass sich meine Freundin ohne mich aus dem Staub gemacht hat?«

»Du könntest ihm sagen, wir hätten uns getrennt!«

»Kaum vorstellbar«, antwortet er und ich gebe mir gar keine Mühe, darüber nachzudenken, wie das gemeint ist. Man kann mit diesem Jungen nicht normal reden. Auf alles, was er sagt, pappt er eine widerliche Portion Sarkasmus. »Außerdem«, fährt er fort und zieht den geblümten Vorhang beiseite, sodass Morgenlicht durch den Bus flutet, »habe ich keine Lust, Gabes supertolles Touristen-Theater mitzumachen. Ich will das *richtige* Australien sehen, verstehst du? Wenigstens ein kleines Stück davon. Und du wirst in den nächsten Tagen jemanden brauchen, der dir ein bisschen Kohle leiht. Betrachte das Ganze einfach als Erweiterung unseres Deals.«

»Aber was ist mit der Herzenswunsch-Organisation?«, protestiere ich. »Kommst du dir nicht undankbar vor, wenn die so was für dich planen und du dann einfach abhaust?«

»Gabe wird froh sein, wenn er nicht aus seinem geliebten Sydney wegmuss. Und was den Rest anbelangt …« Jetzt weicht Aaron meinem Blick aus. Es ist, als hätte seine selbstherrliche Fassade einen winzigen Sprung bekommen – aber nur Sekunden später zuckt er wieder lässig mit den Achseln. »Die würden jemandem wie mir keine Reise ohne Rücktrittsversicherung schenken. Just in case …«

Damit habe ich nicht gerechnet. Es muss an Aarons

großkotzigem Auftreten liegen, dass ich immer wieder vergesse, wie krank er war. Vergeblich zermartere ich mir das Hirn nach einer Antwort, und dass allmählich Hitze meinen Hals hinaufkriecht, macht die Sache nicht gerade besser. Zum Glück kommt in diesem Moment die Hippie-Frau zu uns nach hinten geklettert.

»Na, ihr beiden, alles okay bei euch? Möchtet ihr ein paar selbst gebackene Kekse?«

Verlegen schüttle ich den Kopf. »Wir wollen euch nichts wegessen.«

»Ach, das geht in Ordnung. Ich hatte schon einige und River muss ja noch fahren.«

»Und das kann er nicht, wenn er zu … satt ist?«

Aus den Augenwinkeln erkenne ich, dass Aaron wieder grinst, und da dämmert auch mir, was es mit den Keksen auf sich hat. Im Geiste halte ich fest, hier keine Backwaren anzurühren, egal wie hungrig ich werde. Misstrauisch beobachte ich Blue Moon, die es sich mit einer runden Blechdose in den Armen auf der Bank bequem macht. Ihre nackten Füße bettet sie auf etwas, das ich zunächst für ein fransiges weißes Kissen halte. Allerdings hat es Schlappohren und ein Paar melancholische braune Augen.

»Wie heißt euer Hund?«, frage ich und versuche, mich mit der Vorstellung anzufreunden, hier bald Dinge zu hören wie: *Geh doch mal bitte mit Crystal Stardust Gassi.*

Doch Blue Moon verzieht bedauernd die Lippen. »Bob. Er hat einen sehr nüchternen Charakter.«

Bob und ich sehen einander an. Wahrscheinlich fragen wir uns beide, wie um Himmels willen wir bloß hier gelandet sind – und wir haben jede Menge Zeit, um darüber nachzudenken. Ich bekomme eine vage Vorstellung davon, wie riesig Sydney ist, als wir die Stadt nach einer Stunde Fahrt immer noch nicht richtig verlassen haben. Zwar liegen die Wolkenkratzer jetzt weit hinter uns, aber dafür nehmen die Vororte einfach kein Ende. Es scheint, als bestünde die ganze Welt aus Häuschen mit roten Dächern und weißen Fensterrahmen, mit Carports und Pools und Trampolinen in den Gärten. Endlich werden die Siedlungen spärlicher, aber dafür sieht es auf der Autobahn kaum anders aus als in Deutschland. Nur allmählich wandelt sich das satte Grün der Umgebung, es mischen sich Gelbtöne dazwischen und die Orte, durch die wir fahren, werden kleiner und seltener. Irgendwie sieht es für mich aus, als würde das Land hier erstmals richtig durchatmen. Immer wieder passieren wir Zäune, Felder, Weiden … und dann plumpst mir Aarons Kopf auf die Schulter.

Ich erschrecke so sehr, dass ich einen leisen Schrei ausstoße. Aaron schläft seelenruhig weiter, aber dummerweise habe ich Blue Moons Aufmerksamkeit erregt. Sie blickt von der komplizierten Flechtarbeit hoch, mit der sie sich während der vergangenen Stunde beschäftigt hat, und lächelt eigenartig.

»Ihr zwei«, sagt sie, als wäre das allein schon eine Feststellung. »Er ist voller Wasser und du bist voll Erde.«

Verwirrt schiele ich an mir hinab und entdecke einen Fleck am Saum meiner Bluse. »Oh, stimmt. Leider hab ich gar nichts zum Wechseln dabei«, gestehe ich beschämt. »Mir wurde mein ganzes Gepäck geklaut.«

121

»Das meinte ich nicht. Die Aborigines ordnen Personen den vier Elementen zu, wusstest du das? Es ist gut, wenn da eine Balance herrscht. Bei Windsong River und mir ist es genauso: Einer bremst, einer treibt. Ich bin die Besonnene von uns beiden.« Und sie genehmigt sich noch einen ominösen Keks aus der Blechdose.

»Das ist … sehr interessant«, antworte ich höflich. Aarons Haare riechen nach Orangenshampoo. Versuchshalber senke ich meine Schulter einige Millimeter ab, doch er sinkt einfach mit.

»Ich kann dir Klamotten von mir geben, wenn du möchtest«, bietet Blue Moon unvermittelt an. »Und auch ein paar Thongs.«

Schlagartig verschwindet das Gewicht von meiner Schulter. Aaron sitzt kerzengerade da, die Haare noch ganz verwuschelt, und gibt etwas von sich, das in etwa so klingt wie »*Hnnmmph?*«.

Wieder lächelt Blue Moon ihr seltsames Lächeln. »So werden in Australien die Flipflops genannt«, erklärt sie an Aaron gewandt. »Nicht wie andernorts die Tangas, falls du das denkst.«

»Ich hab doch gar nichts gesagt. Hab ich was gesagt? Seid ihr auch so hungrig wie ich?«

Die Kekse scheinen jetzt ihre volle Wirkung zu entfalten, denn Blue Moons Lächeln wird immer breiter. Deshalb bin ich ziemlich erleichtert, als Windsong River an einer Raststätte hält, die aus Tankstelle, Pub, Post und Wellblech-Klohäuschen besteht. Am Bartresen lümmeln fünf schläfrige Biertrinker. Mir kommt in den Sinn, dass Australien eine Bevölkerungsdichte von 3,1 Personen pro

Quadratkilometer hat – so gesehen herrscht hier ein richtiges Gedränge.

»Hast du nicht gemeint, dein Haus wäre in der Nähe von Sydney?«, fragt Aaron, als wir mit vollen Tellern an einem zerfurchten Tisch unter einer Markise sitzen und das Hippie-Paar in ein Gespräch vertieft ist. Dabei sieht er fast ein wenig besorgt aus.

»So steht es zumindest in meinen Unterlagen«, antworte ich steif und scheuche eine Fliege von meinem Meat Pie. Als ich mit der Gabel in den Blätterteig pieke, sickert eine zähe braune Soße heraus. Mir ist nicht wohl dabei, dass Aaron für mein Mittagessen bezahlt hat, und noch weniger gefällt mir, wie er sich jetzt einfach den Zettel greift, den ich hochtrabend als »Meine Unterlagen« bezeichnet habe.

»*Charming Lifestyle Property*«, liest er mit vollem Mund. »Und das ist alles? Wo ist der Grundriss? Wo sind die Fotos? Wo ist überhaupt irgendwas?!«

»Da ist doch ein Foto.«

»Und was soll das sein?«

Ich würde mir eher die Zunge abbeißen, als zuzugeben, dass man auf dem verschwommenen Schwarz-Weiß-Bild kaum etwas erkennen kann. »Eine Veranda? Jedenfalls sieht es hübsch aus«, behaupte ich und schiebe den halb vollen Teller weg. Dabei glaube ich gar nicht, dass das flaue Gefühl in meiner Magengrube mit der australischen Küche zusammenhängt, auch wenn sich der britische Einfluss geschmacklich nicht verleugnen lässt. Die Wahrheit ist, dass ich bereits mehrmals versucht habe, den früheren Eigentümer des Hauses zu erreichen, um weitere

Informationen einzuholen. Ich habe ihn angerufen, ihm gemailt, ihm sogar einen Brief geschrieben, aber ohne Erfolg. Entweder, die Kontaktdaten stimmen nicht mehr … oder er zog es vor, mir nicht zu antworten.

Aaron

Meine Grundschullehrerin hat mir mal erklärt, dass sich Farben nicht steigern lassen. Etwas kann hellrot sein oder dunkelrot, aber nichts ist röter als etwas anderes.

Nennt mich einen Rebellen, aber das hier ist der verdammt noch mal blaueste Himmel, den ich je gesehen habe. Und der riesigste. Ganz weit in der Ferne entdecke ich zwar ein paar Hügel und hier und da stehen Eukalyptusbäume, aber ansonsten gibt es nichts, was einem die Sicht verstellen würde. Sogar das Gras wächst nur in spärlichen Büscheln und die Straße führt wie ein dünner, gerader Strich mitten durch das gigantische Nichts. Ich hätte echt große Lust, auf meinem Blog davon zu erzählen, obwohl ich Landschaftsbeschreibungen in Büchern nie besonders gemocht habe. Wahrscheinlich, weil ich mir bisher einen Dreck darunter vorstellen konnte – »die Weite der Prärie«, »endloses Ödland«, »bis zum Horizont« und so ein Zeug. Mein eigener Horizont war jahrelang total beschränkt: von der Dialyse nach Hause, von zu Hause zur Dialyse, und hey, ein spannender Abstecher zur Apotheke. Aber gerade deswegen möchte ich gern das Gefühl beschreiben, auf so einer riesigen roten Fläche zu stehen und zu denken, dass alles ganz nah und gleichzeitig unendlich weit weg ist, weil man die Entfernungen einfach nicht mehr abschätzen kann. Zu gerne würde ich meinen

Followern ein Bild davon in die Köpfe pflanzen, weil sie das bestimmt genauso wenig kennen wie ich früher, aber daraus wird wohl nichts. Wenn wir nämlich schon bei ungewöhnlichen Steigerungen sind: Das hier ist sicher der arschigste Arsch der Welt, an dem ich jemals gewesen bin. Man könnte ihn bestimmt riechen, wenn meine Nase vom Räucherstäbchen-Mief im Camper nicht dauerhaft betäubt wäre. Ein Handy lässt sich hier höchstens noch als Fliegenklatsche verwenden, Empfang gibt es keinen.

Unwillkürlich fasse ich an meinen Bauch und das hat gar nichts damit zu tun, dass die Fleischpastete noch mal frische Luft schnuppern will. Nervosität beginnt in mir hochzusteigen, weil wir so weit ab vom Schuss sind – die Australier müssen eine reichlich sonderbare Vorstellung davon haben, was *in der Nähe von Sydney* bedeutet. Sollte irgendetwas schiefgehen, würde es viel zu lange dauern, um von hier aus … Aber dann ziehe ich die Hand schnell wieder weg und vergrabe sie in der Tasche meiner Sweatpants. Genau diese Art von Gedanken kann ich jetzt überhaupt nicht gebrauchen, wo ich doch ohnehin eine wandelnde Pessimismus-Schleuder an meiner Seite habe.

Das Little-Pony-Kotzmobil hat uns einige Stunden nach dem Mittagessen an dem Ort abgesetzt, der auf Nias Pappschild steht. Es war nicht nur verrückt anzunehmen, dass irgendwelche Sydneysider dieses Kaff kennen – eigentlich wundert es mich sogar, dass die winzige Ansammlung von Häusern überhaupt in einer Karte vermerkt ist. Das, wovor wir gerade stehen, ist höchstwahrscheinlich der Hotspot hier: *The Big Red Tavern*. Vom Namen stimmt genau genommen nur, dass das Ding ziegelrot ist, ansonsten handelt es sich dabei bloß um eine zehn Meter lange Hütte. An der Tür hängt ein Schild: »*No Shirt. No Shoes. No Service.*« Und darunter hat jemand angepinnt: »*Unless you're a hot chick.*«

Scharfe Mädels sucht man dadrin allerdings vergeblich. Die Männer, die sich hier einen hinter die Binde kippen, sehen mit ihren zerbeulten Hüten aus, als wären sie Statisten in einem alten Western. Nia beäugt sie angewidert durch das Fenster, aber ich quatsche einfach den Ersten an, der auf den Parkplatz kommt. Dabei halte ich ihm den Zettel mit dem schlecht kopierten Plan-Ausschnitt unter die Nase.

Der Typ stellt sich als Curly vor und ich nehme das mal so hin, obwohl er unter seinem Hut anscheinend kahl wie eine Billardkugel ist. »Yeah, kenn ich«, sagt er in seinem komischen Aussie-Dialekt. »Rusty Plains Station, 'ne Schaffarm ganz in der Nähe. Wenn ihr wollt, kann ich euch da absetzen.«

»Nur, damit es keine Missverständnisse gibt«, hake ich nach, im Gedanken daran, dass die Australier anscheinend ein Problem mit Distanzen haben. »Würden Sie sagen, dass der Mond auch ›ganz in der Nähe‹ ist?«

»Das ist Bullshit.«

»Okay.« Erleichtert klettern wir in den Wagen. »Dass schon mal jemand da oben war, mein ich«, fügt der Typ hinzu. »Nix als Propaganda.« Und er tritt aufs Gas.

Wenige Minuten später haben wir die asphaltierte Straße verlassen und rumpeln über eine Serie von Schlaglöchern dahin. Durch die rote Staubwolke, die der Wagen aufwirbelt, ist kaum etwas von der Umgebung zu sehen. In ver-

127

krampfter Haltung beugt sich Nia etwas näher zur verdreckten Scheibe und ringt plötzlich nach Luft. Curly verlangsamt seine Höllenfahrt ein bisschen, während er auf einen seltsamen braunen Hügel am Straßenrand zusteuert. Als wir näher herankommen, flattern zwei große Vögel in die Höhe. Dann erst bemerke ich an dem »Hügel« auch die langen Hinterbeine und den abgeknickten Schwanz.

»Ach, das passiert hier andauernd«, meint Curly. »Idiotische Viecher. Ziegen und Schafe rennen weg, wenn sie ein Auto sehen, aber Kängurus stehen einfach am Straßenrand und in dem Moment, wo du vorbeifährst, springen sie dir mittenrein.«

»Oh Gott …«, höre ich Nia neben mir. Ihr Flüstern ist so leise, dass sogar ich es kaum verstehe, aber Curly wirft trotzdem einen Blick in den Rückspiegel. Allerdings deutet er Nias entsetzten Gesichtsausdruck völlig falsch.

»No worries, Mädchen. Deswegen hab ich ja die *roo bar* vorn am Wagen. Andere kriegen bei so 'nem Zusammenstoß einen Totalschaden, aber mit diesem Rammschutz kann uns nicht allzu viel passieren. Trotzdem sollte man auf gar keinen Fall nach Sonnenuntergang durchs Outback gondeln, alles klar? Kurz nach sechs wird's zappenduster und im Finstern ist Autofahren hier praktisch Selbstmord, mit den ganzen Schlaglöchern, den Road Trains und den Kamikaze-Kängurus.«

Während er das sagt, fällt ihm vermutlich selber auf, dass es bis zur Dämmerung nicht mehr lange dauert. Nia, ich und das Auto sprechen unser letztes Gebet, als er einen Zahn zulegt. Eine Weile holpern wir noch über Steine und Gestrüpp, danach erreichen wir ein Gatter, hinter dem ein

Wald aus dornigen Büschen und Eukalyptusbäumen beginnt.

»Da wären wir«, verkündet Curly und bremst so abrupt, dass mein Magen an meine Bauchdecke klatscht. »Rusty Plains.« Er zeigt auf ein verwittertes Schild am Gatter, auf dem man nur noch die Buchstaben *usty* entziffern kann. »Lauft einfach in diese Richtung weiter, dann kommt ihr irgendwann ans Haupthaus.«

»Irgendwann …? Okay, danke schön«, murmelt Nia schwach. Sie öffnet die Tür, um aus dem Wagen zu klettern – und schreckt sofort wieder zurück. »Was um Himmels willen ist das?«

Ich versuche, mich an ihr vorbeizudrängen, aber da höre ich es ebenfalls: Dem Klang nach zu urteilen, stirbt hier gerade ein Dinosaurier einen qualvollen Tod. Oder er hat Blähungen. Jedenfalls dröhnt ein derart lautes Grunzen durch den Wald, dass die Eukalyptusbäume wackeln.

Curly macht eine lässige Handbewegung. »Das sind bloß die Koalas.«

»Wie bitte?!«

»Na, die Männchen. Die tun das, um die Weibchen zu beeindrucken, versteht ihr? Je lauter einer ist, umso besser kommt er bei den Ladys an. Da werden die richtig wild auf ihn.«

»Nur, damit ich das richtig verstehe«, sage ich und gebe mir große Mühe, mich zu beherrschen. »Diese flauschigen, süßen Bärchen – pardon, Beuteltiere – sitzen in den Bäumen und brüllen gerade *Fuck meee, fuck meee …?*«

Curly lächelt mich breit an. »So isses, mate.«

Im nächsten Moment ist Nia aus dem Wagen gesprungen und hat die Tür hinter sich zugeworfen. Mit einer Entschlossenheit, die ich ihr gar nicht zugetraut hätte, schwingt sie sich über das Gatter und stapft davon.

»Vielen Dank fürs Mitnehmen«, rufe ich, dann sprinte ich Nia hinterher. Das hohe, stachelige Gras, das hier überall wächst, raschelt um meine Beine und zwischen den Bäumen riecht es nach Hustenbonbons. Während ich laufe, merke ich, dass mein Puls ungewöhnlich schnell geht. In meinem Inneren brodelt ein Cocktail aus Fleischpastete und Adrenalin und das fühlt sich viel besser an, als es klingt. Irgendwie ist es so: Als ich die Oper und die Harbour Bridge gesehen habe, *wusste* ich, dass ich in Australien bin. Jetzt *spüre* ich es auch.

Sobald ich Nia eingeholt habe, wird mir jedoch klar, dass ich mit diesem Gefühl allein dastehe. Wenn ich meine Aufregung mit jemandem teilen will, sollte ich mich wohl besser mit den Koalas unterhalten. Roboterhaft marschiert Nia die Fahrrille entlang und hält dabei die Jutetasche voll Klamotten, die sie von Blue Moon bekommen hat, an die Brust gedrückt. Seit unserer ersten Begegnung im Krankenhaus habe ich ihr Gesicht nicht mehr so versteinert gesehen.

Ich mache eine übertriebene Show daraus, wie ich neben ihr herjogge, um Schritt zu halten. »Du weißt, dass das hier kein Gewaltmarsch werden muss, oder, Military Girl?«

»Nenn mich nicht so!«

»Mein Fehler, Peaceful Patchouli.«

Ruckartig bleibt sie stehen und dreht sich zu mir. Ihr Blick ist fast wie eine Ohrfeige, aber er passt nicht zu ihrer dünnen Stimme. »Hör zu, ich … ich weiß, dass das alles für dich ein einziger Spaß ist. Australien, das große Abenteuer – schon klar. Aber ich bin nicht zu meiner und erst recht nicht zu *deiner* Belustigung hier, okay? Kriegst du das irgendwie in deinen Witzbold-Schädel?«

Ich nehme an, jeder Mensch hat besondere Talente. Timo schafft es, dass ich mich innerhalb weniger Sekunden besser fühle. Bei diesem Mädchen ist das umgekehrt.

»Man kann unmöglich übersehen, wie wenig Spaß du an der Sache hast«, antworte ich langsam. »Ich kapiere nur nicht, woran das liegt.«

»Weil ich mir das nicht ausgesucht habe!« Sie wirft Blue Moons Tasche ins Gras und schlingt die Arme um ihren Oberkörper. Wahrscheinlich würde sie mir leidtun, wenn sie keine solche Nervensäge wäre. »Nicht diese Reise, nicht dieses Haus in dieser gottverlassenen Gegend, gar nichts davon. Und Australien ist überhaupt – also, es ist völlig anders, als ich es mir vorgestellt hatte!«

»Nun komm aber, bloß weil die Koalas auch ein bisschen Vergnügen –«

»Darum geht es doch gar nicht.« Sie lacht kurz auf, aber ihre Miene bleibt total verbittert. »Das hier ist meine erste richtige Reise, verstehst du? Als Kind hab ich ständig von so etwas geträumt, aber auf den Postkarten, die meine Tante mir geschickt hat, klang alles ganz einfach!«

Im selben Augenblick brennt bei mir eine Sicherung durch. Es liegt an diesem Wort – *einfach* – aus dem Mund dieses verwöhnten Mädchens. Das kommt wohl dabei heraus, wenn Mami und Papi jedes Problem von einem fernhalten. Nia hat echt keinen Schimmer, wie schwierig das Leben sein kann.

131

»Weißt du, warum die Geschichten deiner Tante so gewirkt haben, als ob auf ihren Reisen nur gutes Zeug passiert wäre?«, fahre ich sie an und muss mich sehr zusammenreißen, um meinen Seesack nicht gegen den nächsten Eukalyptus zu knallen. »Weil sie nur darüber geschrieben hat, logischerweise! Am Ende ist es ja auch das, was zählt, solange sich das miese Zeug im Rahmen hält. Du kannst doch nicht durch Australien rennen und dabei die ganze Zeit denken: Oh Mann, die haben mir meinen Mutantenrucksack geklaut, ich hab ein totes Känguru gesehen und die Koalas hatten Sex. Warum willst du dir das Leben absichtlich so schwer machen?!«

»Du hast nicht die geringste Ahnung von meinem Leben«, stößt Nia hervor. Auf ihren Wangen erscheinen zwei rote Flecken, die rasch dunkler werden. »Mit welchem Recht benimmst du dich eigentlich wie ein allwissender, aufgeblasener, *zwinkernder* –«

Das Ende dieses spannenden Satzes werde ich nie erfahren, denn während Nia noch vor sich hin schimpft, ertönt ein Knall. Ich mache einen Hechtsprung und packe sie mit beiden Händen an der Taille. Danach sehe ich nur eine wirre Ansammlung von Bildern:

Nias riesige erschrockene Augen.

Den Stamm eines Eukalyptusbaums, der an uns vorbeisaust.

Und schließlich den staubigen Boden, direkt unter unseren Gesichtern.

Ich wusste vielleicht nicht, wie notgeile Koalas klingen. Aber eines erkennt man, auch wenn man es zum ersten Mal hört – und das ist ein Schuss.

Nia

Die Wucht des Aufpralls vernebelt meine Gedanken. Sekundenlang nehme ich nichts anderes wahr als Aarons Gewicht auf mir, den Geruch seines Orangenshampoos, vermischt mit jenem nach verbrannter Erde. Endlich gelingt es mir, genug Sauerstoff zu sammeln, um einen einzigen Satz hervorzustoßen: »*Was soll das werden?*«

»Ich rette dich, was denn sonst!« Aarons Atem glüht in meinem Nacken. Ich versuche, mich zu drehen, werde aber regelrecht in den Boden gedrückt.

»Lass mich sofort los!«, keuche ich und strample wie eine Schildkröte auf dem Rücken, nur dass ich dabei auf dem Bauch liege. »Das ist doch lächerlich! Der Schuss galt natürlich nicht uns, sondern irgendeinem Tier in unserer Nähe!«

»Erzähl das der Kugel, die gleich in deinem Hintern steckt!«

»Was geht dich mein Hintern an?«

Damit habe ich anscheinend ein überzeugendes Argument geliefert. Der Druck auf mir lockert sich und ich nutze die Gelegenheit, um mich herumzuwerfen. Mit einem Fluch rollt Aaron von meinem Rücken. Ehe er mich daran hindern kann, rapple ich mich auf und schwenke beide Arme durch die Luft.

»Hallo! Aufhören! Hier sind Menschen!«

Aarons nächster Fluch ist noch weit weniger jugendfrei. Mit einem Satz kommt auch er auf die Beine und drängt mich gegen einen Eukalyptusbaum. »Halt die Klappe!«, zischt er und versucht allen Ernstes, mir eine Hand über den Mund zu legen. »Oder sehnst du dich so sehr nach einer weiteren Körperöffnung?«

Wie um seine Worte zu unterstreichen, kracht es gleich darauf erneut. Ein Baumstamm splittert, nur wenige Schritte von uns entfernt. Der dritte Schuss schlägt sogar noch näher ein und ich glaube, einen peitschenden Luftzug zu spüren. Der Schreck verleiht mir genug Kraft, um mich abermals aus Aarons Griff zu winden.

»Man muss doch auf sich aufmerksam machen, wenn man mitten in eine Jagd gerät! – Hey! Nicht schießen! Wir wohnen hier!«

Aaron sagt überhaupt nichts mehr. Er hat die Augen zu schmalen Schlitzen zusammengekniffen, als warte er nur darauf, von einem Kugelhagel zersiebt zu werden. Auch in meinem Körper strafft sich jeder Muskel, ich halte den Atem an und zähle meine Herzschläge, bis …

… gar nichts passiert. Die ganze Umgebung ist wie eingefroren, nur die Stille scheint zu wabern wie zäher Rauch. In Zeitlupentempo wandert mein Blick an Aarons Brustkorb nach oben, bis ich es schaffe, sein Gesicht zu fokussieren.

»Vielleicht sind die Jäger weitergezogen«, hauche ich.

»Oder sie wurden von dem, was sie gejagt haben, gefressen.« Sogar in dieser Situation kann er es nicht lassen, Witze zu reißen. Zumindest hoffe ich, dass das ein Witz sein sollte. Ich will ihn gerade daran erinnern, dass er noch vor ein paar Sekunden längst nicht so cool war, als neben uns etwas raschelt. Damit ist auch *meine* Coolness Geschichte. Panisch klammere ich mich an das Nächstbeste – Aaron – und starre auf das, was da aus dem Gebüsch hervorbricht. Erst mehrere Herzschläge später begreife ich, dass es sich dabei nicht etwa um ein Krokodil handelt, sondern um ein menschliches Wesen. Genauer gesagt um einen etwa vierzigjährigen Mann mit Stoppelbart, sonnengegerbter Haut und dem obligatorischen Schlapphut. Außerdem hält er eine Flinte wie einen Prügel in der rechten Hand.

»Kommt ihr aus der Klapsmühle?«, fährt er uns an.

Demonstrativ löst Aaron meinen hysterischen Klammergriff von seinem Oberarm. »*Wir?*«, höre ich ihn murmeln, aber an den Kerl gewandt antwortet er mit betonter Lässigkeit: »Nein, aus Deutschland.«

»Noch schlimmer.« Die Mündung der Flinte wandert ein paar Zentimeter weiter in unsere Richtung. »Wieso zum Teufel behauptet ihr, dass ihr hier wohnt, hä?«

Ich kratze all meinen Mut zusammen, um das Ziehen in meinem Magen zu ignorieren. Das hier ist ein Missverständnis, nichts weiter. »Weil es stimmt!«, sage ich so entschlossen wie möglich und halte dem Mann meinen zerknautschten Zettel entgegen. »Meine Tante hat genau hier ein Grundstück gekauft und mir vererbt. Schauen Sie doch!«

Genau das tut der Kerl. Er fixiert das Papier so stark, als würde er gerne ein Loch hineinbrennen, sein Mund öffnet sich … und er entlässt einen Schwall von Flüchen. Ihre Bedeutung verstehe ich kaum, was entweder am australischen Akzent oder an dem farbenprächtigen Vokabular liegen muss. Wenigstens richtet sich der Zorn des Kerls gar nicht gegen uns, sondern gegen irgendeinen »undankbaren Bastard« und (ich kann nur hoffen, dass ich mich dabei verhört habe) *sheep shagger.*

»Ein Freund von Ihnen?«, erkundigt sich Aaron höflich. Das bringt den Mann dazu, seine Tirade abrupt zu beenden. Stattdessen sieht er Aaron an, als wollte er ihn bei lebendigem Leib verspeisen. »Mein Bruder«, knurrt er. »Stiefbruder, besser gesagt. Eigentlich gehört der Idiot gar nicht richtig zur Familie, aber mein alter Herr dachte anscheinend, das würde sich ändern, wenn er ihm ein Stückchen von der Farm hinterlässt. Und dann verhökert der Scheißkerl sein Erbe einfach an ein paar Krauts!«

Ich beschließe, diese fremdenfeindliche Bemerkung ganz lässig zu übergehen. »Also sind Sie nicht«, ich schiele auf den Zettel, obwohl ich den Namen des Verkäufers längst auswendig kenne, »Ryan Tailor?«

»Nah. Ich bin Russell.«

»Okay, ähm, Mr Russell, Sir«, sage ich, unsicher, ob ich es mit einem Vor- oder Familiennamen zu tun habe, »könnten Sie uns freundlicherweise zu dem betreffenden Wohnhaus führen?«

»Zum … Wohnhaus? Klar, kein Problem.« Von einer Sekunde auf die andere scheint sich seine Stimmung zu heben. Zwar macht er immer noch einen grimmigen Eindruck, aber zumindest bedeutet er uns unerwartet eifrig, ihm zu folgen. Einige Schritte weiter stoßen wir auf einen schwarzen Landrover, der am Wegesrand mitten im Gestrüpp geparkt ist. Mir bleibt nichts anderes übrig, als mich mit Aaron auf die Rückbank zu quetschen, denn auf dem Beifahrersitz lädt Russell seine Flinte so zärtlich ab, als handelte es sich dabei um sein Erstgeborenes.

»Sagen Sie – Sie wollten doch nicht wirklich mit dem Ding da auf uns schießen, oder?«, rutscht es mir heraus.

»Quatsch. Hab Füchse gejagt«, behauptet er und irgendwie finde ich die Art, wie er im Rückspiegel meine roten Haare mustert, bedenklich. »Miese Schmarotzer. Die will man nicht auf seinem Land haben.«

Dann startet er den Wagen und als wären meine armen Knochen nicht schon genug durchgerüttelt worden, brettern wir wieder drauflos. Der Eukalyptuswald lichtet sich und wir gelangen durch ein weiteres Gatter auf Weideland. Die Schafe, denen wir hier begegnen, nehmen blökend Reißaus, sobald wir uns ihnen nähern. Ein paar Meter entfernt bleiben sie allerdings stehen und suchen weiter gierig nach den appetitlichsten Halmen im verdorrten Gras.

»Is 'n verflucht trockener Frühling dieses Jahr«, sagt Russell mehr zu sich selbst. »Bald braucht man hier mehrere Hektar Land, um ein einziges Schaf sattzukriegen!«

»Liegt das an der globalen Erwärmung?«, frage ich und meine Stimme holpert im Takt mit dem Wagen.

Russell schnaubt. »Nope, am Wetter.«

»Ja, gerade deshalb …«

Aber der Farmer lässt mich nicht ausreden. »*Bluey*«, grunzt er und meint damit anscheinend mich, »das ist ganz einfach so. Mal geht's im Leben bergab und später geht es wieder bergauf. Ich brauch keine verdammten Politiker, die mir das erklären.«

»Nix als Propaganda«, bestätigt Aaron im selben Tonfall wie Curly. Ich vermute, er will mich davon abhalten, mit diesem Outback-Cowboy eine Diskussion über den Klimawandel vom Zaun zu brechen. Dabei bin ich für so etwas ohnehin viel zu nervös. Während wir einen Hügel hinauffahren, steigt auch mein Puls immer weiter an, und meine Handflächen beginnen zu schwitzen. Nach einem Tag im Flugzeug und stundenlangem Fahren werde ich jetzt in wenigen Minuten Lauras Vermächtnis direkt vor Augen haben. Hoffentlich erkenne ich dann auch, warum ihr das alles so viel bedeutet hat. Plötzlich schießt mir der Text der Ansichtskarte durch den Kopf, die ich neulich wieder gelesen habe:

Du kannst dir nicht vorstellen, wie paradiesisch es hier ist. Die Sonne schmilzt alle Sorgen einfach weg. Ich fühle mich schon wie ein ganz neuer Mensch.

Wenn es doch bloß so einfach wäre! Sicher darf ich mir von dieser Reise keine Wunder erwarten – zum Beispiel, dass ich mich dadurch in eine Person verwandle, die nicht jede Nacht grübelnd wach liegt und generell viel zu ängstlich ist, sondern alles genauso energisch anpackt wie meine Eltern. Aber wer weiß? Vielleicht lässt mich dieses Erbe wenigstens ein ganz kleines bisschen erwachsener werden.

Auf der Kuppe des Hügels parkt Russell und ich springe sofort aus dem Landrover. Obwohl wir gar nicht so hoch oben sind, kann ich kilometerweit bis zum Horizont sehen: Vor mir liegt ein Ozean aus struppigem Gras und verstreut in diesem bräunlichen Gelb – wie winzige Schaumkronen – grasen unzählige Schafe. Erst als ich meinen Blick über die gesamte Ebene streifen lasse, entdecke ich ein paar Gebäude am Fuß der Anhöhe. Das größte wird von einem Windrad flankiert und hat eine hübsche Veranda aus weiß gestrichenem Holz.

Ich spüre, wir mir eine zentnerschwere Last von den Schultern fällt. Vielleicht war ich doch zu pessimistisch, was diese Reise anbelangt.

»Oh, da vorn!«

»Oh, *dahinten*.« Russell, der inzwischen auch ausgestiegen ist, deutet in die entgegengesetzte Richtung und sieht dabei seltsam zufrieden aus. Der Grund für seine gehobene Stimmung ist anscheinend ein Schuppen aus graublauem Stahlblech, nur ein paar Schritte von uns entfernt. Unter dem kleinen Vordach stehen ein von Spinnweben bedecktes Fahrrad und ein vergammelter Gartenstuhl. Kein Zentimeter davon wirkt auf mich besonders erfreulich.

Neben mir fängt Aaron plötzlich an zu husten und ich verstehe gar nichts mehr.

»Sehr hübsch«, sage ich, vermutlich im selben Tonfall, in dem meine Mutter immer meine Kinderzeichnungen kommentiert hat. »Ein bisschen weit weg vom Wohnhaus. Bewahren Sie hier Ihre ungenutzten Geräte auf?«

»Nein, meine ungebetenen Gäste! Willkommen im Eigenheim, Sweetheart!« Und dann spuckt er neben meinen Schuh, wie um dadurch ein Geschäft zu besiegeln. Ich schaue auf den nassen Fleck, dann wieder auf den Schuppen und kann mich nicht entscheiden, was ich entsetzlicher finde.

»Sie machen Witze«, sage ich tonlos.

Russell stapft zwischen eingezäunten Beeten mit Tomatenstauden und anderem Grünzeug hindurch auf die

Blechhütte zu. »Nun stell dich mal nicht so an«, knurrt er. »Das hier ist ein erstklassiges Shed! Alle richtigen australischen Männer müssen so was haben, damit sie irgendwo hinkönnen, wenn das Weibsvolk zu sehr nervt. Mein Vater und mein Stiefbruder waren oft hier und haben Rugby geguckt. Wahrscheinlich dachte mein alter Herr deswegen, das Shed würde Ryan etwas bedeuten. Aber diesem Fucknuckle ist anscheinend nix wichtig, außer sich am Bondi Beach die Birne wegzukiffen. Das Shed und der Gemüsegarten gehören also euch, darum müsst ihr euch nun selber kümmern. Aber nur bis zur Baumgruppe da unten! Wenn ich euch auf meinem Land erwische ...«, gedankenverloren liebkost er seine Flinte, »dann werd ich sauer. Alles klar?« Er bückt sich, packt den Griff des Tores und schiebt es nach oben.

Ein Rollladen. Mein Haus hat einen Eingang wie eine Garage.

Willenlos mache ich einen Schritt nach vorn und schiebe mich an Russells breitem Kreuz vorbei ins Innere des Schuppens. Er besteht aus einem einzigen quadratischen Raum, der bis auf undefinierbares Gerümpel entlang der Wände nicht viel mehr aufweist als ein Sofa und einen altmodischen Fernseher. Das gemeinsame Rugby-Gucken hat wohl kein gutes Ende genommen, denn tief im Bildschirm steckt ein Baseballschläger.

Vielleicht war es einfach die falsche Sportart.

»Wo ist die Dusche?«, frage ich matt.

»Na, hier.« Russell greift nach einem Eimer und hängt ihn mir über den Arm.

»Und die Toilette?«

140

Verschwommen kriege ich mit, dass Russell mir einen Spaten in die freie Hand drückt. »Feel free.«

Ich stehe da wie ein überdimensionaler Gartenzwerg und Aaron scheint zu glauben, dass folgende Frage die Situation verbessert: »Funktioniert der Fernseher noch?«

»Hardy har har«, sagt Russell. »Also, ihr habt dann ja alles, was ihr braucht. Viel Spaß und – willkommen auf Rusty Plains.«

Mir ist unbegreiflich, dass er uns guten Gewissens hierlassen will. Und noch weniger kann ich fassen, dass Aaron ihm einfach zum Abschied zunickt! Ich muss ganz dringend mit irgendjemandem bei klarem Verstand sprechen – idealerweise mit jemandem, der die Notwendigkeit eines Badezimmers erkennt. Hektisch stolpere ich zur Tür, durch die Russell gerade ins Freie getreten ist, und lehne mich hinaus.

»Ist es möglich, dass ich mich mit Ihrer Frau unterhalte?«

»Kaum. Bin schon seit drei Jahren geschieden.« Stur marschiert er weiter auf seinen Wagen zu.

»Wie kann das denn sein?«, rufe ich böse. »Sie hatten doch dieses wundervolle Shed als Rückzugsort!«

»Ja, zum Glück. Sonst hätt ich die Furie wohl zu Dünger verarbeitet.«

Dann knallt die Autotür und Russell holpert den Hügel Richtung Farmhaus hinunter. Ich starre ihm hinterher, bis sich die rote Staubwolke gelegt hat und die Stille durch ein leises, aber nerviges Geräusch durchbrochen wird: Aaron macht *tsk-tsk*-Laute mit der Zunge.

»Du solltest ihn lieber nicht provozieren«, rügt er milde.

»Ach nein? Meinst du, er könnte zurückkommen und mir einen dreckigen Schubkarren als Rolls Royce verkaufen, dieser … dieser Halsabschneider?!«

»Also erstens – nimm mal das Klo runter.« Aaron zieht mir die Schaufel aus der Hand, mit der ich wild gestikuliert habe. »Zweitens: Nicht Russell hat deine Tante gelinkt, sondern sein Bruder.«

»Aber das ist doch egal!«, stoße ich hervor und seine deplatzierte Coolness bringt mich vollends aus der Fassung. Ich fühle mich wie in einem Albtraum, in dem ich verzweifelt auf ein brennendes Haus hinweise, und niemand kümmert sich darum. Allerdings eine verständliche Reaktion, wenn es sich dabei um ein Haus wie dieses handelt.

Als wäre ich eine Erzieherin am Rande des Nervenzusammenbruchs und Aaron ein hyperaktives Kind, zähle ich langsam auf: »Ich habe keine Ahnung, wie wir in ein paar Tagen zurück nach Sydney kommen sollen, um unseren Heimflug zu erwischen. Es ist unmöglich, von hier aus meine Eltern zu erreichen. Mein gesamter Besitz findet in einer gebatikten Jutetasche Platz und meine Tante hat mir ein Gebäude hinterlassen, in dem sich höchstens ein Rasenmäher wohlfühlen würde! Was, um Himmels willen, sollen wir jetzt tun?«

Aaron zuckt mit den Achseln. »Erst mal was futtern, dann sehen wir weiter.«

»*Wie bitte?*« Meine gezwungen ruhige Fassade fällt in sich zusammen und ich klinge geradezu verstört.

Nicht einmal davon lässt sich Aaron beeindrucken.

»Pass auf«, sagt er, den Blick suchend auf die Tomatenstauden gerichtet. »Ich hab da so einen Grundsatz, wenn's
schwierig wird. Verwandelt sich das Problem in ein größe-
res, wenn wir etwas essen?«

»Nein, aber –«

»Stört es uns beim Finden einer Lösung, wenn wir den
Bauch vollhaben?«

»Nicht unbedingt, *aber* –«

»Na bitte. Willst du auch was?«

Stumm schüttle ich den Kopf. Mein Magen ist zusam-
mengeballt wie eine Faust, keinen Bissen bekäme ich jetzt
hinunter. Plötzlich ist alle Wut aus mir verschwunden und
es bleibt nichts zurück als Erschöpfung. Kein Wunder, in
den letzten zwei Nächten habe ich zusammengenommen
bestimmt nicht mehr als sechs Stunden geschlafen. Aber
ich bin gar nicht müde, sondern fühle mich einfach nur
völlig leer. Während Aaron im dämmrigen Gemüsegarten herumstrolcht, als wäre das die normalste Sache der
Welt, schleppe ich mich zurück ins Shed. Im Licht einer
nackten Glühbirne entdecke ich dort, wo vorhin der Eimer stand, einen rostigen Hahn. Strom und fließendes
Wasser – dass ich dafür auch noch dankbar sein muss,
hätte ich mir vor einer Stunde nicht träumen lassen. Ich
mache eine Katzenwäsche, putze meine Zähne mit der
Zahnbürste, die Aaron mir an der Tankstelle gekauft hat,
und tausche zum Schlafen Leinenhose und Bluse gegen
ein verwaschenes XXL-Shirt von Blue Moon. Vermutlich war es schon der Hippie-Frau viel zu groß, aber mir
reicht das Hemd fast bis zu den Knien. Schwer vorstellbar, dass mir irgendeines der anderen Kleidungsstücke

143

passen wird, die jetzt noch in der Jutetasche sind. Wenigstens kann ich das Ding mitsamt seinem Inhalt als Kissen benutzen.

Ich liege bereits auf dem abgewetzten Sofa, als Aaron hereinkommt. In der einen Hand hält er den Rest einer Karotte, in der anderen ein Taschenmesser. Anscheinend hat er sich ernsthaft die Zeit genommen, das Gemüse zu schälen. Bei meinem Anblick schluckt er hörbar, dann schüttelt er den Kopf.

»Also, Military Girl, das geht gar nicht. Ich fühle mich unwohl, wenn ich nicht derjenige mit dem blödesten T-Shirt im Raum bin.«

Dazu schweige ich, so als hätte ich das riesige Peace-Zeichen auf meiner Brust nicht bemerkt. Oder die beiden Friedenstauben, die sich, von Herzchen umschwebt, mit ihren Schnäbeln küssen.

»Außerdem«, fährt Aaron grinsend fort, »dein Haus, deine Regeln – aber solltest du das Sofa nicht deinem Gast überlassen?«

»Und wo würde ich dann schlafen, wenn ich fragen darf?«

»Du könntest den Liegestuhl unter dem Vordach hereinholen.«

»Die Idee ist so gut, die will ich dir wirklich nicht streitig machen.«

Wir messen einander mit Blicken und mir fällt zum ersten Mal auf, dass das rechte seiner haselnussbraunen Augen ein bisschen höher steht als das linke. Es kann sich nur um ein, zwei Millimeter handeln, aber dadurch wirkt es, als hätte er eine Braue ständig leicht erhoben. Spott als

Standard-Gesichtsausdruck. Ein Glück für ihn, dass sein Charakter so wunderbar dazu passt.

»Knobeln wir«, schlägt Aaron aus heiterem Himmel vor und reißt mich damit aus meinen Gedanken.

Gerne würde ich ihm erklären, dass mir diese Art der Entscheidungsfindung zu kindisch ist, aber ich bin viel zu ausgebrannt. Mühsam rapple ich mich hoch. »Von mir aus.«

Ich halte genau wie er die Faust nach vorn und schüttle sie dreimal auf und ab. Dann mustere ich die Figur, die er geformt hat.

»Was soll das sein?«

»Ein Brunnen.«

»Was für ein Brunnen denn?!«

»Der, in den deine Schere hineinplumpst.« Blitzschnell greift er nach meinen beiden ausgestreckten Fingern und schließt seine Hand darum. Als hätte er angeboten, mir mal eben was zu amputieren, reiße ich mich los.

»Aber ... das Spiel heißt doch *Schere, Stein, Papier!* Brunnen gilt überhaupt nicht!«

»Sagt die schlechte Verliererin.« Aaron wirft sich rücklings aufs Sofa und verschränkt die Arme hinter dem Kopf. Er sieht dermaßen zufrieden aus, als würde er in einem frisch bezogenen Bett mit Federkernmatratze liegen – jedenfalls so, als bekämen ihn keine zehn Pferde hier weg. Die Erschöpfung muss mich in eine Art Dalai Lama verwandelt haben, denn ich spüre nicht den kleinsten Rest Energie, um mich darüber aufzuregen. Nichts, was jetzt noch passiert, kann mich aus der Fassung bringen.

Völlig entspannt schiebe ich den Rollladen nach oben

und trete ins Freie. Mit stoischer Gelassenheit bücke ich mich nach dem Sperrmüll-Teil, das ab jetzt wohl mein Bett sein soll. Ich hebe es hoch, blickte mit geweiteten Augen auf den dunklen, riesigen Fleck darunter und erstarre. Und dann teile ich Aaron mit, dass der Liegestuhl bereits besetzt ist – in aller Ruhe, die diese Situation verdient.

Aaron

Nias Schrei zerfetzt mir beinahe das Trommelfell. Ich schieße vom Sofa hoch und starre der durchgeknallten Person entgegen, die ins Shed gestürmt kommt.

»Scheiße, wurdest du von einer Schlange gebissen?«, frage ich alarmiert.

Sie schüttelt den Kopf, sodass ihr beinahe die Haarspange wegfliegt. »SPINNE!«

»Du wurdest von einer Spinne gebissen?!«

»Nein! Sie hockt unter dem Stuhl!«

Das Adrenalin strömt aus mir heraus wie die Luft aus einem löchrigen Ballon. Ich lasse mich wieder aufs Sofa fallen. »Alter ... Und deswegen schreist du hier so herum?«

»Ich schreie nicht!«, schreit Nia. Irgendwie ist es ja ganz witzig, sie mal so aufgelöst zu sehen – das Mädel ist derart verklemmt, dass es bestimmt jede Menge Nachholbedarf hat. Ich befürchte nur, dass durch dieses Gekreische bald unser Nachbar Russell mitsamt seiner Schrotflinte auf den Plan gerufen wird.

»Glaubst du denn, die Spinne ist giftig?«

»Nein, dafür ist sie zu groß!« Wenigstens hat Nia ihre Stimme nun gesenkt, aber sie zittert so sehr, dass der Saum ihres komischen Longshirts um ihre Knie flattert. »Ich glaube, das ist eine Huntsman Spider, die sind eigentlich harmlos. Meistens sind es die ganz Kleinen, die so richtig fies sind.«

Ich mustere sie überdeutlich von Kopf bis Fuß. »Was du nicht sagst.«

»Und was soll ich jetzt machen?«, fragt sie, ohne meine Anspielung zu kapieren.

»Na, was schon? Wenn sie nicht giftig ist, wo liegt dann das Problem?«

Damit habe ich anscheinend wieder auf den Psycho-Knopf gedrückt. »Wo das Problem liegt?«, japst Nia. »Wo das Problem liegt? Weißt du, was, geh doch mal raus und guck es dir selbst an. Das Problem ist nicht zu übersehen.«

»Von mir aus«, knurre ich und verlasse zum zweiten Mal widerwillig das Sofa.

Unter dem Vordach ist es so finster, dass ich keine zwei Schritte weit sehen kann. Das Licht, das durch das offene Tor nach draußen fällt, lässt mich gerade mal die Umrisse des Fahrrads und des Liegestuhls daneben erkennen. Ich bezweifle, dass das genügt, um eine Spinne auszumachen – aber als ich in die Hocke gehe, muss ich zugeben, dass ich mich getäuscht habe. Das Vieh sieht aus wie eine Krabbe mit überlangen Beinen und ist so groß wie meine ausgestreckte Hand. Mindestens.

»Okay«, sage ich, nachdem ich ins Shed zurückgekehrt bin. »Da sitzt tatsächlich 'ne Spinne unter dem Stuhl.«

»Und?!«

»Und sie hat mich gefragt, ob ich ihre Mami gesehen habe.«

Nia stößt eine Art verzweifeltes Fiepen aus. »Du bist wirklich wahnsinnig witzig!«

»Ich weiß, das ist eine meiner Stärken.« Seelenruhig mache ich es mir wieder bequem und komme erst ein bisschen durcheinander, als sich Nia ebenfalls aufs Sofa setzt. Sie ist jetzt so nah an mir dran, dass ich ein paar Sommersprossen bemerke, die der Tag in Sydney rund um ihre Nase zum Vorschein gebracht hat. Fünf Stück, um genau zu sein. Immerhin wirkt ihr bleiches Gesicht dadurch nicht mehr so kühl.

»Ähm …«, sage ich gedehnt, »hi.«

»Ich gehe hier nicht weg«, antwortet sie sofort und sieht mich mit wilder Entschlossenheit an. »Auf keinen Fall werde ich den Stuhl anfassen und den Zorn dieser Spinne auf mich ziehen. Wer weiß, vielleicht ist sie ja doch giftig. Ich schlafe mit dir zusammen auf dem Sofa.« Ohne meine Reaktion abzuwarten, springt sie wieder auf, flitzt zum Lichtschalter und kommt im Finstern zurückgestolpert. Dann wirft sie sich neben mich. Ich werde gegen die Lehne gequetscht und habe keine Ahnung mehr, wo ich meine rechte Hand hinlegen soll. Verdammt, besteht dieses Mädchen denn nur aus Kurven? Und wie zum Teufel sind wir ausgerechnet in der Löffelchen-Stellung gelandet? Ich versuche, meine Position zu verändern, aber das Rascheln des Sofabezugs ist fast ohrenbetäubend, also halte ich lieber wieder still.

»Es ist sehr ruhig hier«, stellt Nia im Flüsterton fest. »Atmest du überhaupt noch?«

»Klar. Du?«

»Natürlich.«

In den folgenden Sekunden höre ich sie übertrieben laut schnaufen. Was gäbe ich um ein paar besoffene Randalierer vor dem Haus. Und Straßenverkehr. Genau, Autolärm und Abgase, die durchs Fenster hereinströmen. Stattdessen rieche ich beim Luftholen bloß den muffigen Bezugsstoff … und Nia. Sie ist ein bisschen verschwitzt, aber nicht eklig oder so, und dazwischen hängt der Rest von ihrem Parfum. Dabei muss es mindestens einen Tag her sein, seit sie es das letzte Mal auftragen konnte. Jedenfalls riecht sie irgendwie süß und nach Mädchen und ich hab immer noch keine Ahnung, wohin mit meiner freien Hand. Schließlich klemme ich sie zwischen meine Wirbelsäule und die Rückenlehne.

»Hey«, beginne ich, nur um irgendetwas zu sagen, »was wäre anders an diesem Haus, wenn du es dir aussuchen könntest?«

Sie macht eine leichte Bewegung, die ich nicht sehen kann, nur spüren. Vielleicht war es ein Schulterzucken. »Ist das wieder dieses komische Spiel von dir? *Was, wenn …?*«

»Nun sag schon.«

Noch mal dieses kurze Ruckeln. »Keine Ahnung. Also, es wäre nett gewesen, wenn es tatsächlich bewohnbar wäre – und spinnenfrei! –, aber im Grunde ist das ja egal, weil ich sowieso nicht lange bleibe. Nur … weißt du, der Anwalt meiner Tante hatte ihr abgeraten, das Grundstück zu kaufen. Sie muss also zumindest ein paar Informationen gehabt haben, die nicht gerade nach einem Traumhaus klangen. Trotzdem hat sie den Anwalt beauftragt, den Kauf nach ihrem Tod auf jeden Fall abzuwickeln. Verstehst du, sie wollte unbedingt, dass ich das Haus bekomme. Und deswegen … das hört sich jetzt blöd an, aber … ich dachte einfach, wenn ich hierher reise und es mir ansehe, wäre es wie eine Botschaft von ihr. Als könnte mir das Erbe etwas mitteilen.«

»Und das tut es nicht?«

»*Wenn* dieses Haus irgendwas von sich geben könnte, dann wäre es höchstens ein Rülpsen.«

Ein Witz von Military Girl persönlich! Ich bin so baff, dass ich mit etwas Verzögerung zu lachen anfange und auch gleich wieder damit aufhöre. Nia hat sich enger zusammengerollt – wahrscheinlich fühlt sie meinen Atem im Nacken.

»Was würdest du dir denn als Hinterlassenschaft von jemandem wünschen, der dir nahestand?«, fragt sie und ihre Stimme klingt dünn. Witz hin oder her, das Thema scheint sie ganz schön runterzuziehen. Anscheinend hatte sie sich von dieser Reise echt was Großes erwartet und das gammlige Shed hat ihre Hoffnung platzen lassen wie ein Ei in der Mikrowelle.

»Du meinst, als so 'ne Art Gruß aus dem Jenseits?«, hake ich nach. Mittlerweile bringt mich mein Schultergelenk fast um. Im Zeitlupentempo schiebe ich meinen Arm wieder nach vorne. »Ähm, von meiner Mom würde ich wohl ihr Gasthaus erben. Und mein Kumpel Timo vermacht mir wahrscheinlich seine Porno-Sammlung.«

»Blödsinn! Er würde dir doch Trost spenden wollen!«

Sofort schießen mir die Erinnerungen an massenhaft fragwürdige Krankenhaus-Mitbringsel durch den Kopf. »Du kennst Timo nicht. Ein möglichst geschmackloser Abgang wäre genau sein Ding. Er hat sogar 'ne Sammlung an bescheuerten Inschriften für sein Grab zusammengestellt.«

»Nenn mir nur ein einziges Beispiel«, verlangt Nia ungläubig.

»Das letzte Tuning: 6 Fuß tiefergelegt.«

Nia stößt ein Geräusch aus, von dem ich nicht genau weiß, ob es mit Entsetzen oder Belustigung zu tun hat.

»Das ist ja mies!«

»Nun ruhen seine Gebeine zum ersten Mal alleine«, mache ich auf gut Glück weiter.

»Noch schlechter!« Da war es wieder, ein winziges, halb verschlucktes Kichern.

»Was guckst du? Ich würd auch lieber am Strand liegen.«

»Aaron?«

»Hm?«

»Gute Nacht.« Dann spüre ich plötzlich ein Gewicht an meinem Oberkörper – Nia ist nach hinten gekippt und lehnt mit dem Rücken gegen meinen Bauch. Ich beschließe, dass es jetzt auch schon egal ist, und lege meinen Arm quer über ihre Taille.

»Schlaf gut«, murmle ich überflüssigerweise, denn offenbar tut sie das bereits. So schnell, wie sie eingepennt ist, muss sie total fertig gewesen sein. Ich kann die Augen zwar auch fast nicht mehr offen halten, aber trotzdem liege ich ein bisschen wach und höre Nia beim Schlafen zu. Sogar ihre Atemzüge wirken winzig, passend zu ihrem zusammengerollten Körper. Jetzt fällt mir ein, dass ich den Liegestuhl vielleicht für sie ins Shed hätte tragen können, wenn sie sich dermaßen vor dieser Spinne fürchtet. Ich bin es einfach nicht gewohnt, auf jemanden aufzupassen – seit dem Nierenversagen war immer *ich* derjenige, auf den die Leute Rücksicht genommen haben. Ich werde nie das ät-

152

zende Gefühl vergessen, wenn meine Mom Hilfe bei der Arbeit gebraucht hätte, ich aber vor Erschöpfung keinen Finger rühren konnte. Solange die Spenderniere funktioniert, will ich das nie wieder erleben. Diesen Gedanken kriegt mein müdes Hirn noch auf die Reihe, dann drifte ich ab, Nias Atmen ständig im Ohr.

Nia

Nach dem Aufwachen müssten mir gleich mehrere Dinge Kopfzerbrechen bereiten:

Die Funkstille zwischen mir und meinen Eltern, die nun schon drei Tage andauert.

Die Tatsache, dass ich quasi mittellos am falschen Ende der Welt festsitze.

Und ganz besonders die seltsamen Geräusche an der Tür, die nicht menschlich klingen, aber hoffentlich auch nicht nach einer Monsterspinne.

Trotz allem staune ich am meisten über das Aufwachen selbst. Ich habe die gesamte Nacht durchgeschlafen, ohne mich vorher stundenlang mit Lernstoff herumzuquälen. Die Dinge sind hier dermaßen aus dem Ruder gelaufen, dass es wahrscheinlich gar keinen Zweck mehr hat, sich um irgendetwas Sorgen zu machen. Ich fühle mich wie Alice auf der anderen Seite des Kaninchenbaus: Jetzt scheint wirklich alles möglich zu sein.

Bevor ich diesen Gedanken ganz zu Ende geführt habe, spüre ich, dass sich ein warmer Körper gegen meinen Rücken schmiegt. Instinktiv werde ich steif wie ein Brett und der Schreck vertreibt auch den letzten Rest von Schläfrigkeit. Sobald sich die Nebel in meinem Kopf gelichtet haben, erkenne ich das sanfte Auf und Ab eines Brustkorbs hinter mir. Zentimeter für Zentimeter wälze ich mich herum, bis ich den Beweis für meine Alice-Theorie direkt vor Augen habe: Aaron, der einen Arm als Kopfkissen benutzt und mich mit dem anderen umschlungen hält.

Okay. Dann war das also nicht bloß ein merkwürdiger Traum.

Zur Sicherheit blinzle ich kräftig, ehe ich nach oben in Aarons Gesicht spähe. Seine Lider sind geschlossen und in den Wimpern seines rechten Auges hat sich eine Locke verfangen. Er könnte mal wieder einen Haarschnitt gebrauchen. Vielleicht würde er sogar noch etwas besser aussehen, wenn er …

Als mir klar wird, dass sich meine Hand selbstständig gemacht hat, ist es beinahe zu spät. Ich erstarre, die Fingerspitzen nur wenige Zentimeter von Aarons Stirn entfernt. Wollte ich ihm gerade ernsthaft eine Haarlocke aus dem Gesicht streichen? Was um Himmels willen geht mich seine Frisur an? Das hier ist Mr *Ich-bin-so-scharf-wie-Cayennepfeffer* – der letzte Mensch auf dieser Welt, der zusätzliche Bestätigung braucht, vielleicht mal abgesehen von Robert Downey junior. Noch während ich an Aarons blöden Pfeffer-Witz denke, keimt in mir allerdings die Erinnerung an den gestrigen Abend auf. Mag sein, dass ich vor Erschöpfung und Spinnen-Panik neben mir stand, doch Aaron hat es tatsächlich geschafft, mich zum Lachen zu bringen. Dabei hätte ich ihm nichts anderes zugetraut als zermürbenden, selbstbeweihräuchernden Sarkasmus. Gerade als ich überlege, ob der Jetlag vielleicht mein Urteilsvermögen getrübt hat, reißt mich ein Poltern aus den Gedanken.

Jetzt fällt mir wieder ein, wovon ich geweckt wurde. »Hey«, flüstere ich Aaron ins Ohr, »da ist jemand an der Tür!«

»Mmh … vielleicht der Zalando-Bote«, murmelt er und ich bin mir sicher, dass er noch gar nicht richtig wach ist. Gleich danach ertönt ein Scharren, gefolgt von einem dumpfen Aufprall. Etwas hat soeben den Rollladen gerammt. Mir rieselt ein Schauer die Wirbelsäule hinab.

»Ich glaube, es will jemand bei uns einbrechen«, sage ich ein wenig lauter, und als Aaron nicht reagiert, kümmere ich mich doch um diese verflixte Locke: Ich ziehe daran wie an einem Glockenstrang.

Blitzartig fährt Aaron hoch. »Hast du sie noch alle?«

»Nein!«, bringe ich zischend hervor und die emotionale Achterbahnfahrt dieses Morgens lässt mich etwas durchgeknallt klingen. »Alles, was ich habe, ist eine Jutetasche voller Hippie-Kleidung, und wie es aussieht, wollen sie mir die jetzt auch wegnehmen!«

Aaron verdreht die Augen, bis ich befürchte, sie könnten nach hinten in seinen Schädel rollen. Zu meinem Erstaunen verkneift er sich allerdings einen Kommentar. Schweigend kommt er vom Sofa hoch, schlurft zum Rollladen und baut sich breitbeinig davor auf.

»Entschuldigung, sind Sie zufällig gerade dabei, ein Verbrechen zu begehen?«

Ich bin viel zu nervös, um ihm für diesen Spruch eine Grimasse zu schneiden. Mit klopfendem Herzen warte ich, aber draußen herrscht nun Totenstille. Aaron lehnt sich ans Tor und reißt es dann ohne jede Vorwarnung hoch. Erschrocken starre ich nach vorne – sehe nichts – und senke endlich den Blick.

Das Schaf starrt verdattert zurück.

Es ist vermutlich ein Beweis für Aarons Unerschütterlichkeit, wie schnell er sich von seiner Überraschung erholt. Als würde er jeden Morgen Nutzvieh an der Haustür vorfinden, greift er lässig nach etwas, das über seinem Kopf baumelt. Ich brauche deutlich länger, um zu erkennen, dass jemand einen Futtersack am Griff des Rollladens befestigt hat. Solange das Tor geschlossen war, konnte das Schaf fressen und wurde deshalb an Ort und Stelle gehalten. Jetzt reckt es mit einem unzufriedenen Blöken den Hals. Wie hypnotisiert schaue ich es an, während Aaron den Futtersack löst und einen Zettel herausholt.

»*G'day, Krauts*«, liest er in übertriebenem Aussie-Dialekt, »*da euch nun ein Bruchteil meines Landes gehört, steht euch wohl auch ein Bruchteil meiner Herde zu. Keiner soll behaupten, Russell wäre ...*«, hier stockt er kurz, »*... tighter than a fish's asshole.*«

»Wie bitte?«, frage ich ungläubig.

»Das heißt wahrscheinlich, dass er nicht als Geizkragen gelten will.« Stöhnend lässt Aaron den Brief sinken. »Toll, jetzt haben wir das Vieh an der Backe. Du hättest den Kerl echt nicht provozieren dürfen. Nur damit du's weißt, dieses Schaf ist deine Schuld.«

»Ich wollte gerade sagen, dieses Schaf ist mein *Verdienst!*« Mit langen Schritten sprinte ich nach draußen, lasse mich neben dem Schaf auf die Knie fallen und vergrabe die Finger in seiner Wolle. Sie ist zwar rauer, als sie aussieht, fühlt sich aber trotzdem unheimlich gut an.

»Es ist viel zu klein für ein ausgewachsenes Merino-schaf«, stichelt Aaron weiter. »Und unterentwickelt. Es ist winzig und mickrig!«

»Hör gar nicht hin.«

»Wohin?«, fragt er irritiert.

»Nicht du.« Jetzt wende ich mich wieder an Aaron. »Ich wollte schon immer ein Haustier haben, wirklich, schon als kleines Kind!«

»Und wieso hattest du keines?«

»Oh, das hatte ich. Zwei Springmäuse.« Ich bin so aus dem Häuschen, dass die Antwort einfach hervorsprudelt. Dabei spreche ich sonst nie darüber. »Zu meinem neunten Geburtstag wollte mir meine Tante meinen größten Wunsch erfüllen«, rede ich gedankenlos weiter, während ich den restlichen Inhalt des Beutels an das Schaf verfütte-re. »Ich bin mit ihr in eine Tierhandlung gegangen, ohne vorher meine Eltern zu fragen. Die waren vielleicht sau-er, als ich mit den Mäusen und dem ganzen Zubehör zu Hause angerückt bin, und ich musste ihnen versprechen, keine solchen eigenmächtigen Entscheidungen mehr zu treffen. Kurze Zeit später war ich drei Wochen in einem Englischcamp, und als ich zurückgekommen bin, waren beide Mäuse verhungert.«

»Warte – was?« Aaron hat sich zu mir auf den Boden gehockt, sodass sein entsetztes Gesicht nur wenige Zenti-meter von meinem entfernt ist. »Wieso waren die Mäuse verhungert, bloß weil du in so ein Camp musstest?«

»Weil ich meine Eltern nicht darum gebeten hatte, sich um sie zu kümmern.«

»Und warum zur Hölle haben deine Eltern die armen

Viecher dann nicht einfach gefüttert, während du weg warst?«, bohrt er weiter.

Sofort spüre ich mein schlechtes Gewissen wie einen Stich in der Magengrube. Ich sollte wirklich nicht so über meine Eltern herziehen – noch dazu, nachdem ich sie mit meinem schrecklichen Abschiedsbrief so vor den Kopf gestoßen habe. Sicher, sie waren immer streng, und gerade die Sache mit meinen Mäusen konnte ich nur schwer verkraften. Aber im Grunde wollten sie immer nur das Beste für mich, das weiß ich genau. Während manche meiner Schulkollegen ziemlich vernachlässigt wurden, haben meine Eltern viel Zeit für mich geopfert, obwohl sie voll berufstätig sind. Und auch, wenn ich ihre Erwartungen nie ganz erfüllen konnte, haben sie stets an mich geglaubt und mir bei meiner Ausbildung den Rücken gestärkt. Wie komme ich also dazu, jetzt undankbar zu sein?

»Na ja, sie hatten mir doch eingeschärft, das nächste Mal um ihr Einverständnis zu bitten, wenn ich etwas will. Diese Lektion war nicht zu mir durchgedrungen«, murmle ich und konzentriere mich mit aller Kraft auf das Schaf, das den Saum meines Schlafshirts anknabbert. Nur mit Mühe gelingt es mir, ihm den zerknitterten Stoff wieder aus dem Maul zu ziehen.

»Ich glaube nicht, dass das die richtige Ernährung für dich ist«, wispere ich ihm zu und muss mir eingestehen, dass mein Wissen über Nutzvieh-Haltung damit erschöpft ist – ebenso wie der Inhalt des Futtersacks. Allerdings habe ich dadurch eine Möglichkeit, das Thema zu wechseln.

»Was genau fressen Schafe eigentlich?«, erkundige ich mich in einem extralockeren Tonfall.

Aaron zögert wieder mit seiner Antwort. Als ich bemerke, dass er meine nackten Beine fixiert, schiebe ich mein Longshirt hastig nach unten, und da hört er endlich zu starren auf. »Oh, die *richtige Ernährung* von so einem Tier ist ziemlich komplex«, sagt er und ich nicke eifrig. Das hatte ich mir schon gedacht. »Zunächst benötigt es natürlich ein reichhaltiges Angebot an frischem Obst und Gemüse.«

»Natürlich. Für Vitamine und Eisen«, stimme ich zu.

»Nicht zu vergessen Calcium.«

»Für die Knochen«, ergänze ich automatisch.

»Und Ballaststoffe.«

»Verdauung, klar.«

»Du weißt, dass ich dich verkohle, oder?« Aarons ernsthafte Miene fällt in sich zusammen. Er kann gerade noch hinter dem wolligen Bauch des Schafes in Deckung gehen, als ich die letzte Handvoll Trockenfutter nach ihm werfe.

»Sehr komisch«, schimpfe ich in sein Gelächter, aber meine Wut hält nicht besonders lange an. Es ist unmöglich, wütend zu sein, während das Schaf gierig nach Futterstückchen sucht und Aaron dabei geradewegs sein Hinterteil ins Gesicht streckt.

Immer noch grinsend rutscht er ein Stück zur Seite. »Das Vieh frisst natürlich Gras, und damit gut. Wie ist es möglich, dass ein wandelndes Lexikon wie du so was nicht weiß?«

»Ich bin halt ein Stadtkind«, versuche ich, mich zu rechtfertigen, obwohl ich mir selbst ziemlich dumm vorkomme. »Schafe kenne ich bisher nur aus dem Streichelzoo, den ich ein paarmal mit meiner Tante besucht habe. Ansonsten hatte ich fast nie mit Tieren zu tun.«

»Das erklärt einiges.« Aaron rappelt sich auf und klopft den Staub von den Knien.

Misstrauisch schiele ich zu ihm hoch. »Ach ja, und was?«

»Auf keinen Fall werde ich den Stuhl anfassen und den Zorn dieser Spinne auf mich ziehen!« Die schrille Stimme, die Aaron imitiert, würde gut zu einer hysterischen Adligen aus einem Historienfilm passen. Oder zu einer Cartoon-Figur.

»So habe ich mich definitiv nicht angehört!«, protestiere ich und schnelle vom Boden hoch.

»Nein, du warst um einige Dezibel lauter. Aber ich will das Schaf nicht erschrecken.« Völlig unbeeindruckt hält Aaron meinem empörten Blick stand.

»Also, selbst *wenn* das stimmen würde – was es nicht tut –, wäre nur meine gestrige Übermüdung daran schuld gewesen. Ich hatte Jetlag und war verzweifelt wegen dieses Sheds. Normalerweise verliere ich nicht so leicht die Fassung«, behaupte ich und hebe das Kinn. Erst in der folgenden Gesprächspause wird mir bewusst, dass wir jetzt nicht mehr das Schaf zwischen uns haben, sondern nur einen Schritt voneinander getrennt sind. Aaron hat die Lider gesenkt und ein Muskel an seiner Wange zuckt.

»Tu's doch«, verlangt er und seine Stimme erscheint mir ein kleines bisschen tiefer als sonst.

Ich atme schnell aus. »Tu was?«

»Geh rüber zum Liegestuhl und fass ihn an.«

Diese Aufforderung bringt mich so durcheinander, dass ich gar keine Gelegenheit habe, lange über meine Antwort nachzudenken. »Kein Problem«, sprudelt es aus mir hervor. »Das könnte ich den ganzen Tag machen.«

161

»Eine Sekunde genügt.« Aaron vollführt eine einladende Geste in Richtung des Gerümpels.

Inzwischen hatte ich genug Zeit, mich zu sammeln, und fühle leichten Widerwillen in mir aufsteigen. »Jetzt gleich?«

»Was du heute kannst besorgen, das verschiebe nicht auf morgen«, entgegnet Aaron und lächelt mich liebenswürdig an. Mein Widerwillen wird stärker. Genau genommen sickert er mir wie Blei in die Füße und ich habe Mühe, mich dem Liegestuhl zu nähern. Mein Stolz verbietet mir jedoch, jetzt klein beizugeben. Als müsste ich mich durch heftigen Gegenwind kämpfen, schlurfe ich unter das Vordach und recke, noch gut einen Meter von meinem Ziel entfernt, den Hals. Ehe ich mich auch nur einen Zentimeter weiter vorwage, muss ich erst mal die Lage sondieren. Selbstverständlich werde ich nicht knapp neben die Spinne fassen, auch wenn ich zu neunundneunzig Prozent sicher bin, dass es sich dabei um eine ungiftige Spezies handelt. Aber es ist einfach eine Frage des Respekts.

So aufmerksam ich den Liegestuhl auch mustere, ich kann allerdings bloß Spinnweben entdecken. Jemand ohne Arachnophobie würde das vielleicht für eine glückliche Wendung halten – doch wenn ich etwas noch weniger leiden kann als Spinnen, dann sind das Spinnen, die nicht am selben Fleck bleiben. Nervös lasse ich meinen Blick zwischen dem Stuhl und dem alten Fahrrad hin und her huschen, auf der Suche nach einer Ansammlung viel zu langer, zahlreicher, pelziger Beine.

Und dann spüre ich es.

Ein Kitzeln in meinem Nacken.

Meine Muskeln verkrampfen sich, als würde ein Stromstoß durch meinen Körper jagen. Ich beginne zu hopsen, schüttle die Schultern, quietsche wieder und wieder: »Nimm sie weg! Nimm sie weg!« … bis sich das Kitzeln in einen warmen Druck verwandelt. Nach Luft ringend wirble ich herum und mein Blick landet auf einem ausgestreckten Arm. In meiner Panik ergibt das noch überhaupt keinen Sinn, ehe Aaron betont langsam die Hand von meiner Haut nimmt.

»Okay, sie ist weg.«

Für einen Moment schließe ich die Augen und keuche einfach nur vor mich hin. »*Du*«, ächze ich dann, zu schwach und zu erleichtert, um ernsthaft böse zu sein. »Das … das wirst du büßen. Wenn ich diese Spinne jemals finden sollte, das schwöre ich dir, überwinde ich meine Angst und setze sie in dein Bett!«

»Denk daran, dass wir uns ein Bett teilen, solange wir hier sind«, gibt Aaron zurück und ich habe keine Ahnung, warum ich sein Lächeln erwidere. Außerdem glaube ich unsinnigerweise, das Kribbeln in meinem Nacken immer noch zu spüren. Mit hochgezogenen Schultern sehe ich in Aarons blitzende Augen, während ich nach einer Retourkutsche suche – doch stattdessen fällt mir etwas ganz anderes ein.

Ich mache einen Satz an Aaron vorbei und ein Blick auf die Wiese genügt, um meine Befürchtung zu bestätigen. Nicht nur die Spinne, sondern auch das Schaf ist spurlos verschwunden.

Aaron

Military Girl aus der Reserve zu locken, könnte zu meinem Hobby werden. Wenn sie erst erschrocken und dann erleichtert dreinschaut, wirkt sie nicht mehr wie ein Roboter, sondern wie ein richtiges Mädchen. Sie scheint sogar über sich selber lachen zu können – aber damit ist es wohl vorläufig vorbei, nachdem das beknackte Schaf entschieden hat, sich zu verdünnisieren.

»Was machen wir denn jetzt?«, fragt Nia verzweifelt, als hätte sie dieses Vieh schon vor Jahren ins Herz geschlossen und nicht vor geschätzten zehn Minuten. Ich vermute, meine »*Erst mal was futtern*«-Lebensphilosophie wäre nun eher wenig hilfreich.

»Na, was schon. Wir haben ja geklärt, dass Schafe Gras fressen. Das wird es jetzt wohl irgendwo tun.«

»Aber vielleicht wird es angegriffen«, ruft sie, als wäre ich für die australische Tierwelt persönlich verantwortlich.

»Und das ist meine Schuld, weil …?«

»… du mich abgelenkt hast! Ich hätte das Schaf nicht aus den Augen lassen dürfen, aber du musstest ja unbedingt wieder deine One-Man-Show aufführen, und jetzt ist es davongelaufen!«

»Kann ich was dafür, dass du auf deine Haustiere nicht richtig aufpasst?« Es rutscht mir heraus, ehe ich darüber nachdenken kann. Wieder habe ich es geschafft, Nias Gesichtsausdruck schlagartig zu verändern, aber diesmal ist es deutlich weniger witzig. Dabei hatte ich echt nicht vor, die Geschichte mit ihren toten Mäusen zu erwähnen.

Schweigend starrt mich Nia an, die Lippen so stark zusammengepresst, dass sie nur noch wie ein Strich aussehen. Ich zermartere mir das Hirn, ob ich mit einem Scherz das Ruder noch irgendwie herumreißen könnte, als hinter mir stampfende Schritte ertönen. Nias Blick zuckt an mir vorbei und ihre Augen weiten sich. Eigentlich müsste ich mich gar nicht umdrehen – ich weiß auch so, mit wem ich gleich das Vergnügen haben werde. Dafür gibt es hier am Arsch der Welt ja nicht allzu viele Möglichkeiten.

»Ihr habt da was verloren«, schnauzt Russell, sobald er uns erreicht hat. Das Schaf hält er mit einem Fanghaken am Hinterbein fest. Sofort streckt Nia die Arme danach aus, aber unser lieber Nachbar macht noch keine Anstalten, ihr das mümmelnde Wollknäuel zu überlassen. »Ist euch klar, dass ihr als Landbesitzer dafür haftet, wenn euer Vieh am Nachbargrund Schaden anrichtet?«, donnert er weiter. »Ausnahmsweise bring ich es zurück, aber das nächste Mal lass ich es auf meinem Acker fressen und kassiere dann bei euch ab! Ich hoffe, ihr habt genügend Bucks parat, um so einen Schaden zu berappen!«

Ich unterdrücke ein Stöhnen. Scheiße, wie konnte er das Schaf überhaupt in dieser kurzen Zeit entdecken und einfangen? Er war doch bestimmt nicht bloß aus Zufall in der Nähe des Sheds. Ganz klar: Dieser Mistkerl hat nur darauf gewartet, dass so was passiert.

»Und wie sollen wir das Schaf Ihrer Meinung nach stoppen?«, frage ich mit zusammengebissenen Zähnen.

»Schon mal was von Zäunen gehört, Kraut Boy? Ich hätte einige Pfosten und Draht übrig.« Während er das sagt, verflüchtigt sich Russells Zorn auf wundersame Weise. Der Typ ist so leicht durchschaubar, dass es fast wehtut.

»Lassen Sie mich raten – Sie bringen uns Ihren Sperrmüll vorbei und kassieren dann bei uns ab?«

»Wenn du's drauf anlegst, bist du ja gar nicht so dumm.« Gerne würde ich ihm vorschlagen, sich die Pfosten sonst wohin zu schieben und das Schaf gleich hinterher. Aber nach einem Seitenblick zu Nia schlucke ich meinen Protest hinunter.

»Ist gut, wir machen das mit dem Zaun. Okay? Regen Sie sich ab.«

Seine Reaktion würde genügen, um ein Kleinkind zum Heulen zu bringen. Er schiebt das stoppelige Kinn vor und zieht die Lippen zurück, sodass wir sein abenteuerliches Gebiss bestaunen können. Sieht aus, als wollte er eine tollwütige Hyäne imitieren oder ein psychopathisches Krokodil. Es dauert mehrere Sekunden, bis ich kapiere, was dieses Zähnefletschen zu bedeuten hat:

Unser neuer Nachbar schenkt uns ein zufriedenes Grinsen.

Nia

Gegen Mittag weiß ich, dass Australiens Wappentiere falsch gewählt wurden. Nicht Känguru und Emu haben diesen Kontinent fest im Griff, sondern die Fliegen.

Meine Hand zischt haarscharf an meinem Gesicht vorbei – eine Bewegung, die ich mittlerweile zur Perfektion gebracht habe. Trotzdem lässt sich die Fliege auf meiner Wange davon genauso wenig beeindrucken wie die gefühlten fünftausend vor ihr. Hartnäckig versucht sie, Flüssigkeit aus meinem Auge zu schlürfen. Im Grunde kann ich den Fliegen ihre Gier auch gar nicht übelnehmen. Ich selbst fühle mich komplett ausgedörrt, nachdem ich einige Stunden lang an etwas herumgewerkt habe, das eher an ein modernes Kunstwerk als an einen Zaun erinnert. Schnaufend biege ich das lose Drahtende zurecht, während die Sonne auf meine Haut brennt. Ich bilde mir ein, das Entstehen diverser Sommersprossen richtiggehend mitverfolgen zu können, als gäbe es dabei ein ploppendes Geräusch.

Aaron und ich arbeiten schweigend, bis unser Gewirr aus Draht und Pfosten zwar nach wie vor hässlich aussieht, aber zumindest halbwegs stabil wirkt. Kaum haben wir das Schaf auf dem kleinen Wiesenstück freigelassen, werfe ich die Zange hin und rette mich in den dürftigen Schatten des Vordachs. Leider fasst Aaron irgendetwas an meinen verschränkten Armen und dem krampfhaft abge-

167

wandten Blick als Einladung auf. Er scheint es zwar nicht eilig zu haben, der Gluthitze zu entgehen, aber trotzdem schlendert er direkt auf mich zu.

»Du könntest deinem Schaf als Willkommensgeschenk was zu futtern geben«, meint er und kickt im Näherkommen gegen ein paar der gelblichen Spinifex-Halme, die hier überall wachsen. Das Rascheln läuft wie ein Schauer durch meinen Körper. Bei jedem anderen hätte ich das für eine harmlose Bemerkung gehalten, aber nicht bei Aaron, nicht nach unserem heutigen Gespräch. Ich bin mir fast sicher, dass er schon wieder auf die Springmäuse anspielt.

»An deiner Stelle würde ich dieses Gras nicht anfassen«, sage ich steif. »Die Enden können in der Haut stecken bleiben und eine Entzündung verursachen.«

Aaron klatscht sich mit der Hand vor die Stirn. »Hab ich fast vergessen – wir sind ja in *Australien,* wo sogar das Gras dich umbringen kann!«

»Das ist nicht lustig.«

»Über Killer-Gras würde ich auch nie scherzen!« Aaron dreht sich in gespielter Panik hin und her, als wäre er nicht von Spinifex-Büscheln, sondern von Zombies umgeben. »Was ist mit dem Stein da? Ist der auch gefährlich?«

Unwillkürlich balle ich die Fäuste. »Wenn du es genau wissen willst: Unter Steinen verstecken sich häufig Schlangen.«

»Und der Eukalyptusbaum dort hinten? Nein warte, ich weiß schon wieder: Amok-Ast-Abwurf!« Inzwischen lacht Aaron so heftig, dass er sich vorbeugen und auf seinen Oberschenkeln abstützen muss. Das Geräusch dröhnt in meinen Ohren, hallt durch meinen Kopf, treibt meinen

Puls immer höher. Etwas in mir schwillt an wie eine hässliche Blase und steht kurz vor dem Platzen.

»Es ist ja schön, dass du meine Warnungen derart amüsant findest. Ich frage mich nur, wie lange das so bleibt.«

»Warum?«, hakt Aaron nach. Er hat sich wieder ein bisschen gefangen, feixt aber immer noch. »Weil sich jeden Augenblick ein liebestoller Koala auf mich stürzen und mich unsittlich berühren könnte?«

»Weil du *krank* bist!« Nun ist die Wutblase in mir explodiert, ich schleudere Aaron den Satz nur so entgegen. »Dein leichtsinniges Verhalten wäre schon für normale Menschen ziemlich unvernünftig, aber in deinem Fall ist es komplett verrückt! Ich meine, schau dich doch nur mal an! Du läufst hier herum und reißt Witze, als könnte dir nichts auf der Welt etwas anhaben … dabei wirst du von der Sonne gegrillt und die Gefahr, an Hautkrebs zu erkranken, ist bei jemandem wie dir bis zu fünfhundertmal erhöht!«

Ich ringe nach Luft, um weiterzusprechen, aber der Atem verfängt sich in meiner Kehle. Mit meinen Worten habe ich jede Spur von Belustigung aus Aarons Gesicht vertrieben. Was zurückbleibt, ist wie eine blank gewischte Fläche, leer und ausdruckslos.

»Bist du fertig?«, fragt er und gibt mir erst gar keine Gelegenheit für eine Antwort. »Stell dir vor, ich weiß, was meine Immunsuppressiva bewirken, außer d…die verfickte Niere zu schützen.« Er stockt kurz, als ob er eigentlich »*deine* Niere« sagen wollte. Seine Augen sind nur noch dunkle Schlitze. »Du kannst mir mit deiner ewigen Schwarzseherei gern auf den Wecker gehen und diese ganze Reise versauen. Aber du kannst mir nichts, absolut gar nichts über meine Krankheit erzählen, was ich nicht längst wüsste.«

Er macht einen Schritt auf mich zu und ich will zurückweichen, aber meine Füße sind wie festgeschraubt. In letzter Sekunde ziehe ich die Schultern hoch, ehe seine Hand nach vorne schnellt. Ganz kurz befürchte ich tatsächlich, er wolle mich stoßen; dann drücken sich harte Kanten durch den Stoff meines T-Shirts. Aaron hat mir irgendetwas vor die Brust geknallt. Mechanisch strecke ich die Hände aus, um den Gegenstand aufzufangen, und erkenne eine Tube Sonnencreme. *Lichtschutzfaktor 50+.*

Mein Hals wird so eng, dass ich Mühe habe zu schlucken. »O-okay. Das konnte ich nicht wissen. Aber es geht ja nicht nur um diese eine Sache. Jemand muss dir das einfach sagen …«

»Und wieso?!« Aarons Frage kommt heraus wie ein Peitschenhieb. »Glaubst du vielleicht, du müsstest für mich die Krankenschwester spielen? Weil dein Körper so gesund ist, dass er mal eben ein Organ spenden kann … und meiner einfach nur Schrott?«

Jetzt ist es raus. Das Thema, um das wir beide seit Beginn dieser Reise einen weiten Bogen machen, als wäre es eine Landmine – nun wirft Aaron es mir ungeschönt vor die Füße. Meine Unterlippe zittert. Wenn ich plötzlich nackt wäre, ich könnte mich kaum bloßgestellter fühlen.

»So etwas würde ich nie … Das wollte ich damit nicht …«, setze ich an und hasse mich für mein Stammeln. »Ich finde einfach, dass du die zweite Chance ruhig etwas mehr schätzen könntest, die man dir geschenkt hat.« Es hört sich ganz falsch an, wie ein Satz aus einem schlechten Drehbuch. Prompt verzieht Aaron den Mund zu einem gehässigen Grinsen.

»Die *man* mir geschenkt hat?«, wiederholt er. »Alles klar. Ich versteh schon. Der perfekte Empfänger für eine Organspende sieht in deiner Vorstellung sicher anders aus. Aber ich habe vor, diese Niere richtig zu nutzen und so viel damit zu erleben, wie es nur geht. Im Gegensatz dazu wirst *du* nach dieser Reise wahrscheinlich nie mehr was Besseres zu sehen bekommen als Buchseiten und dein verklemmtes Spiegelbild.«

Obwohl er aussieht, als würde er vor Wut kochen, hat er langsam gesprochen, fast bedächtig. Jeder seiner Sätze ist präzise austariert und trifft mitten ins Ziel.

»Du bist wirklich das Letzte, Aaron«, bringe ich hervor und es klingt blechern in meinen Ohren. »Für dich zählt nur dein Vergnügen, absolut nichts ist dir ernst. Ich hätte nie geglaubt, dass jemand so sein kann, der …«

»Krank ist?«, ergänzt Aaron kalt. »Tja, man lernt eben nie aus. Nicht einmal du.«

Damit wendet er sich ab und das Spinifex-Gras zerknickt unter seinen Tritten, als er davongeht.

171

Aaron

Der größte Nachteil an einem Land, das fast so platt ist wie eine Bratpfanne: Es gibt kein Entkommen, egal wie weit man läuft. Nachdem ich eine gefühlte halbe Stunde durch dieses verfluchte Stachelgras gestapft bin, kann ich das Shed immer noch deutlich erkennen, sobald ich mich nach dem einzigen Hügel in der Gegend umdrehe. Ich bilde mir sogar ein, vor dem grauen Blechklotz eine Gestalt auszumachen, die reglos in die Ferne blickt. Scheiße, wahrscheinlich kann Nia mich ebenfalls sehen. Vielleicht will sie sich davon überzeugen, dass der kranke Junge unterwegs nicht von einem Eukalyptusbaum gekillt wird oder so. Ich unterdrücke den Impuls, gegen den nächsten Stamm zu kicken – die bescheuerte Warnung vor herabfallenden Ästen geht mir nicht aus dem Kopf. Stattdessen mache ich eine scharfe Kurve, die mich hinter eine Baumgruppe führt. Jetzt ist der Hügel endlich aus meinem Sichtfeld verschwunden.

Das ändert jedoch nichts an meinem Gefühl, verfolgt zu werden. Andere spüren das ja wie ein Kribbeln im Nacken, aber bei mir ist es eher ein Ziehen in meinem Bauch. Plötzlich kapiere ich, dass das überhaupt nichts mit dem flachen Land zu tun hat. Ich könnte von hier bis zum Ende des Kontinents rennen, mir ein Boot schnappen und rüber nach Neuseeland zu den Hobbits paddeln ... und ich wäre Nia trotzdem nicht los. Sie ist ein Teil von mir wie in so einem trashigen Alienfilm, in dem Parasiten von den Menschen Besitz ergreifen. Mit dem kleinen Unterschied, dass *ich* der Schmarotzer in dieser Geschichte bin, und das reibt mir Nia mit jeder ihrer ach so gut gemeinten Warnungen unter die Nase: die Spenderin und der Empfänger. Die Retterin und der Junge mit dem Mundschutz. Die Gesunde und die tickende Zeitbombe, bei der man nur versuchen kann, sie so gut wie möglich unter Kontrolle zu halten. Klar, Sprüche über meine Krankheit sind mir immer schon gegen den Strich gegangen. Das kommt wohl ganz automatisch, wenn dir die Leute seit der Pubertät ständig erzählen, was du darfst und was nicht. Aber bei Nia ist das anders. Sie ist mein wandelnder Schuldschein und zum ersten Mal habe ich richtig Schiss, als was *sie* mich sehen könnte.

Automatisch ziehe ich mein Smartphone hervor. Normalerweise würde ich jetzt einen gepfefferten Blogpost schreiben, um diese Gedanken aus meinem System zu kriegen, doch mein Handy hat immer noch keinen Empfang. Fluchend stecke ich es wieder ein und hebe den Kopf. Auf dem Weg hierher war ich so damit beschäftigt, zu Nia zurückzuschauen, dass ich gar nicht auf das geachtet habe, was vor mir liegt. Deshalb merke ich erst jetzt, dass sich der Himmel in der Ferne verdunkelt hat. Zwar ist es nur ein kleiner grauer Fleck im Blitzblau, aber es sieht aus, als würde er wachsen, und bei meinem Glück wird sich das zu einem epischen Unwetter entwickeln, bevor ich wieder beim Shed bin. Sofort mache ich kehrt und jogge drauflos, bis mich das Brummen eines Motors abbremsen lässt. Ich erkenne Russell viel zu spät, weil er diesmal einen vergammelten grünen Pick-up fährt anstelle des schwarzen Landrovers. Durch die dreckige Scheibe sehe ich, dass er mit aufgebrachter Miene in ein Satellitentelefon spricht. Dann stößt er die Fahrertür auf und springt aus dem Auto.

»Ja, sorry«, sage ich, ehe der Kerl zu Wort kommt. »Ich weiß, dass ich hier nichts zu suchen habe. Ich bin auch schon auf dem Rückweg, okay?«

»Einen Scheiß bist du. Ich nehm dich jetzt mit.«

»Wollen Sie mich nicht vorher wenigstens auf einen Drink einladen?«, kontere ich, aber heute ist wohl keiner für meine Witze empfänglich. Russell streckt die Pranke nach mir aus, um mich am Arm zu packen und in seinen Pick-up zu zerren. Mit einem Schritt zur Seite kann ich ihm gerade noch ausweichen.

»Woahh, nur die Ruhe! Wie wär's, wenn wir einfach zusehen, dass wir von dem Gewitter wegkommen?«, schlage ich vor und zeige in Richtung der dunklen Wolke am Horizont.

»Das ist kein Gewitter, you bloody drongo shit-for-brains dickhead! Das ist ein verficktes Buschfeuer!«

Ich starre ihn an, leicht bedröppelt von der Wagenladung neuer Vokabeln. »Es brennt?«, frage ich langsam, während ich gegen das Verlangen ankämpfe, mich nach dem Hügel umzudrehen. »In der Nähe?«

»Nah genug, dass es dir in ein paar Stunden deinen verdammten Kraut-Boy-Hintern rösten könnte!« Wieder packt er meinen Arm und diesmal lasse ich mich ohne Gegenwehr die paar Schritte zu seinem Wagen schleppen.

»Was jetzt, bringen wir uns in Sicherheit?«

»Von wegen! Wir fahren hin!«

Ich lasse den Griff der Autotür los, als hätte ich mich daran verbrannt. Was in Anbetracht der Situation wohl kein so guter Vergleich ist. »Sind Sie verrückt?! Warum alarmieren Sie nicht die Feuerwehr?«

»Stell dir vor, das hab ich getan! Genauer gesagt die Bewohner der umliegenden Farmen, die fast alle Mitglieder des Rural Fire Service sind. Jacko hat auch ein Löschfahrzeug bei sich in der Garage stehen, aber bis er damit anrückt, ist die Scheiße längst auf unserem Land!«

»Sie meinen, die Scheiße ist dann längst auf *Ihrem* Land!«

Russell sieht mich an, als hätte er Lust, mir den Schädel zu spalten. »Nun hör mir mal gut zu«, knurrt er. »Wenn du es darauf anlegen willst, klar, dann wäre das Feuer zuerst auf meinem Land. Euer Shed steht ja mittendrin. Aber du weißt hoffentlich, dass man als Landbesitzer verpflichtet ist, Brände auf dem eigenen Grundstück nach bestem Können zu kontrollieren. Und dass sich Feuer besonders schnell bergauf ausbreitet … zum Beispiel auf einen Hügel.«

Jetzt kann ich nicht mehr anders, als mich umzudrehen. Ich habe wieder freie Sicht auf das Shed, aber die kleine Gestalt ist verschwunden. Wahrscheinlich hockt Nia bei ihrem Schaf hinterm Zaun oder sie hat sich müde von der Arbeit auf dem Sofa zusammengerollt, so wie gestern Nacht. Schlagartig bin ich nicht mehr aufgebracht, nicht mal besonders nervös, sodass ich einen ruhigen Tonfall hinkriege.

»Schön, hier ist der Deal. Mir selbst gehört das Shed

überhaupt nicht, also bin ich zu gar nichts verpflichtet. Aber wenn Sie wollen, kann ich Ihnen trotzdem helfen. Dafür halten Sie die Kleine da raus – diese halbe Portion bringt Ihnen sowieso nichts.«

Russell lässt sich Zeit mit seiner Antwort. Ausführlich mustert er mich von oben bis unten, als wollte er sagen, dass ich auch nicht viel mehr hermache. Ich ersticke beinahe an einer ganzen Salve spöttischer Bemerkungen, kann sie aber gerade noch zurückhalten, bis Russell nickt.

»Von mir aus. Aber nur, wenn du richtig zupackst und dir nicht ins Hemd machst, Kraut Boy.« Damit schwingt er sich hinters Steuer und startet den Motor, ehe ich die Beifahrertür zugeknallt habe. Ich hole mir fast eine Beule an der Wagendecke, weil ich noch mit dem Anschnallgurt kämpfe, während Russell schon losbrettert. Von jetzt an vermeide ich es, hügelwärts zu blicken, sondern fixiere nur diese dunkle Wolke. Es ist, als hätte sich mein Sichtfeld zu einem Tunnel verengt.

»Was haben Sie eigentlich vor?«, rufe ich über den Lärm des Fahrtwinds hinweg. Russells Miene wirkt grimmig und leicht durchgeknallt, so als wäre er dazu bereit, den Brand notfalls auszupinkeln.

»Entlang der Straße gibt's eine Feuerschneise, aber die hab ich viel zu lange nicht gesäubert«, bellt er zurück. »Verdammt, die Buschfeuer-Saison beginnt hier normalerweise erst im Oktober! Wir müssen sehen, ob wir die Schneise rechtzeitig freikriegen.«

»Ob?«

»*Wie* wir sie rechtzeitig freikriegen! Ich hab *wie* gesagt, kapiert?« Russell umklammert mit beiden Händen das

Lenkrad und ich begreife, dass sein grimmiger Gesichtsausdruck nur Fassade ist. In Wirklichkeit geht ihm der Arsch genauso auf Grundeis wie mir – aber ich bin nicht sicher, ob mich diese Erkenntnis beruhigen soll.

Endlich haben wir den Rand des Grundstücks erreicht und ich entdecke schon durchs Fenster einen anderthalb Meter breiten Streifen, der von allen größeren Pflanzen befreit wurde. Genau wie Russell vorhergesagt hat, wachsen an manchen Stellen aber neue Gräser und Gestrüpp. Ich frage mich, ob es nicht einfacher wäre, hier mit einem Pflug oder einer Egge drüberzugehen, auch wenn es vermutlich ziemlich lange dauern würde, so was von Russells Garage hierherzutransportieren. Der Brand ist ja noch ein ganzes Stück von uns entfernt. Hinter den Bäumen und Sträuchern auf der anderen Straßenseite kann ich nicht mal die Flammen sehen, nur mehrere Rauchsäulen, die sich in den wolkenlosen Himmel schrauben. Meine Erleichterung darüber wird allerdings in der nächsten Sekunde von Russell zerschmettert.

»Mit dem richtigen Wind kann sich so ein Feuer mehrere Kilometer pro Stunde ausbreiten, also *get crackin'!*«

Er springt auf die Ladefläche des Pick-ups und im nächsten Moment kommt ein knallgelber Helm auf mich zugeflogen. Instinktiv weiche ich aus. *Kein Ball- oder Kampfsport*, höre ich die Stimme meines Arztes. *Schläge in den Bauch sind unbedingt zu vermeiden.*

»Könntest du dich noch ein bisschen nutzloser anstellen?«, ätzt Russell. Ich beiße die Zähne zusammen und hebe den Helm auf, in dem ein Dreieckstuch, eine Schutzbrille und Handschuhe stecken. Wahrscheinlich muss ich dankbar sein, dass mir Russell den nächsten Gegenstand nur hinhält, anstatt ihn mir entgegenzupfeffern: Es ist eine Art Harke, aber mit einer scharfen Schneide gegenüber den Zinken – Axt und Rechen in einem, alles klar. Während ich die Schutzkleidung anziehe, macht sich Russell bereits mit genau so einem Werkzeug über den Boden her. Wie ein besessener Massenmörder aus einem Horrorfilm hackt er drauflos, zerkleinert Gestrüpp, reißt Gras und Wurzeln aus und scharrt das Zeug beiseite. Was zurückbleibt, ist ein kahler Erdstreifen, an dem das Feuer keine Nahrung finden soll. Wenn es überhaupt genau hier auf Russells Land trifft. Wenn es nicht einfach über die Schneise springt ...

Ganz kurz denke ich an Nia, die wohl gerade ahnungslos im Shed liegt und pennt. Dann packe ich die Harke, laufe ein paar Meter voraus und stürze mich auf die Schneise. Schon nach wenigen Hieben spüre ich, dass sich trotz der Handschuhe Blasen an meinen Handflächen bilden, und dabei ist dieser Schmerz nur halb so fies wie der in meinen Schultern. Ich ignoriere beides und richte meine Konzentration einzig und allein auf den bewachsenen Streifen vor mir. Mit körperlicher Erschöpfung kenne ich mich aus, weil mir bis zum letzten Jahr jede Treppe wie der Mount Everest vorgekommen ist. Einmal hat mich der Aufstieg zu meiner Wohnung dermaßen geschlaucht, dass ich kurz vor der Tür in Ohnmacht gefallen bin. Von diesem Zustand bin ich nun noch weit entfernt und irgendwie pusht es mich zusätzlich, dass meine Erschöpfung jetzt gerechtfertigt ist. Das hier ist wirklich Schwerstarbeit.

Neben mir höre ich Russell die ganze Palette an Flüchen abspulen, die der australische Slang hergibt. Gerade kreiert er eine Wortschlange, die mit Emus zu tun hat und garantiert nicht jugendfrei ist – als er schlagartig verstummt. Ich lasse meine Harke noch zweimal auf ein Büschel Gras niedersausen, dann hebe ich den Kopf. Sofort rinnt mir der Schweiß die Stirn hinunter und brennt in meinen Augen. Hustend wische ich mir über das Gesicht, bis mir klar wird, warum Russell mit der Arbeit innehält.

Ich erstarre, den Arm halb in der Luft. Hinter dem Zaun, auf der anderen Straßenseite, scheint das hohe Gras zu flackern.

Das Feuer hat uns erreicht.

Russell schiebt sich die Schutzbrille von der Stirn über die Augen und zieht sich das Dreieckstuch vor Mund und Nase. Automatisch mache ich es ihm nach. Als hätte mich die kurze Pause aus einem Trip geholt, spüre ich jetzt erst so richtig die Hitze, die uns entgegenschlägt. Ein Baum am Straßenrand hat Feuer gefangen, im hellen Wirbel sieht er aus wie ein schwarzes Gerippe.

»Harke weg«, kommandiert Russell neben mir und wirft sein eigenes Werkzeug beiseite.

»Aber ich kann noch –«

»*Weg damit!*«

Hin und her gerissen schaue ich auf das Unkraut am Schutzstreifen, das ich noch nicht entfernen konnte. Bevor ich die Harke allerdings wieder heben kann, ist Russell schon bei mir und fetzt sie mir aus der Hand.

»Ich hab gesagt, es reicht!«, fährt er mich an. »Willst du dich unbedingt abfackeln lassen? Wir können jetzt nur versuchen, Zeit zu gewinnen, bis der verdammte Löschwagen –«

Diesmal ist er es, der mitten im Satz abbricht. Ich folge seinem Blick und erkenne neue Flammen, die aus dem trockenen Gras hochzüngeln. Ein Funke muss es in Brand gesteckt haben – auf *unserer* Seite der Schneise.

Mit ein paar großen Schritten ist Russell beim Pick-up und holt etwas von der Ladefläche, das aussieht wie ein platter Wischmopp aus Metall. Damit prügelt er auf das Brandnest ein, während ihn der Qualm fast komplett einhüllt. Inzwischen klettere ich ebenfalls auf die Ladefläche, wo ein Haufen Werkzeug gebunkert ist. Was fehlt, sind einfach noch ein paar Hände. Ich habe gerade genug Zeit, mir auch so eine Brandklatsche zu holen, bis der nächste Funke über die Schneise fliegt.

»Streichen, nicht schlagen«, brüllt Russell und ich begreife überhaupt nichts, ehe ich mit der Klatsche auf das Feuer dresche. Der Luftstrom, der dabei entsteht, lässt die Flammen noch höher züngeln. Ein glimmendes Stück Gras wird zur Seite geschleudert und startet neben mir eine neue Brandinsel.

Scheiße, was bin ich nur für ein Idiot! Zum ersten Mal schreit mich Russell aber nicht an, sondern kommt einfach zu mir herübergerannt. Stumm arbeiten wir Schulter an Schulter, bis ich den Dreh raushabe. Trotzdem beschleicht mich das Gefühl, dass wir den Kampf verlieren. Kaum haben wir ein Nest erstickt, entzündet sich das nächste. Längst hilft das Tuch vor meinem Mund nicht mehr gegen den Rauch. Ich kriege fast keine Luft mehr, meine Lunge tut verdammt weh und meine Arme werden immer schwerer. Das Schlimmste ist aber, dass sich das Feuer auf der anderen Straßenseite weiter ausbreitet, während wir uns hier abrackern. Ungebremst frisst es sich durch Sträucher und Gras und kommt somit immer näher zu der Stelle, wo wir den Schutzstreifen nicht mehr freilegen konnten … und dann wird das Knistern des Feuers von einem Rattern übertönt. Gleich darauf lässt Russell eine völlig neue Sorte Gebrüll vom Stapel: einen Freudenschrei.

Ein Traktor tuckert auf uns zu und der Billardkugel-Kopf hinter der Windschutzscheibe gehört niemand anderem als Curly – dem Koala-Sex-Spezialisten. Mit einer ungeduldigen Handbewegung scheucht er uns aus dem Weg und fährt in erhöhtem Tempo die Grundstücksgrenze entlang. Die angehängte Egge zieht einen breiten Streifen in die rote Erde. Eine Schneise neben unserer, ein doppelter Boden. Immer noch völlig überrumpelt sehen wir dabei zu, wie sich die Flammen bis dorthin fressen und dann nicht mehr weiterkönnen. Während wir noch dabei sind, das letzte Brandnest löschen, das sich auf unsere Seite verirrt, halten mehrere Autos oben an der Straße. Auf einmal sind überall Leute, die sich mit Löschrucksäcken über das Feuer hermachen. Nachdem Russell und ich so lange auf Zeit gespielt haben, passiert das alles dermaßen schnell, dass ich gar nicht richtig mitkomme. Nur Minuten später braust auch ein rot-weißes Löschfahrzeug heran.

»Da hätten wir ja die lahmste Feuerwehr von New South Wales«, poltert Russell, als Curly neben uns auftaucht. Der Glatzkopf hat den Traktor in sicherer Entfernung abgestellt und trägt nun ebenfalls einen Tank auf dem Rücken.

»Mate, du hast nicht mitgekriegt, was drüben bei den Thompsons los war«, antwortet er, die Wasserspritze ungerührt nach vorne gerichtet. »Gegen ihren Brand ist das hier ein Lagerfeuer! Ich hab gewartet, bis wir das halbwegs unter Kontrolle hatten, und bin dann sofort losgefahren. Dachte mir gleich, dass du deine Schneise nicht ordentlich gepflegt hast, ya bloody galah! Also hab ich dir mal eben deinen Traktor geklaut.«

»Du Bastard«, gibt Russell zurück und es klingt fast wie eine Liebeserklärung.

Curly lacht bellend. »Ach übrigens, ich hab deine Lady getroffen«, ruft er über das Zischen des Wasserstrahls hinweg und ich brauche einen Moment, um zu kapieren, dass er mit mir redet.

»Wen?«

»Na, die kleine Rothaarige! Bin mit meinem Wagen am Shed vorbeigekommen und da hat sie mich gefragt, ob ich dich gesehen hätte.« Jetzt scheint sein Tank leer zu sein, denn er lässt die Spritze sinken, dreht sich zum Löschfahrzeug und überlegt offenbar, sich Nachschub zu holen. Blitzschnell trete ich ihm in den Weg, während sich meine Hände um den Stiel der Brandklatsche schließen, als wäre sie das Mordinstrument meiner Wahl.

»Und? Raus damit, was haben Sie ihr erzählt?!«

Curly sieht mich mit gerunzelten Brauen an. »Dass du wohl mit Russell beim Buschbrand bist, was sonst?«, entgegnet er nach einer viel zu langen Pause schulterzuckend.

Da erinnert sich mein Puls, wozu er früher fähig war. Ich

spüre ein Flattern bis in meine Kehle hinauf, wie bei der Dialyse, wenn mein Blutdruck durch die Decke ging. In meinen Ohren beginnt es zu dröhnen. »Sie haben sie nicht hierher mitgenommen, oder?«

»'türlich nicht, reg dich ab. Ich glaub nicht, dass sie das überhaupt wollte«, erwidert Curly und wendet sich zum Gehen. Mein Herzschlag beginnt sich schon wieder zu beruhigen, als der Glatzkopf noch einmal stoppt. »Okay, sie hat mich zwar gefragt, ob ich zu euch fahre, aber nach meiner Antwort hat sie anscheinend das Interesse verloren ...«

»Und was haben Sie geantwortet?«

Damit ist seine Geduld erschöpft. »Junge«, sagt er gereizt, »es verstand sich doch wohl von selbst, dass ich zum Helfen unterwegs war!«

»Aber *was* haben Sie ihr geantwortet?«

Curly kneift die Augen zusammen. *»Nein, weißt du, ich guck mir jetzt in Ruhe ein Rugby-Spiel an ...«*

Es scheppert, als meine Brandklatsche mit dem Metallteil zuerst auf den Boden trifft. Dann renne ich los, achte überhaupt nicht auf die Rufe von Russell und Curly, während zwei Gedanken durch mein Gehirn rotieren: daran, dass Sarkasmus für Nia ein Fremdwort ist ... und an das Fahrrad, das draußen vor dem Shed steht. Ich bin mir fast sicher, dass sie es benutzt hat, um so rasch wie möglich herzukommen. Es kann nicht anders sein, sonst hätte sie Curly doch nicht diese Frage gestellt. Nia ist kein Mensch, der einfach nur ziellosen Small Talk führt. Aber müsste sie dann nicht längst hier sein? Rusty Plains ist verflucht groß, doch so gewaltig auch wieder nicht. Fieberhaft scanne ich den roten Saum auf der anderen Straßenseite, die vermummten Menschen mit Schläuchen und Rucksacktanks. Ich versuche, mir einzureden, dass ich Nia einfach übersehen habe, immerhin tragen die Leute alle Helme und Schutzbrillen. Aber im Grunde weiß ich, dass das Schwachsinn ist. Selbst wenn sie von irgendwoher Schutzkleidung aufgetrieben hätte – diese winzige Nervensäge würde ich überall rauserkennen, so viel steht fest.

»Achtung!«, höre ich jemanden brüllen. Mein Blick zuckt nach rechts, wo ein Baum so vom Feuer zerfressen wurde, dass er zur Straße umkippt. Ein paar freiwillige Helfer können gerade noch beiseitespringen.

»Alle da und unverletzt?«, ertönt wieder dieselbe Stimme. Ein Mann in orangegelbem Overall dreht sich um sich selbst, als würde er durchzählen. Nachdem die anderen seine Frage bejaht haben, fügt er lautstark hinzu: »Das war jetzt schon der Dritte. *Holy fuck!*«

Ich spüre, wie mir kotzübel wird. Im Laufen reiße ich mir Schutzbrille und Dreieckstuch vom Gesicht, die ganz verschmiert sind von Asche und Rauch. Wenn ich Nia gefunden habe, werde ich sie persönlich einen Kopf kürzer machen. Ich werde sie so runterputzen, dass sie in einer Streichholzschachtel Walzer tanzen kann. Ich werde …

Schlitternd bremse ich ab. Mein Herz trommelt weiter, als wollte es mich dadurch vorwärtstreiben, aber ich kann mich nicht mehr bewegen. Mein Blick hängt an etwas fest, das ein paar Meter von der Straße entfernt im Gestrüpp liegt, Silber inmitten von Orange, Metall umgeben von Flammen.

Das Fahrrad. Und von Nia immer noch keine Spur.

Endlich komme ich wieder in die Gänge, aber ich traue mich nicht weiterzulaufen – weil ich gleichzeitig hoffe und verdammt Schiss davor habe, dass Nia ganz in der Nähe sein könnte. Deswegen rufe ich nach ihr, so lange, bis meine Stimme heiser wird. Zur Antwort bekomme ich nur die fernen Kommandos der freiwilligen Feuerwehr und das Knistern der brennenden Zweige. Irgendwann ziehe ich zu viel Qualm in meine Lunge, fange an zu husten, bringe keinen Ton mehr heraus. Ich beuge mich vor und drücke das Gesicht in meine Hände. Hab ich vor nicht mal 24 Stunden ernsthaft auf diesem vergammelten Sofa gelegen und mir eingebildet, ich könnte auf jemanden aufpassen? Tja, *Junge mit dem Mundschutz*, falsch gedacht. Mühsam ringe ich nach Luft und kämpfe gegen den Hustenreiz an oder was auch immer mir gerade die Kehle zuschnürt. Gleichzeitig hämmert mir der Puls weiter in den Ohren. So heftig, dass ich es kaum aushalte. Dass mir gleich der Schädel platzt und ich … beinahe das Wimmern überhört hätte.

Mein Kopf fliegt hoch und ich starre zum nächsten Eukalyptusbaum. Das Feuer ist nur noch wenige Meter entfernt und züngelt an den Nachbarbäumen bereits die Rinde hinauf. Wegen der Rauchschwaden kriegen meine Augen nicht mehr zu fassen als einen verschwommenen Klecks. Erst als ich einen Satz nach vorne mache, geradewegs der Hitze entgegen, erkenne ich zwischen den Ästen ein blasses Gesicht – und darüber Haare, die aussehen wie Flammen.

Plötzlich ist meine Kehle wieder frei. Ich brülle Nias Namen, doch nicht sie ist es, die mit einem Schrei reagiert.

Ihr Mund ist fest verschlossen, als wäre er vor lauter Angst genau wie der Rest von ihr gelähmt. Mit den Beinen hält sie sich an einer Astgabel fest und die Arme reckt sie nach oben. Es ist klar, dass sie in der Falle sitzt, aber den Grund für ihre seltsame Pose kapiere ich erst auf den zweiten Blick: Über ihrem Kopf umklammert sie ein dickes graues Bündel. Als es sich ein bisschen bewegt, erkenne ich runde Ohren, eine schwarze, eiförmige Schnauze und ein Maul, das ein erbärmliches Heulen ausstößt.

Hastig stolpere ich noch ein paar Schritte näher an den Baum heran. Wie eine glühende Nadel brennt sich ein Funke durch mein T-Shirt und dann gleich noch einer. Es tut echt weh, aber das ist jetzt scheißegal. Ich breite die Arme aus, lege den Kopf in den Nacken, schreie: »Nia, lass den Koala los und spring!«

Im flackernden Licht sieht es aus, als würde sich ihr Gesicht bewegen. Jedenfalls hoffe ich, dass es nur eine optische Täuschung ist. Unmöglich, dass diese Irre wirklich und wahrhaftig den Kopf schüttelt!

»Beweg deinen Arsch hier runter oder willst du, dass der Baum unter dir zusammenkracht?«

»Ich kann nicht«, höre ich sie krächzen. »Bitte …« Sie beginnt zu weinen und ihre Tränen malen Streifen auf ihre rußigen Wangen.

Fuck! Der nächste Funke versengt mir die rechte Augenbraue und ich fahre mit beiden Händen über mein Gesicht. Dann reiße ich die Arme wieder auseinander. »Von mir aus wirf das verdammte Vieh zuerst runter, aber *mach endlich!*«

Zuerst glaube ich, dass sie sich gar nicht mehr rührt.

In Wirklichkeit hat sie wohl die Finger noch etwas fester in den Pelz des Koalas gekrallt, denn auf einmal geht ein Ruck durch ihren Körper. Das graue Bündel zappelt, stößt ein letztes Quieken aus und segelt über die Flammen genau auf mich zu. Ich erwische es, kurz bevor es in einem brennenden Strauch gelandet wäre. Mit diesem Gewicht hätte ich niemals gerechnet – fühlt sich an wie eine viel zu fette Katze. Instinktiv lasse ich den Koala hinter mich ins Gras plumpsen, ehe er mir mit seinen Klauen die Kehle aufschlitzen kann. Kaum berühren seine Füße den Boden, rast er auch schon los. Ich hätte nicht gedacht, dass er in der Lage wäre, so schnell zu rennen. Immer abwechselnd setzt er Vorder- und Hinterbeine auf und verschwindet hoppelnd in Richtung Straße, wo er hoffentlich von keinem Auto plattgemacht wird. Aber das ist nicht mehr mein Problem.

»Jetzt du!«, kommandiere ich, während ich mich wieder zu Nia umdrehe. Der Anblick zieht mir den Magen zusammen. Scheiße, die Flammen reichen schon fast bis zu ihren Beinen! Nur noch ein paar Sekunden – wenige Sekunden, bis … »Nia, wenn du nicht sofort springst, bringe ich dich um!«, drohe ich völlig sinnbefreit und da stößt sie sich endlich von der Astgabel ab. Ich sehe nichts mehr als einen Wirbel aus Gelb und Rot, während sich mein Kopf mit einem Echo füllt: *Schläge in den Bauch sind unbedingt zu vermeiden … unbedingt zu vermeiden … unbedingt …*

Wie von selbst schlingen sich meine Arme um Nia, bevor ich mich zur Seite drehe. Der Schwung reißt mich von den Füßen. Wir landen beide im Gestrüpp und ich halte

Nia ganz fest, spüre ihr Herz gegen meinen Brustkorb pochen.

»Bist du okay?«, frage ich außer Atem.

»Danke«, keucht sie anstelle einer Antwort. »Dass du mich … Ich wäre fast …« Mehr bringt sie nicht heraus. Ihr Gesicht ist kreideweiß, sie steht eindeutig unter Schock. Vermutlich würde sie einfach liegen bleiben, wenn ich sie nicht auf die Beine ziehen würde. Bei dieser Bewegung schmerzen meine Rippen noch vom Aufprall, aber nur links. Nur links. Alles ist gut.

»Komm schon, beweg dich!«, fahre ich Nia an, damit das auch wirklich zu ihr durchdringt. Gemeinsam laufen wir los, lassen den Flammengürtel hinter uns und überqueren die Straße. Hinter uns ertönt ein Krachen, das ich mittlerweile schon viel zu gut kenne. Ich will gar nicht wissen, welcher Baum da gerade zusammengebrochen ist.

Nia hatte offenbar denselben Gedanken wie ich. Sie beginnt zu stolpern, als würde sie die Füße kaum mehr vom Boden hochkriegen. Ein paar Meter schleppe ich sie noch mit mir, ohne auf die Feuerwehrleute zu achten, die sich bis hierher vorgearbeitet haben. Russell und Curly sind allerdings nirgendwo zu sehen, und das ist auch gut so. Inzwischen haben wir nämlich Russells Wagen erreicht und Jackpot – der Schlüssel steckt. Das gibt für mich den Ausschlag. Ohne weiter darüber nachzudenken, schiebe ich Nia auf den Beifahrersitz und springe hinters Steuer. Russell kann meinetwegen mit seinem Traktor heimtuckern und mir danach die Hölle heißmachen. Hauptsache, ich bringe Military Girl so schnell wie möglich von hier weg.

Sie gibt keinen Ton von sich, während wir über die Weide rumpeln. Dann fahren wir in völliger Stille die Auffahrt hoch, lassen die Nebengebäude hinter uns, die Garage, vor der Curly seinen eigenen Wagen geparkt hat, und zuletzt das Haupthaus. Auf dem Hügel angekommen, muss ich Nia erst einen kleinen Schubs geben, damit sie aussteigt. Wie ein Zombie taumelt sie neben mir her ins Shed. Wahrscheinlich wird ihr gerade so richtig bewusst, was hätte passieren können. Sie sollte sich auch wirklich fragen, warum sie geradewegs auf ein Buschfeuer zufahren musste, obwohl sie niemand um ihre Hilfe gebeten hat – mich jedenfalls würde die Antwort darauf *brennend* interessieren. Mit zusammengekniffenen Augen schaue ich Nia an, bis sie endlich wieder den Mund aufbekommt. Pfeifend holt sie Luft, um einen einzigen, gewichtigen, alles entscheidenden Satz auszusprechen.

»Ich geh noch mal raus und schaue, ob es Daisy gut geht.«

»Wem?!«

»Dem Schaf natürlich!«

»Dem … Schaf?« Ich wiederhole das ganz automatisch, mit einer komischen Roboterstimme, während etwas in mir immer weiter hochkocht. Fünf Sekunden genügen, um mehrere Gefühle abzuspulen: Fassungslosigkeit, Wut, etwas, das wohl nur Batmans Joker nachvollziehen könnte, und – hab ich es schon erwähnt? – WUT. »Ist das alles, was dich interessiert? Ob das beknackte Schaf happy ist?«

»Nein. In der vergangenen Stunde hat mich vor allem interessiert, was mit dir los ist«, antwortet sie stockend. »So lange, bis ich dich in der Ferne zusammen mit Russell und Curly gesehen habe und wusste, dass du okay bist.

Ich hab dich gerufen, aber du hast mich nicht gehört, und dann … dann war da gleich neben mir dieser Koala …«

»Oh, na klar. An dem konntest du natürlich nicht einfach vorbeifahren. Genauso wenig, wie du das Schaf sich selbst überlassen kannst, weil du ja für alle Lebewesen in deiner Umgebung verantwortlich bist, richtig?«

Nia sieht mich an, als wäre ich hier derjenige, der vollkommen verrückt ist. Um ehrlich zu sein, liegt sie damit auch nicht ganz daneben. Ich habe in meinem Leben einige brutal frustrierende Momente durchmachen müssen, aber noch nie war ich so nah an einem Nervenzusammenbruch dran wie jetzt. Meine Beine zittern wie unter Strom – als wollten sie unbedingt losrennen oder jemandem einen gewaltigen Tritt in den Arsch verpassen.

»Scheiße, natürlich geht es dem Vieh gut«, schicke ich hinterher. »Es ist ja nicht geradewegs auf ein Buschfeuer zugestürmt wie andere, weniger vernunftbegabte Wesen.«

»Du meinst, so wie du?« Zu meiner Überraschung schrumpft sie nicht eingeschüchtert in sich zusammen, sondern schiebt das Kinn vor. Anscheinend hat sie sich von ihrem Schock mittlerweile erholt. »Warum hast du mir denn nicht Bescheid gegeben, dass du Russell begleitest? Ich hab mir echt Sorgen um dich gemacht …«

»*Aber das sollst du nicht!*« Jetzt geht der Gefühlscocktail in mir über und lässt mein letztes bisschen Selbstbeherrschung absaufen. Adrenalin zischt wie eine Säure durch meine Adern. Der Drang, Nia an den Schultern zu packen und zu schütteln, wird immer heftiger. »Wieso bildest du dir ein, dass ich auf deine Hilfe angewiesen bin?«, schleudere ich ihr ins Gesicht, mitten zwischen ihre riesigen blauen Alien-Augen. »Du glaubst doch wohl nicht ernsthaft, du mit deinen paar Zentimetern Körpergröße und deinem Sicherheitswahn könntest mich beschützen! Also hör auf, mir irgendwelchen Mist über Sonnenbrand oder tödliches Gras oder die verfickten Anschnallzeichen im Flugzeug zu erzählen, kapiert? Hör auf, mich zu bemuttern, hör auf, mich zu behandeln wie einen Schwerkranken – lass mich verdammt noch mal einfach in Ruhe!«

Mein letzter Ausruf hallt in meinem Kopf nach und ich überlege, wie es wär, wenn Nia ihn wirklich befolgen würde. Ich stelle mir vor, wie sie mir den Rücken zukehrt, hinausmarschiert und sich von da an nur um ihren eigenen Scheiß kümmert. Seltsamerweise hilft mir dieser Gedanke nicht dabei, wieder runterzukommen, im Gegenteil.

Nia macht aber sowieso keine Anstalten, mich in Ruhe zu lassen. Ich nehme an, das Programm dafür fehlt einfach auf ihrer Festplatte. »Bist du fertig?«, fragt sie stattdessen und ich erinnere mich dunkel, dass ich sie etwas früher an diesem Tag dasselbe gefragt habe. Ihr Blick flackert kurz nach unten, als ich mir auf die Lippe beiße, dann schaut sie mich wieder direkt an. »Okay, du hast recht. Wahrscheinlich hab ich es mit meinen Warnungen übertrieben – ich bin nun mal jemand, der gern auf Nummer sicher geht. Aber es stimmt, dass du schwer krank warst …«

»Als ob ich das neben dir jemals vergessen könnte!«

»… und dass du mehr auf dich achten solltest«, redet sie in eisigem Tonfall weiter. »Kein normaler Mensch meldet sich freiwillig zu Löscharbeiten auf einem Land, das ihm gar nicht gehört! Wolltest du vielleicht dein monströses

Ego aufpolieren, indem du das für mich übernommen hast?«

Reflexartig mache ich einen Schritt nach vorne, als könnte ich sie so zum Schweigen bringen. Jede ihrer Beleidigungen treibt mich mehr zur Weißglut. Ich muss sie bremsen, bevor ich buchstäblich an die Decke gehe. Allerdings habe ich nicht damit gerechnet, dass sie ebenfalls ein Stück auf mich zukommen würde. Plötzlich stehen wir ganz nah beieinander und Nia legt den Kopf in den Nacken, ehe sie fragt: »Oder gibt es einen anderen Grund?«

»Schwachsinn«, fahre ich sie an. »Es war nur, weil … Nur weil ich nicht wollte, dass …« Irgendwie gerate ich ins Strudeln und das macht mich nur noch wütender. »Ich hatte einfach keine Lust, dass du dir dort draußen die Schnauze verbrennst.«

Nia schluckt hörbar. »Ach so? Und warum glaubst du, dass ich nach dir gesucht habe?«

»Weil du denkst, dass du wegen der Transplantation für mich verantwortlich bist!«

»Schwachsinn«, äfft sie mich nach und ich schwöre bei Gott, ich würde ihr am liebsten den Hals umdrehen. »Sondern weil es einfach schade drum wäre!«

»Schade worum? Meinst du die Spenderniere?«

»Um dich! Ich meine dich, du leichtsinniger, eingebildeter, unerträglicher Vollidiot! Hast du das jetzt –«

Aber weiter kommt sie nicht. Von einer Sekunde auf die andere sind die paar Zentimeter Sicherheitsabstand zwischen uns verschwunden – ich packe Nia, lege meine Hände um ihre Oberarme und ein Ruck befördert sie hart gegen meinen Brustkorb. Während der Pulsschlag in meinen Ohren zu einem Dröhnen anwächst, bemerke ich nacheinander zwei Dinge:

Erstens, dass Nia endlich die Klappe hält. Und zweitens meine Lippen auf ihrem Mund.

Nia

Wenn in Filmen etwas in die Luft geht, folgt meistens absolute Stille. Die Figuren sind betäubt von der Detonation und es dauert eine Weile, bis dieses Nichts von einem hohen Summen abgelöst wird. Danach dringt langsam die Realität durch, bis Ton und Bild wieder klar sind.

So ähnlich geht es mir in diesem Augenblick. Ich *weiß*, was gerade vor sich geht, doch ich bekomme davon fast nichts mit, als hätte meine Wahrnehmung einfach ausgesetzt. Dann nehmen meine Sinne allmählich ihre Arbeit auf und die Eindrücke tröpfeln in mein Bewusstsein. Aarons Finger wandern von meinen Schultern nach oben und streichen über meinen Hals, schieben sich in meine halb aufgelöste Frisur. Inzwischen ist meine Benommenheit so weit verflogen, dass ich die Wärme seiner Haut spüre. Ich bin sogar zu dem Gedanken fähig, dass Aaron ganz anders küsst, als ich es nach diesem Streit erwartet hätte: keine Spur mehr von Wut oder Härte oder seiner typischen selbstgefälligen Art. Seine Lippen schmiegen sich fast vorsichtig gegen meine, während er mit dem Daumen über meine Wange fährt. Erst als ich den Kopf ein bisschen zurücklege, vertieft er den Kuss, und die Hitze breitet sich von meinem Mund in den restlichen Körper aus. Gerade hebe ich die Hände, um – ich weiß gar nicht genau, *was* zu machen, als mich ein Geräusch innehalten lässt. Ein Hämmern am Tor, fast wie heute Morgen. Wir versuchen beide, es zu ignorieren, aber dann wiederholt es sich in doppelter Lautstärke.

Aarons Knurren vibriert an meinen Lippen. »Wenn das jetzt das Schaf ist, kann ich für nichts garantieren.«

Ein atemloses Kichern entschlüpft mir, während ich meine wirren Locken zurückstreiche. »I-ich schau schnell nach. Warte, okay?«

Aaron deutet an sich herab, als wollte er sagen: *Ich bin hier.* Seine Augen blitzen und auf einmal hätte ich nichts mehr dagegen, wenn er mir zuzwinkern würde.

Mit zittrigen Knien und einem Kopf, der sich unnatürlich leicht anfühlt, stolpere ich zum Rollladen hinüber. Etwas zu schwungvoll schiebe ich ihn hoch und muss mich dann erst mal sammeln, als mir statt eines wolligen Gesichts ein borstiges entgegenblickt.

Russell ist genauso rußverschmiert wie Aaron, trägt aber wieder seinen breitkrempigen Hut. Zusammen mit dem schmutzigen Dreieckstuch, das ihm um den Hals hängt, erinnert er stärker an einen Cowboy aus einem alten Wildwestfilm denn je.

»Hey«, sagt er und späht mit zusammengekniffenen Augen an mir vorbei, als wolle er feststellen, ob ich alleine bin. »Ich hol jetzt meinen *ute* zurück.«

Nach einigen Sekunden wird mir klar, dass er damit seinen Wagen meint. »Ähm, okay, gerne«, sage ich hastig, was Russell leider nicht zum Gehen bewegt. Stattdessen schiebt er seinen Hut nach vorne, um sich den Nacken zu reiben, und beäugt mich weiterhin aus dem Schatten der Krempe.

»Ach übrigens«, fügt er gedehnt hinzu, »ich glaub, wir hatten einen miesen Start. Deshalb wollte ich dich fragen, ob du Lust hast, abends bei mir zu essen.«

Das bringt mich so rasant auf den Boden der Tatsachen zurück, dass ich einen Moment lang nichts anderes tun kann, als Russell mit aufgeklapptem Mund anzustaunen. »Nur damit wir uns richtig verstehen: Sie laden mich zu sich nach Hause ein?«, bringe ich endlich hervor.

Russell rückt den Hut wieder zurecht und nickt. »Genau … Barbie.« Damit dreht er sich um und stapft zu seinem Pick-up. Wie angenagelt bleibe ich stehen, bis das Auto den Hang hinunter verschwunden ist. Ich komme erst wieder in die Gänge, als Aarons Stimme neben mir ertönt und mich einen erschrockenen Hüpfer machen lässt.

»Na, alles okay?« Er lehnt sich in den offenen Torrahmen und mustert mich mindestens ebenso lauernd wie Russell.

»Ja. Nein. Ist heute an mir irgendwas … ich meine, sende ich gerade irgendwelche Signale aus oder so?«

Aarons linker Mundwinkel zuckt. »Nicht dass ich das bestreiten möchte, aber warum?«

»Weil ich gerade von Russell um ein Date gebeten wurde! Und er hat mich Barbie genannt, um Himmels willen!«

Jetzt zuckt auch Aarons rechter Mundwinkel, doch er bringt ihn rasch wieder unter Kontrolle. »Das wäre definitiv eine Sternstunde für ihn gewesen«, sagt er dann ernsthaft, »aber könnte es sein, dass er mit *you* uns beide und mit *barbie* ein Barbecue gemeint hat?«

Wie Ameisen kribbelt das Blut in meinen Wangen, als ich knallrot anlaufe. »Ach … so.«

»Aber ich finde auch, dass er was von einem Casanova an sich hat.«

Ich verstecke mit beiden Händen mein Gesicht, das sich anfühlt wie eine brennende Glühbirne. »Hör bloß auf!«

»Hey, vielleicht lässt dich dein Verehrer sogar sein Badezimmer benutzen, um den Ruß loszuwerden?« Das Grinsen in Aarons Stimme ist unverkennbar.

»Mir reicht der Eimer«, wehre ich nuschelnd ab. Obwohl ich die Augen mit den Fingern bedeckt halte, nehme ich eine Bewegung von Aaron wahr – als würde er mir näher kommen und gleich danach doch wieder zurückweichen.

»Okay, dann werd eben *ich* mal bei ihm duschen gehen. Sehen wir uns später dort?« Und nach einer winzigen Pause fügt er hinzu: »Nur, damit wir uns richtig verstehen: Mit ›dort‹ meine ich die Grillparty.«

»Hardy har har«, ahme ich Russell hinter meinen Händen nach und bringe Aaron erneut zum Lachen. Danach höre ich, wie er kurz in seinem Seesack wühlt und an mir vorbei ins Freie geht. Erst als der Rollladen scheppert, wage ich mich wieder aus meiner Deckung hervor.

Mein Blick flackert ziellos durch den Raum, bis er am Fenster hängen bleibt. Die Dämmerung hat bereits eingesetzt, sodass ich mich in der dunklen Scheibe spiegeln kann. Wahrscheinlich funktioniert der viele Staub wie ein Weichzeichner, doch das Bild, das sich mir bietet, wirkt trotzdem kaum beruhigend: Mein Haar ist zottig, mein Gesicht rußverschmiert und das unsägliche Longshirt hat sich in den vergangenen Stunden auch nicht verbessert. Ich starre auf die schwarzen Flecken, die Aaron rund um meine Taille hinterlassen hat, dann reiße ich mich am Riemen. Gerade stehe ich vor der Herausforderung, mich nur mithilfe eines Eimers und des Inhalts einer Hippie-Jutetasche für eine Einladung zum Abendessen herzurichten. Und das ist auch gut so, denn auf diese Weise bleibt mir keine Zeit für die Frage, was da gerade passiert ist. Ob es bloß ein nichtssagender »Hurra, wir leben noch«-Impuls war oder doch etwas anderes. Und wie Aaron das alles sieht …

Hastig drehe ich mich zum Wasserhahn, lasse den Eimer volllaufen und tunke kurz entschlossen den Kopf hinein. Davon werde ich so lange abgelenkt, bis ich nach Aarons Shampooflasche greife. Der Orangenduft katapultiert mich augenblicklich in die verbotene Zone zurück. Mit fahrigen Bewegungen spüle ich meine Haare, wickle sie in ein Handtuch aus Blue Moons Tasche und wühle dann nach Kleidungsstücken, die frei von Regenbögen und Täubchen sind. Meinem sonst üblichen Blusen-Look kommt ein rotes Karohemd noch am nächsten, das ich allerdings mit einem Knoten hochbinden muss. Bei der zerschlissenen Jeans, die ich mit etwas Mühe über meinen Hintern zerre, geht das leider nicht so einfach. Meine Füße reichen in den Hosenbeinen gerade bis zu jener Stelle, an der früher wohl Blue Moons schlanke Knie steckten. Mein Versuch, die Jeans mithilfe einer rostigen Schere in Shorts zu verwandeln, beschert mir leider die traurige Erkenntnis, dass ich kein Zeug zur Modeschneiderin habe. Dafür aber zur Wurstverkäuferin, und zwar ganz nach dem Motto: »Darf's ein bisschen mehr sein?«

Entmutigt betrachte ich mich – und die viel zu kurzen

Hotpants – wieder in der spiegelnden Fensterscheibe. Meine Haare sind so weit getrocknet, dass sie sich nun chaotisch um meine Schultern kräuseln. Keine Spange der Welt könnte da etwas ausrichten. Gegen meinen Willen schiebt sich der Gedanke an meine Mutter in mein Bewusstsein, wie sie mit perfekter Frisur und Business-Kostüm vor mir sitzt, die Beine auf ihre typische Art an den Knöcheln gekreuzt. Ich kann mir lebhaft vorstellen, was sie in diesem Moment zu mir sagen würde. Das gehört zu einer anderen, nicht weniger verbotenen Zone, aber ich schaffe es einfach nicht, dagegen anzukämpfen. *Ich melde mich, sobald es geht,* habe ich in meinem fürchterlichen Abschiedsbrief geschrieben. Auch wenn ich heute sonst nichts auf die Reihe kriegen sollte, wenigstens dieses Versprechen will ich erfüllen. Sogar ein Outback-Cowboy wie Russell besitzt doch wohl ein Telefon.

Einmal atme ich noch tief durch, dann schnappe ich mir Aarons Taschenlampe und verlasse das Shed. Draußen ist es so finster, dass ich ohne die Lampe kaum die Hand vor Augen sehen könnte. Nur am Fuß des Hügels entdecke ich dort, wo das Haupthaus sein muss, mehrere Lichter. Ich vergewissere mich schnell, dass Daisy mit genügend Wasser versorgt ist, ehe ich auf das Glimmen in der Ferne zusteuere. Während ich bergab laufe, kitzelt das Gras an meinen nackten Beinen. Bis auf dieses leise Rascheln und mein eigenes Keuchen ist rein gar nichts zu hören. Ich kann mich nicht erinnern, wann ich das letzte Mal im Freien eine solche Stille erlebt habe. Erst als ich gut den halben Weg zurückgelegt habe, werden Stimmen zu mir geweht, Rufe und kehliges Gelächter. Anscheinend hat

199

Russell die ganze Nachbarschaft eingeladen, um den Sieg über die Brände zu feiern – ausgerechnet mit einem Barbecue. Spätestens das ist für mich der Beweis, dass in Australien noch mehr verkehrt herum läuft als nur das Wasser in den Abfluss.

Sobald ich bei der breiten Veranda des Haupthauses angelangt bin, erkenne ich allerdings, dass Russell gar kein Holzkohlefeuer entfacht hat. Stattdessen benutzt er einen Gasgrill – zumindest halte ich den riesigen mattsilbernen Kasten dafür, auch wenn er mich eher an ein Ufo erinnert. Wie viele verschiedene Flächen, Drehschalter und Griffe sind eigentlich notwendig, um ein paar Scheiben Fleisch zuzubereiten? Und wie viele Männer? Auf jeden Fall haben sich gut ein Dutzend um das gestrandete Raumschiff geschart und fachsimpeln so wild durcheinander, dass ich nur einige Satzfetzen aufschnappe. Nachdem ich mich ein paar Minuten lang eingeschüchtert vor dem Geländer herumgedrückt habe, bin ich zumindest um so vieles schlauer:

Das große Finale der Australian Football League wird legendär.

Das interessiert niemanden, weil Footy, im Gegensatz zu Rugby, nur was für Wanker ist.

Johno ist ein Wanker.

Der motorisierte Rasenmäher, den Robbo sich zugelegt hat, ist totaler Schrott.

Aber das war ja klar, denn Robbo ist mindestens genau so ein Wanker wie Johno.

Unwillkürlich denke ich an den Kurs in Gender Studies zurück, den ich zu meiner Anfangszeit an der Uni besucht habe. Kulturwissenschaften interessieren mich schon seit Jahren, doch das Jura-Studium ist mir bald so über den Kopf gewachsen, dass ich alles andere hinschmeißen musste – ansonsten wäre mir jetzt genügend Material für eine Bachelorarbeit sicher. Vor allem, als Russell mich entdeckt und mir zu verstehen gibt, dass die »Ladies« in der Küche sind. Offenbar bin ich hier nicht nur am anderen Ende der Welt, sondern auch im 19. Jahrhundert gelandet.

Vergeblich halte ich nach Aaron Ausschau, während ich mich an den vierschrötigen Kerlen vorbeidränge. Dann trete ich durch die Fliegengittertür ins Haus. In der Diele riecht es nach altem Holz und die Fußbodenbretter knarren. Nach einigen Schritten zweigt der Flur zu einer hell erleuchteten Wohnküche ab, wo sich Frauen in Wollpullovern an einem massiven Tisch versammelt haben. Auch hier gibt es jede Menge Gelächter – es scheint, als seien die Ladys ganz zufrieden mit ihrer Privatsphäre. Nun fällt mir auch wieder ein, dass viele von ihnen unter den Mitgliedern der freiwilligen Feuerwehr waren. Bestimmt lassen sich Frauen wie diese gar nicht ausschließen, sondern verzichten nur zu gern auf die Testosteron-Dusche rund um den Grill.

Beim Anblick der Beilagen und Kuchen auf dem Tisch wird mir klar, dass ich bis auf rohes Gemüse heute noch nichts gegessen habe. Mein Magen meldet sich mit einem Grummeln, aber ich bin zu schüchtern, um mich einfach dazuzugesellen. Außerdem habe ich eine Mission zu erfüllen. In der Hoffnung, ganz hinten im Haus ein Arbeitszimmer samt Telefon zu finden, schleiche ich weiter den Flur entlang. Allerdings bleibe ich nach wenigen Schritten wieder stehen, weil ein paar Bilder an der Wand meine

Aufmerksamkeit erregen. Eines davon zeigt Russell und einen Jungen im College-Alter neben dem offenbar nagelneuen Landrover. Das könnte der »missratene« Stiefbruder sein, der das Shed online verhökert hat. Komischerweise wirkt Russell auf dem Bild gar nicht feindselig, sondern eher belustigt. Aber noch viel unglaublicher ist das Foto daneben in einem verschnörkelten Rahmen: ein sehr viel jüngerer Russell mit einer rundlichen Frau, die ihm lachend den Hut in den Nacken schiebt. Auch wenn ich mir kaum vorstellen kann, dass irgendjemand schon mal diesen grimmigen, von Stoppeln umgebenen Mund küssen wollte, hier ist der Beweis.

Kopfschüttelnd gehe ich weiter bis zu einer vielversprechenden Tür am Ende des Flurs. Nachdem ich mich rasch vergewissert habe, dass mich niemand beobachtet, schlüpfe ich in den Raum und schließe die Tür schnell hinter mir. Fehlte gerade noch, dass ich bei dieser Erkundungstour ertappt werde! Mit angehaltenem Atem lausche ich durch das Holz nach draußen, doch bis auf das gedämpfte Lachen der Frauen ist nichts zu hören. Erleichtert taste ich nach einem Lichtschalter, um zu sehen, wo ich hier überhaupt bin. Vielleicht habe ich ja glücklicherweise sofort das Arbeitszimmer erwischt, denke ich noch, ehe über mir eine Lampe aufflammt.

Habe ich geglaubt, das Foto von Russells Exfrau wäre der ultimative Einblick in sein Privatleben? Tja, soeben wurde diese Intimität wohl getoppt: Ich bin geradewegs in seinem Schlafzimmer gelandet. Verunsichert starre ich auf das wuchtige Ehebett und wehre mich gegen die Überlegung, ob Russell darin wohl Pyjamas trägt. Aber das kann ich ihn auch gleich selbst fragen. Plötzlich sind nämlich Schritte zu hören, werden lauter und brechen vor der Schlafzimmertür ab. Es ist zu spät, um mich irgendwo zu verkriechen. Während hinter mir die Scharniere quietschen, bleibe ich wie angewurzelt stehen und warte mit zusammengekniffenen Augen auf eine weitere Lektion in australischer Fluchkunde … die allerdings ausbleibt. Stattdessen ertönt ein leises Klicken, als die Tür wieder geschlossen wird. Und dann eine Stimme: »Sag bloß, du wartest hier auf deinen neuen Lover.«

Mein Herz springt mir fast bis in die Kehle. Ich wirble herum und sehe Aaron, in der Hand einen Teller und im Gesicht ein breites Grinsen.

»Was?«, bringe ich erstickt heraus. »Nein! So ein Unsinn!«

»Du kannst es mir ruhig verraten. Konkurrenz belebt das Geschäft.«

Ich gebe mein Bestes, eine unbeeindruckte Miene aufzusetzen, aber es will nicht klappen. Aarons Gesicht ist sauber geschrubbt, bis auf einen kleinen Rußfleck an seinem Kieferknochen, den er anscheinend übersehen hat. Seine Haare wirken, als hätte er sie nach dem Waschen nur mit den Fingern gekämmt, und zum ersten Mal erlebe ich ihn in einem einfachen grauen Sweater ohne Spruch. Das bedeutet, dass ich meinen Blick nirgendwo anders hinlenken kann als auf seine Augen.

»Eigentlich wollte ich meine Eltern anrufen«, erkläre ich, als mir auffällt, dass mein Schweigen schon viel zu lange dauert. »Aber vielleicht hat Russell nur ein Satellitentelefon.«

Aaron löst sich von der Tür und kommt auf mich zu. »Möglich«, sagt er und hält mir den köstlich aussehenden Burger auf seinem Teller hin. »Dafür besitzt er einen echt abgefahrenen Grill. Ich hab dir was mitgebracht, du musst ja –«

Der Geschmack von Gewürzen, Zwiebeln und Tomaten explodiert auf meiner Zunge. Ohne nachzudenken, habe ich mir den Teller geschnappt und mit zwei Bissen die Hälfte des Burgers verputzt. Seit der dubiosen Fleischpastete vom Roadhouse hatte ich nichts Warmes mehr in den Bauch bekommen und ich kann kaum glauben, wie gut sich das jetzt anfühlt.

»– am Verhungern sein«, vollendet Aaron den Satz.

Ich schlucke mit einem hörbaren *Unng*, ehe ich den Kopf hebe. Aaron beobachtet mich und wirkt dabei auf seltsame Weise zugleich wohlwollend und konzentriert. Wahrscheinlich zählt er die Spritzer von Grillsoße, die so ziemlich überall in meinem Gesicht verteilt sind.

Schnell lege ich den restlichen Burger auf den Teller zurück und versuche, mit dem Handrücken Schadensbegrenzung zu betreiben. »Entschuldige«, sage ich mit einem verlegenen Lachen. »Beherrschung verloren.«

Aarons Miene bleibt unverändert, während er den Kopf schüttelt. »Schon okay. Erinnerst du dich noch an meinen Leitspruch? Erst mal was futtern, dann sehen wir weiter.«

»Normalerweise esse ich gar kein Fast Food, weißt du?« Mir ist klar, dass ich vor Nervosität wieder sinnlos zu plappern anfange, aber ich kann nichts dagegen tun. »Hast du *Supersize Me* gesehen?«

»Äh, nein. Nenn mich seltsam, aber ich mag lieber Filme

mit hübschen Mädels statt mit ekligen Kerlen, die sich an Burgern überfressen.«

»Ich schon drei Mal.«

Das bringt Aarons lässige Fassade zum Einsturz. »Warum sollte man sich *den* Streifen mehrmals reinziehen? Ich wette, nicht mal der eklige Kerl selber hat das getan!«

Ich platziere den Teller auf Russells Nachttisch und wische mir die Finger an meinen Jeans ab. »Na ja, das war so«, beginne ich, während ich noch mit dem Rücken zu Aaron stehe, »meine beste Freundin Ella hatte mir erzählt, dass sie und ihre Eltern jeden Samstagabend Fast Food bestellen und gemeinsam vor dem Fernseher essen. Zu Hause hab ich gequengelt, warum wir das nicht auch machen. Daraufhin hat mein Vater was von McDonald's geholt, wir haben uns die Bäuche vollgeschlagen und dann hat er *Supersize Me* eingelegt.«

Sorgfältig schiebe ich den Teller in die Mitte des Tischchens, als ginge es darum, die exakte Position dafür zu ermitteln. »Ich war erst zehn und hatte das nicht so richtig verstanden. Es war ja trotzdem nett, dass wir den Abend zusammen verbracht haben, also hab ich am darauffolgenden Wochenende erneut darum gebettelt. Wieder gab es Fast Food und wieder hat mein Vater diese DVD ausgewählt. Danach hatte ich endgültig genug. Aber irgendwann hat meine Mutter was mit Haferkleie gekocht, und als ich das nicht essen wollte, haben wir den Film zum dritten Mal gesehen ...«

Endlich lasse ich von dem Teller ab und drehe mich um. Ich kann Aarons Blick nicht recht deuten – es wirkt, als wäre ihm eben etwas klar geworden.

»Das ist das Blödeste, was ich –«, setzt er an, bevor ich ihm ins Wort falle.

»Und ich weiß, es würde mir nicht schaden, ein bisschen abzunehmen.«

Für einen Moment klappt Aaron den Mund wieder zu. »Wo?«, fragt er dann. Auf einmal ist sein Gesicht völlig ausdruckslos.

»Wie bitte?«

»Zeig mir, wo du abnehmen solltest.«

Obwohl ich vor Scham am liebsten im Boden versinken würde, deute ich auf meine Mitte, die von dem hochgeknoteten Karohemd knapp bedeckt wird. »Da zum Beispiel.«

Beinahe fege ich den Teller zu Boden, als Aaron einen Satz auf mich zumacht. Ich weiche zurück, werde aber nach wenigen Zentimetern vom Nachttisch gebremst. Und dann liegen Aarons Hände warm und fest an meiner Taille.

»Du meinst hier?«

»J-ja.«

»Komisch. Für mich fühlt sich das völlig okay an. Für dich nicht?« Sein Daumen bewegt sich leicht auf und ab. Egal, was ich jetzt sagen würde, es wäre eine gewaltige Untertreibung. Stockend hole ich Luft, aber zum Glück erspart Aaron mir eine Antwort, indem er weiterfragt: »Wo noch?«

Ich beiße mir auf die Unterlippe und gestikuliere stumm in Richtung meiner Hüften. Obwohl ich schon vorher weiß, was passieren wird, bringt die Berührung mein Herz zum Rasen. Aaron zieht mich ein Stück an sich heran, sodass nur mehr eine Handbreit zwischen uns Platz ist. Als er die nächste Frage stellt, klingt seine Stimme gedämpft.

»Also, ich bin nicht überzeugt. Weitere Beispiele?«

Ich schüttle den Kopf, aber meine verräterischen Wangen leuchten in ihrer knalligsten Signalfarbe auf. Natürlich habe ich sofort an die Stelle gedacht, wo die Jeans besonders straff sitzt. Und zweifellos kann Aaron meine Gedanken lesen. Langsam verziehen sich seine Lippen, wie ich es schon so oft bei ihm gesehen habe – und doch ist es irgendwie anders.

Kein Grinsen mehr, sondern ein Lächeln.

»Was hältst du davon, wenn wir uns jetzt verabschieden?«, fragt er, ohne mich loszulassen.

»Wir voneinander?«

»Wir von dieser Party.«

»Oh … okay. Du hast vergessen zu zwinkern.« Ich schaue in sein immer breiter werdendes Lächeln und kann nicht anders, als es zu erwidern. Mit pochendem Herzen verlasse ich neben ihm das Schlafzimmer.

Als wir auf die Veranda hinaustreten, sind die Debatten rund um den Grill immer noch in vollem Gange. Gerade werden die Vorzüge eines hydraulischen Geräts erörtert, das Zaunpfosten perfekt in die Erde treibt. Ich würde ja am liebsten vorbeischleichen, doch Aaron marschiert geradewegs zu Russell und klopft ihm auf den Rücken.

»Danke fürs Einladen, wir machen mal 'nen Abflug.«

»Klar, wie ihr wollt«, grunzt Russell, die Augen auf den Grill gerichtet. Damit wäre die Sache erledigt, aber als ich vor Aaron die Verandatreppe betrete, ruft jemand hinter uns her: »Oi, warum so früh?«

Ich werfe einen Blick über die Schulter und sehe, wie sich das Licht der Gartenlaternen in Curlys Glatze spiegelt. »Müssen die Kleinen schon ins Bett?«, stellt er gleich die nächste Frage, und zwar viel lauter, als es notwendig wäre. Wahrscheinlich liegt das am erhöhten Adrenalinspiegel von der spannenden Zaun-Diskussion. Oder am Bier.

Raues Gelächter flackert auf. Inzwischen hat sich Aaron zu den Männern gewandt, sodass ich sein Gesicht nicht mehr sehen kann. Ich stoppe auf der zweiten Stufe, unsicher, ob ich weitergehen oder lieber umkehren soll.

»Hier, nimm erst mal ein Stubby«, fordert Curly und schwenkt eine kurze, breite Flasche durch die Luft.

Aaron schüttelt den Kopf. »Nein danke, ich will nichts trinken.«

»*Sorry, für Ballsport hab ich nichts übrig*«, antwortet einer der Männer mit verstellter Stimme.

»*Ist das Fleisch auch gut durch?*«, ruft ein anderer.

»*Wer hat das Gemüse gewaschen?*«

Diesmal ist das Lachen noch schallender, während ich verwirrt darüber nachgrüble, was diese Sprüche zu bedeuten haben. Dann wird mir mit plötzlichem Schreck klar, dass die Männer jemanden nachäffen. All diese Sätze muss Aaron vor meiner Ankunft gesagt haben.

Von meiner Position aus kann ich mitverfolgen, wie er die Schultern hochzieht und den rechten Arm nach vorne bewegt. Zuerst glaube ich, dass er den Daumen in eine Gürtelschlaufe hakt, aber seine Hand liegt weiter oben – etwa auf der Höhe seines Bauchnabels.

»Lasst gut sein, Leute«, sagt er in einem betont lockeren

Tonfall. »Ich hab sowieso gehört, australisches Bier ist wie Sex in einem Boot: fucking close to water.«

»Uuuuuuh«, geht es durch die Runde. Ich nehme an, dass Aaron sich mit seinem Scherz aus der Affäre ziehen wollte, aber stattdessen ist ihm jetzt die Aufmerksamkeit von jedem einzelnen der Outback-Kerle sicher.

»Was soll das überhaupt bedeuten, du trinkst kein Bier?«, ruft einer von ihnen. »Du bist doch Deutscher!«

»Und da heißt es immer, ihr Krauts könntet was vertragen ...«

»Sei mal nicht so 'ne verdammte Pussy!« Der letzte Ausruf stammt von Russell, der sich vom Grill losgerissen hat. Auch er hält nun eine knubbelige Bierflasche in Aarons Richtung. »Da, stoßen wir auf deinen ersten Gebrauch einer Feuerklatsche an. Oder sollen wir den Eindruck kriegen, dass bei dir zu Hause nur Weicheier rumlaufen, Kraut Boy?«

Danach habe ich wohl eine Art Blackout. Keine Ahnung, wie ich die Treppe hoch und an Aaron vorbeigekommen bin. Als ich wieder klar denken kann, stehe ich mitten auf der Veranda.

»Wirklich ein tolles Stichwort.« Meine Stimme könnte genauso gut einer Spitzmaus gehören, doch weil die Tonlage hier einzigartig ist, schneidet sie trotzdem durch das Gegröle. Schlagartig verstummen die Männer und Russell dreht sich mit gefurchter Stirn zu mir.

»Häh?«

Ich schlucke mühsam. »Kraut. Ein tolles Stichwort. Wissen Sie, als der Entdecker James Cook nach Australien segelte, starb seine Mannschaft nur deshalb nicht an Skorbut, weil sie genug Vitamin C zu sich nahm. Und worin war das wohl enthalten?«

Die Blicke der Männer schnüren mir die Kehle zu, aber für Reue ist es längst zu spät.

»Ganz genau«, sage ich atemlos. »Dass ihr euer Bier jetzt hier auf diesem Kontinent trinken könnt, verdankt ihr im Grunde – deutschem Sauerkraut. Ausgesprochen gern geschehen.« Und ich mache einen Knicks.

Danach habe ich das Gefühl, als wäre ich aus mir herausgetreten und könnte mich selbst von außen beobachten: winzig klein, schockstarr und umringt von stoppelbärtigen, sprachlosen Männern. Gestört wird dieses Standbild nur durch einen seltsamen Laut. Er klingt wie ein unterdrücktes Husten, das immer heftiger wird – bis Curly einen Mundvoll Bier quer über die Veranda prustet. Gleich darauf explodiert die gesamte Runde in ohrenbetäubendes Gelächter. Kräftige Bäuche hüpfen auf und ab, Hände klatschen auf jeansbedeckte Oberschenkel, eine Flasche geht zu Bruch. »Der war gut«, keucht einer der Kerle und Russell, der sich am schnellsten wieder gesammelt hat, nickt mir zu.

»Touché, Bluey«, sagt er grinsend. »Nun haut schon ab, ihr beide.«

Das lasse ich mir nicht zweimal sagen. Wie eine Ertrinkende an ein Stück Holz klammere ich mich an Aaron und zerre ihn mit mir, geradewegs in die Dunkelheit hinaus. Bierqualität hin oder her, eines muss man Australien jedenfalls lassen: Das nächtliche Outback ist unangefochten die beste Kulisse für eine Flucht.

Aaron

Um sich abzureagieren, kann man tief durchatmen, irgendwo reinboxen oder einen Streit vom Zaun brechen. Oder man stürmt zusammen mit Nia wie beknackt einen Hügel hinauf.

Je weiter wir uns vom Haupthaus entfernen, desto klarer kann ich wieder denken. Die Mistkerle auf der Veranda schrumpfen zu einem Haufen besoffener Typen zusammen, die einfach nicht wissen, dass ich eine fremde Niere und ein kaputtes Immunsystem habe und deshalb gewisse Regeln befolgen muss. Als wir das Gelächter nicht mehr hören können, ist meine Wut komplett verraucht. Trotzdem pumpt immer noch Hitze durch meine Adern, und das, obwohl es hier nach Sonnenuntergang ziemlich kühl wird. Kein Wunder bei dem Tempo, das wir gerade draufhaben.

»Warum rennst du denn so?«, rufe ich Nia zu, die mit der Taschenlampe vor mir herläuft.

»Weil ich mich lächerlich gemacht habe, deshalb!« Der Lichtkegel flitzt an unserem misslungenen Zaun vorbei und in unverminderter Geschwindigkeit weiter in Richtung Shed.

»Spinnst du?«, keuche ich. »Das war absolut genial! Unter meinem schlechten Einfluss wirst du ja doch noch zur Komikerin …«

Ich erwische einen Zipfel ihres Karohemds und stoppe sie zwei Meter vor dem Rollladen. Endlich dreht sie sich zu mir um, aber ich lasse sie nicht los.

»Im Ernst, Nia. Danke.«

»Schon okay«, sagt sie ausweichend und ich bin verdammt froh darüber, dass sie die Sache so herunterspielt. Über nichts möchte ich jetzt weniger sprechen als über verbotene Sportarten oder keimbehaftetes Gemüse.

Um weiter davon abzulenken, frage ich: »Wo hast du diese Geschichte überhaupt her?«

Sie zuckt mit den Achseln. »Ich hab mich eben über Australien informiert, damit ich nichts falsch mache. Du weißt schon – Gefahren, die einen auf der Reise erwarten ...«

»Skorbut?!«

»Ein in sämtlichen Reiseführern sträflich vernachlässigtes Thema.«

Ungläubig starre ich sie an, bis ihre ernste Miene ein kleines bisschen verrutscht. Damit ist es amtlich: Ich wurde soeben von Military Girl verkohlt.

»War nur ein Scherz«, sagt sie und zeigt ein winziges Lächeln. »*So* schräg bin ich nun auch wieder nicht. Die haben im Flugzeug eine Doku über die Geschichte Australiens gezeigt, während du am Schnarchen warst, okay? Und ganz nebenbei«, sie setzt eine gespielt würdevolle Miene auf, »mein Sinn für Humor ist von deinem Einfluss überhaupt nicht abhängig.«

»Ach ja? Und das kannst du auch beweisen?« Ich greife nach ihrer Hand mit der Taschenlampe und kippe sie so, dass der Lichtkegel genau in ihrem Gesicht landet. Blinzelnd zieht sie die sommersprossige Nase kraus. Sie könnte ganz einfach aus der Helligkeit entkommen, aber dafür müsste sie ihre Hand wegziehen – und das tut sie nicht. Ihre Finger sind trotz der nächtlichen Kälte warm.

»Na klar, ich kenne sogar einen Witz«, verkündet sie.

»Wir werden ja sehen, ob du dabei ernst bleiben kannst. Also, es war einmal eine Blondine, die ging in eine Bar.«

Der Lichtkegel beginnt zusammen mit meiner Hand zu zittern. Nia redet unbeirrt weiter: »Man muss sich diese Bar wahrscheinlich sehr klein vorstellen, weil der Barkeeper die Blondine gleich sieht, als sie hereinkommt. Ist auch egal. Jedenfalls ruft er ihr zu … nein, warte. Ich hab am Anfang den Pfarrer vergessen …«

Als sie mir einen Schubs gibt, bin ich bereits so wacklig auf den Beinen, dass ich einen Schritt rückwärtstaumle. »Hör auf zu lachen, ich bin noch gar nicht bei der Pointe angekommen!«

»Ehrlich gesagt glaub ich nicht, dass du es jemals bis dahin schaffen wirst!« Jetzt ist meine Beherrschung endgültig dahin. Ich pruste los, und sobald Nia gegen ihren Willen zu kichern anfängt, wird mein Lachanfall noch heftiger. »Komm schon, du hast diesen Witz mit *Es war einmal* angefangen!«

»Und du kannst das natürlich viel besser?«

»Allerdings: Treffen sich ein cooler Typ und eine süße Rothaarige vor einem Shed …«

Ich weiß nicht, wer von uns zuerst die Taschenlampe losgelassen hat. Vielleicht waren wir es beide gleichzeitig. Plötzlich stehen wir im Stockdunkeln und ich spüre Nias Hände auf meiner Brust.

»Ist das alles?«, fragt sie in einem Tonfall, den ich ihr vor einem Tag niemals zugetraut hätte. Ich schaue zu ihr hinunter und erkenne nichts als das Blitzen ihrer Augen, während meine Erinnerungen abgespult werden wie ein Daumenkino:

Nia, die gierig einen Burger verschlingt und sich dann ernsthaft dafür schämt. Die sich über ein mickriges Schaf freut, als wäre es das beste Geschenk auf der ganzen Welt. Und viel weiter hinten: Nia, die in militärischer Pose vor ihrer Mutter sitzt, damals in der Krankenhaus-Cafeteria. Scheiße, war ich schwer von Begriff. Nicht sie ist der Kontrollfreak, die geborene Spaßbremse, der Eisklotz in Menschengestalt – ihre Eltern sind es! Ich habe keine Ahnung, wie zur Hölle ich ihr das klarmachen soll. In diesem Moment weiß ich nur eins.

»Nein, das ist nicht alles«, sage ich. »Noch lange nicht.«

Aber bevor ich irgendetwas tun kann, treffen mich Nias Lippen leicht verrutscht an meinem Mundwinkel. Dann streckt sie sich, legt mir die Hände in den Nacken und küsst mich richtig. Ich spüre ihre Zunge heiß an meiner wie einen elektrischen Schlag, der mein Adrenalin zum Überkochen bringt. Instinktiv graben sich meine Finger in ihre wirren Locken. Wir stolpern zusammen gegen den Rollladen, Körper an Körper, Puls an Puls. Ich weiß, dass Nia jetzt genau mitkriegt, wie sehr ich unter Strom stehe. Ganz kurz glaube ich, dass sie deshalb zurückweicht – um einen Gang runterzuschalten –, aber sie bückt sich bloß nach dem Griff des Tores. Kaum hat sie es hochgeschoben, ist sie wieder bei mir und schmiegt sich an mich. Zusammen schaffen wir es irgendwie ins Shed.

Ich erwische den Lichtschalter mit dem Ellenbogen und sobald ich mich halbwegs orientieren kann, ziehe ich Nia zum Sofa. Während wir uns weiter küssen, streiche ich mit einer Hand ihre nackten Beine entlang und spüre, dass sie eine Gänsehaut bekommt. Gerade will ich mich weiter nach oben vorarbeiten, als ich an etwas hängen bleibe. Fühlt sich an wie ein breiter Schlauch. Von mir aus könnte das auch ein Elefantenrüssel sein, es wäre mir so was von egal – aber Nia hat mein kurzes Stocken bemerkt. Sie wirft einen Blick auf die Sitzfläche und wird in meinen Armen steif wie ein Brett.

»Ähm«, sage ich gedehnt, »was, bitte schön, ist das?«

Anstelle einer Antwort klatscht sie sich erst mal genau wie vor dem Barbecue beide Hände aufs Gesicht, um sich zu verstecken. Es sieht zwar niedlich aus, aber von dem Genuschel hinter ihren Fingern kann ich kein Wort verstehen.

»Hm?« Ich stupse das komische Ding gegen ihre Wange.

Ruckartig nimmt sie die Hände weg und ihre Miene zeigt eine Mischung aus Verlegenheit und Verzweiflung. »Ein Hosenbein! Okay? Ich musste die Jeans kürzen und hab viel zu viel erwischt. Ja, ich trage abgeschnittene Hotpants wie eine Fünfzehnjährige. Ich bin echt eine Katastrophe, bitte lach nicht.«

»Weißt du, was – zur Abwechslung hatte ich das gar nicht vor.«

»Sondern?«

Ihr entfährt ein Keuchen, als ich sie blitzschnell auf die Sitzfläche des Sofas drücke. Die Locken breiten sich wie ein glühender Fächer um ihren Kopf herum aus. Ich knie über ihr und bin fast hypnotisiert von diesem unglaublichen Rot, das mir nie richtig aufgefallen ist, solange Nia ihre Haarspange getragen hat. Genauso wenig wie ihre tolle Figur in den zu weiten Blusen. Military Girl hat offensichtlich keinen Schimmer, wie heiß sie eigentlich ist. Ich beuge mich zu ihr hinunter, schiebe eine Haarsträhne weg und küsse die weiche Haut an ihrem Hals. Mit einem leisen Seufzen dreht sie den Kopf zur Seite, um mir besseren Zugang zu gewähren. Ihre Hände streichen über meinen Rücken, schieben sich unter den Saum meines Sweaters. Ich glaube, ihre Finger zittern. Zu gerne würde ich wissen, ob das von der Aufregung kommt, von Nervosität oder Angst. Vielleicht hat sie noch nicht sonderlich viele Erfahrungen gesammelt? Oder gar keine?

Innerlich befehle ich mir zwar, die Klappe zu halten, aber dann rutscht mir die Frage einfach heraus: »Wie lange ist es bei dir her?«

»Was meinst du?«, haucht Nia.

»Dein letztes Mal …«

Jetzt gleiten ihre Hände wieder unter meinem Sweater hervor. »Na ja«, beginnt sie, zögernd und ein bisschen außer Atem. »Das war mit dem Sohn eines Kollegen meiner Eltern. Ist eine Weile her. Ich will so was eben nur machen, wenn …« Sie beißt sich auf die Unterlippe.

»Was?« Unwillkürlich spanne ich alle Muskeln an.

»Wenn es etwas … Besonderes ist, verstehst du?« Mit weit aufgerissenen Augen schaut sie zu mir hoch und ich habe das Gefühl, mitten in dieses Blau hineinzufallen. Mein Magen sackt ein paar Zentimeter nach unten. *Etwas Besonderes.* Das kann ich ihr sicher nicht bieten.

Ich schlucke hart, balle die Fäuste am Sofabezug, aber dadurch wird es nicht besser.

Nia zeigt wieder ihr winziges Lächeln und streckt sich nach oben, um mich zu küssen. Als ich zurückweiche, stößt sie in einem lautlosen Kichern die Luft aus. Verdammt, sie muss glauben, dass ich sie bloß necken will. Abrupt setze ich mich auf und starre zur gegenüberliegenden Wand.

»Hör zu«, sage ich und bin selbst überrascht, dass ich meine Stimme so klingen lassen kann: nämlich nach absolut gar nichts. »Ich glaube, das hier ist keine gute Idee. Tut mir leid.«

Tief in mir drin springt ein Autopilot an, der mich vom Sofa hochzieht und auf das offene Tor zutreibt. Obwohl ich froh bin, Nia jetzt nicht ins Gesicht sehen zu müssen … obwohl ich echt Schiss davor habe, was sie sagen könnte, rechne ich damit, dass sie mich aufhält. Ich glaube sogar, dass sie mich anschreien und mit Vorwürfen bombardieren wird, genau wie sonst auch immer.

Doch anscheinend habe ich sie mal wieder falsch eingeschätzt – und so verlasse ich das Shed in vollkommener Stille.

Nia

»Den nicht«, sagt Russell in seiner Garage. Er winkt mich von dem Landrover weg, in den ich gerade einsteigen wollte, und deutet auf das blassgrüne Fahrzeug daneben. Wobei ich nicht sicher bin, ob diese Bezeichnung zutrifft – besonders fahrtüchtig sieht diese Mischung aus Beulen und zerkratztem Lack nämlich nicht aus. Beide Außenspiegel sind mit Isolierband befestigt, und wer weiß, was sonst noch bloß von Spucke und Stoßgebeten zusammengehalten wird.

»Wenn ich nur auf der Farm unterwegs bin, nehm ich immer den Zweitwagen«, erklärt Russell.

»Damit es … spannend bleibt?«

Mit dieser Frage handle ich mir einen mordlustigen Blick ein. »Hör mal, Bluey, du willst doch für mich arbeiten, oder?«

Ich kann selbst kaum glauben, wie eifrig ich nicke. Und das, obwohl mir von den letzten Tagen alle Knochen wehtun: Zuerst habe ich für Russell den gesamten Frühjahrsputz erledigt, dann habe ich seine Gemüsebeete gejätet und jetzt werde ich ihm dabei helfen, den Grundstückszaun auszubessern. Sosehr mich die Schufterei in der Hitze auch zermürbt, alles ist besser, als untätig im Shed herumzusitzen. Außerdem verdiene ich mir dadurch meine warmen Mahlzeiten.

Aaron hat Lebensmittel von Russell gekauft, gleich nach seiner ersten Nacht auf der Gartenliege. Er ist schon im Morgengrauen aufgestanden und hat den Rollladen in Zeitlupentempo geöffnet, um das Scheppern so gering wie möglich zu halten. Unterdessen lag ich zusammengerollt auf dem Sofa, genauso hellwach wie in all den Stunden davor, und drückte mein brennendes Gesicht an die Lehne. Es war entsetzlich demütigend, wie krampfhaft Aaron einem Gespräch mit mir aus dem Weg ging. Kaum hatte sich das Tor geschlossen, stürzte ich zum Eimer, um meine Augen mit kaltem Wasser zu traktieren. Weil mir die Haare dabei immer wieder ins Gesicht fielen, drehte ich sie so fest zusammen, wie es nur ging, und rammte meine Spange hinein. Als Aaron zurückkam, hatte ich die Hotpants bereits gegen meine einzigen langen Hosen getauscht und kniete mit durchgedrückter Wirbelsäule vor Blue Moons Tasche. Verbissen gab ich vor, den restlichen Inhalt zu durchsuchen, während hinter mir ein leises Rascheln zu hören war. Aaron musste etwas in meiner Nähe abgestellt haben. Ich drehte den Kopf nur um wenige Zentimeter, bis ich einen Korb mit Dosen und Toast erkennen konnte – ein stummes Angebot.

Mein Magen zog sich zusammen, aber das lag gewiss nicht am Hunger. Noch am Abend zuvor hatte mir der Gedanke an meine Eltern quälende Gewissensbisse bereitet, aber nun klammerte ich mich regelrecht daran. Ich stellte mir vor, wie das Gesicht meiner Mutter manchmal ganz kalt wird, wenn sie von jemandem enttäuscht ist. Wie dann jedes Wort und jeder Blick dieser Person einfach an ihr abprallen. Auf diese Weise schaffte ich es, scheinbar ungerührt an Aaron vorbeizugehen. Kaum war ich jedoch im Freien, fiel diese Starre von mir ab. Ich stürzte den Hügel hinunter und hielt erst vor der Tür des Haupthauses an.

Russell öffnete mit einer Miene, die in etwa so einladend wirkte wie die Mündung einer Schrotflinte. »Ihr wollt mich heute Morgen wohl komplett –«, setzte er an, aber ich ließ ihn gar nicht ausreden. Die Bitte um einen Job platzte aus mir hervor und ich merkte selbst, wie erbärmlich ich mich anhörte. Trotzdem war es tausendmal besser als die Alternative. Ich würde bestimmt keine milden Gaben von einem Typen annehmen, der das Einzige, was *er* offensichtlich von mir wollte, nicht bekommen hatte: unkomplizierten, bedeutungslosen Sex.

Auch jetzt noch, während ich neben der Schrottkarre in der Garage stehe, wird mir von dem Gedanken daran ganz schlecht. Russell scheint meinen Gesichtsausdruck jedoch falsch zu interpretieren.

»Krieg dich wieder ein«, brummt er und tätschelt die rostige Kühlerhaube. »An dem Schätzchen hier funktioniert alles tipptopp, bis auf die Bremsen.« Mit diesen ermutigenden Worten klettert Russell in den Pick-up und ich habe keine andere Wahl, als neben ihm – und einer aus der Sitzpolsterung ragenden Sprungfeder – Platz zu nehmen. Allerdings stimmt es wohl tatsächlich, dass man auf dem Grundstück auch mit verminderter Bremswirkung gut zurechtkommt:

Nachdem wir am Haupthaus vorbei und durch ein Gittertor gefahren sind, gibt es bis auf ein paar knorrige Eukalyptusbäume, verdorrte Ameisenhügel und hier und da ein klappriges Windrad nicht viel, dem man ausweichen müsste. Die Schafe ergreifen die Flucht, sobald wir ihnen zu nahe kommen, und grasen dann ein paar Meter entfernt weiter. Wie in Trance schaue ich durch die verkrustete Scheibe, an der alle möglichen Schattierungen von Rot, Gelb und Braun vorüberziehen. Dafür, dass die Farm laut Russell für australische Verhältnisse klein ist, wirkt sie auf mich gigantisch. Als ich hier mit dem Fahrrad unterwegs war, habe ich offenbar nur einen Bruchteil des Landes gesehen. Noch nie bin ich mir so winzig vorgekommen wie in dieser unwirklichen Marslandschaft, über der sich ein wolkenlos blauer Himmel spannt. Mein Blick verliert sich am Horizont, bis mich eine Bewegung aufschreckt. Hüpfend entfernt sich eine zierliche Silhouette, während Russell den Wagen in unverändertem Tempo weiterholpern lässt.

»Ja, ein Känguru, whoop-dee-fucking-doo«, spottet er. »Daran wirst du dich schnell gewöhnt haben.«

Ich lehne mich zurück und warte schweigend, bis die wippende Schwanzspitze aus meinem Sichtfeld verschwunden ist. Wahrscheinlich sollte ich ganz aufgeregt darüber sein, mein erstes lebendes Känguru in freier Wildbahn entdeckt zu haben, aber ich fühle mich wie betäubt. Obwohl ich mich mit aller Kraft dagegen wehre, beißt sich die Frage in meinem Kopf fest, wie Aaron reagiert hätte. Zuerst vermutlich mit einem dummen Witz und dann mit einem breiten Grinsen, das seinen Sarkasmus Lügen straft. Ich kenne niemanden, der sich so vom Augenblick mitreißen lässt ... der so mit dem Herzen bei der Sache ist wie er. Jedenfalls habe ich das geglaubt, bevor mir klar geworden ist, dass ich für ihn nur ein Mosaiksteinchen in diesem ganzen Reiseabenteuer bin: kurzfristig unterhaltsam, vielleicht ein Nervenkitzel und eine nette Geschichte, die man zu Hause erzählen kann, aber nicht mehr.

»Das hier ist keine gute Idee. Tut mir leid.«

Wenn sich über die folgenden Stunden irgendetwas Gutes sagen lässt, dann wohl, dass mir währenddessen nicht allzu viel Zeit zum Grübeln bleibt. Sobald wir eine Lücke im Zaun entdecken, ist das der Beginn echter Knochenarbeit, und offensichtlich besitze ich dafür keinerlei Talent. Verzweifelt mühe ich mich mit dem Draht ab, den Russell mit bloßen Händen zurechtbiegt und den ich nicht mal mithilfe zweier Zangen richtig in Form bringe.

»Ich frage mich, wieso euer Schaf nicht schon längst über alle Berge ist«, höhnt Russell angesichts meiner stümperhaften Flickversuche. »Kraut Boy muss sich zumindest etwas weniger dämlich angestellt haben als du.«

Seine Worte zwingen die Erinnerung an das gemeinsame Zäunebauen mit Aaron in mein Bewusstsein. Dadurch ist es um meine Beherrschung gleich wieder geschehen. Der Draht verschwimmt vor meinen Augen und ich beiße mir auf die Unterlippe.

Eine Weile beobachtet mich Russel schweigend, dann macht er eine abfällige Handbewegung. »Ich bin sicher, du hast irgendwelche anderen Fähigkeiten, Bluey. Kochen oder so. Ist jedenfalls kein Grund, gleich loszuheulen.«

»Das ist nicht … Ich bin nicht deswegen …«, wehre ich ab und hole tief Luft. »Es hat nichts damit zu tun.«

»Hmpf.« Ohne meine kryptische Antwort zu hinterfragen, stapft Russell zu dem Zaunstück hinüber, mit dem ich mich abgerackert habe, und rüttelt ein wenig daran. »Weißt du eigentlich, wie die Kaninchen hierherkommen?«, fragt er völlig unvermittelt. »Ich meine nach Australien, nicht auf dieses Grundstück. Da werden sie zukünftig einfach durch den instabilen Mist spazieren, den du verbrochen hast.« Ächzend fängt er an, das jämmerliche Ergebnis meiner Anstrengungen wieder aufzubiegen. »Vor hundertfünfzig Jahren hat so ein Typ die Viecher aus England herschaffen lassen. Nur vierundzwanzig Stück, um spaßeshalber draufzuballern. Aber dieser Fucktard hatte nicht bedacht, dass es in Australien keine Tiere gibt, die Appetit auf Kaninchenfleisch haben, und besonders gut schießen konnte er wohl auch nicht. Die Sache lief dermaßen aus dem Ruder, dass das Land bald ziemlich kahl gefressen war von Abermillionen Mümmlern. Später wurde dann ein Virus eingesetzt, um diese Plage in den Griff zu bekommen, und der hat eingeschlagen wie eine Bombe.« Beinahe genüsslich breitet er die Arme aus. »Stell dir das mal vor. Ein ganzes Land voller krepierender Karnickel.«

»Das ist wirklich keine besonders nette –«, fange ich an, aber Russell unterbricht mich sofort.

»Zuhören, Bluey. Also, fast alle Viecher sind abgekratzt, aber ein Prozent war danach immun und hat sich fröhlich weitervermehrt. Und heute dürfen wir uns wieder mit 'n paar Hundert Millionen davon herumärgern.«

Er macht eine kurze Pause, während er aus dem Draht eine kunstvolle Acht formt. Danach sieht er mich scharf an. »Verstehst du, was ich damit sagen will?«

Erst in diesem Augenblick erkenne ich, dass Russell nicht nur eine seltsame Art von Small Talk mit mir führt.

Er muss gemerkt haben, dass zwischen Aaron und mir etwas nicht stimmt, und versucht, mir einen Rat zu erteilen – und das auch noch mit einem Gleichnis. Anscheinend habe ich diesen bärbeißigen Kerl gehörig unterschätzt. Ich schlucke, ehe ich zögernd vorschlage: »Meinen Sie, dass … ein Problem immer größer wird, je später man sich darum kümmert?«

»Nein! Ich meine, dass jeder bestens in Australien klarkommt, der eigentlich nicht in dieses Land gehört, verdammt!« Russell boxt gegen den Zaun. »Kaninchen, Kamele, Kröten, Katzen. Sie sind eine verdammte Pest, wir Aussies wollen sie nicht haben, und am Anfang hatten sie es hier wahrscheinlich gar nicht so leicht. Aber irgendwie scheint der Kontinent für jeden eine große Chance zu sein, der von weither kommt. Sogar aus Deutschland.«

Die Bedeutung seiner Worte sickert nur langsam zu mir durch und setzt dann eine Woge der Rührung frei. Russell versucht, mir gerade klarzumachen, dass er an mich glaubt! Ich habe diesen Kerl nicht nur unterschätzt, ich habe ihm grob unrecht getan. Hinter seiner rauen Schale ist er ein herzensguter, feinfühliger …

»Jedenfalls«, fügt er nach einem Moment des Sinnens hinzu, »… am besten, man rammelt einfach wie die Karnickel.«

Vielleicht ist es ganz gut, wenn manche Dinge beim Alten bleiben. Die Welt wäre sonst zu verwirrend.

Trotzdem geistert mir Russells Geschichte während der folgenden Stunden unablässig im Kopf herum. Bisher war ich viel zu gekränkt, um gründlicher darüber nachzudenken, was in der Nacht des Barbecues schiefgelaufen ist. Ich habe Aaron als Fiesling abgestempelt und mich danach in mein Schneckenhaus zurückgezogen, so wie sonst auch immer. Aber vielleicht hätte ich mir meine Behauptung, wie *besonders* es mit meinem Exfreund gewesen ist, lieber verkneifen sollen. Es klang zu sehr danach, als sehnte ich mich nach dem Prinzen auf dem weißen Pferd, und das musste auf einen leichtlebigen Jungen wie Aaron ja abschreckend wirken. Noch dazu entspricht es nicht einmal der Wahrheit. Johannes und ich, das war in den Augen von genau vier Personen etwas Besonderes: in jenen unserer Eltern. Sie hatten uns auf einem Anwaltsdinner einander vorgestellt und am selben Abend fielen die ersten Komplimente, wie perfekt wir zusammen aussehen würden. Wir wurden fotografiert, ich bekam von seiner Familie eine Einladung zum Essen und kurz darauf fingen Johannes und ich an, miteinander zu gehen. Dabei empfand ich wohl am meisten für ihn, als ich meinen Eltern zwei Monate später gestehen musste, dass es schon wieder vorbei war. Ich wünschte ihm inständig, dass seine Mutter nicht mit derselben kühlen Enttäuschung reagierte wie meine.

Aber so etwas erzählt man doch nicht, wenn ein vor Selbstvertrauen strotzender Junge fragt, wie erfahren man in diesen Dingen sei. Man bindet Mr *Scharf-wie-Cayennepfeffer* nicht auf die Nase, dass »das letzte Mal« mehr als zwei Jahre zurückliegt, weil man diese Zeit nur in der Bibliothek, in der Schule oder zu Hause verbracht hat. Da sollte er mich lieber für so anspruchsvoll halten, dass ich nur dann ein männliches Wesen an mich heranlasse, wenn es mit ihm »etwas Besonderes ist«. Jedenfalls dachte ich, mich mit dieser Bemerkung um meine Unerfahrenheit herummogeln zu können – aber anscheinend habe ich Aaron dadurch bloß vergrault.

Nach dieser Erkenntnis schaffe ich es nur mit Mühe, den restlichen Tag hinter mich zu bringen. Trotz meiner fehlenden Konzentration verdiene ich mir von Russell hohes Lob, das er auf seine Weise ausdrückt, indem er meine letzte geflickte Zaunstelle lediglich als »fairly bullshitty« bezeichnet. Er erlaubt mir sogar, seine Dusche zu benutzen, um die zentimeterdicke Staubschicht loszuwerden. Anschließend setzt er mir in seiner Wohnküche etwas vor, das sich *Fritters* nennt und aus undefinierbaren, zusammengebrutzelten Resten besteht. Der Abend ist geradezu nett, wenn man davon absieht, dass sich die Unterhaltung mit Russell im Wesentlichen auf verschiedene Formen des Grunzens beschränkt.

Als ich vom Haupthaus aufbreche, ist es so finster, dass ich wieder eine Taschenlampe brauche. Russell hat mir ein antikes Exemplar geliehen, das aussieht wie ein schwarzer Fotoapparat. Sofort muss ich an die Stabtaschenlampe denken, die Aaron und ich zuletzt verwendet haben – und daran, wie sie uns vor dem Shed aus den verschränkten Fingern gefallen ist. Die Erinnerung wärmt mich von innen und schnürt mir gleichzeitig die Kehle zu. Gott, habe ich mich blöd angestellt. Statt den Moment mit Aaron einfach zu genießen, habe ich mich benommen, als erwartete ich demnächst mindestens einen Verlobungsring. Wenn ich Laura das alles erzählen könnte, würden ihre bunten Ohrringe vom heftigen Kopfschütteln hin und her schlenkern.

Mit plötzlichem Eifer haste ich auf das Shed zu und lege nicht einmal meinen üblichen Zwischenstopp ein, um Daisy Gesellschaft zu leisten. Ich gerate erst ins Zögern, als ich das Tor öffne und von Dunkelheit empfangen werde. Zuerst glaube ich, dass Aaron gar nicht da ist, doch sobald ich das Licht anknipse, erkenne ich ihn auf der Gartenliege, die er neben dem kaputten Fernseher aufgestellt hat. Sein Gesicht ist von mir abgewandt und er rührt sich nicht. Dabei ist es unwahrscheinlich, dass er jetzt schon schläft. Es kann ja nicht später als halb zehn sein.

»Bist du wach?«, flüstere ich und warte sekundenlang vergeblich auf eine Antwort. Offenbar will er mich weiter ignorieren, aber ich habe von dieser Funkstille endgültig genug. Kurz entschlossen laufe ich zur Gartenliege, beuge mich darüber und strecke eine Hand nach Aaron aus. »Hey!«

Kaum habe ich seinen Arm berührt, fährt ein Ruck durch seinen Körper und das Bild vor meinen Augen zerplatzt mit einem Knall. Ich stolpere nach hinten, ein Glühen in meiner linken Wange, das sich zu einem Brennen steigert. Dann kommt der Schmerz und lässt mich erst richtig begreifen, was gerade passiert ist.

Aaron hat mir ins Gesicht geschlagen.

Aaron

Ich darf sie nicht entwischen lassen.

Das ist der erste Gedanke, der mir durch den Kopf schießt, als Nia losrennt. Der zweite und dritte sind Flüche, aber dafür ist jetzt keine Zeit. Hinter mir kracht die Liege zu Boden, so schnell springe ich auf. Nia ist schon fast beim Tor, doch als sie stolpert und um ihr Gleichgewicht kämpft, hole ich sie ein. Ich verstelle ihr den Weg, breite die Arme aus, aber das reicht nicht. Nia macht einfach einen Satz an mir vorbei und da packe ich sie an der Schulter.

»Lass mich los.«

»Scheiße, hör mir doch erst mal zu …«

»Nein!« Jetzt klingt es nicht mehr so erstickt, sondern wie ein Schrei. Sofort lockert sich mein Griff, aber Nia bemerkt das gar nicht. Immer noch steht sie direkt vor mir und schaut mich an, als wäre ich der letzte Dreck. »So etwas lässt sich nicht mit einem Witz kleinreden, verstehst du? Meinetwegen kannst du mich verspotten oder mich ignorieren, aber *damit* … damit hast du alles …« Sie stockt, als würde sie keine Luft mehr kriegen. Viel zu spät kapiere ich, dass das Schluchzer sind.

»Es liegt nur an meinem Shunt!«, platzt es aus mir hervor wie etwas Bitteres, das ich nicht im Mund behalten kann. Ich packe den linken Ärmel meines Shirts und zerre ihn bis über meinen Ellenbogen hoch. Im dämmrigen Licht sehen die Narben und die verdickte Stelle noch widerlicher aus als sonst.

Nias Kopf ruckt ein paarmal auf und ab, als sie zuerst mich in den Fokus nimmt, dann den Shunt und danach wieder meine Augen. Ihr Gesicht wirkt völlig leer.

»Was«, sagt sie schließlich und es hört sich nicht mal an wie eine Frage. Wahrscheinlich bezweifelt sie, dass irgendeine Antwort jetzt noch helfen könnte.

»Mein Shunt«, wiederhole ich mechanisch. »Dort haben sie mir für die Dialyse eine Vene und eine Arterie zusammengenäht, damit das Blut stärker fließt. Das Ding war also lebenswichtig für mich und ich hab mir angewöhnt, wie verrückt drauf aufzupassen. Wenn es nicht mehr funktioniert hätte, wär gleich die nächste OP fällig gewesen. Zum Beispiel darf man auf keinen Fall am Shuntarm den Blutdruck messen. Aber manchmal haben die Nachtschwestern versucht, mir die Manschette anzulegen, während ich geschlafen habe …«

Ich breche ab, als sich etwas in Nias Gesicht verändert. Auf einmal wird ihre Military-Girl-Maske durchlässig und dahinter sieht sie verdammt erschrocken aus.

»Es war ein Reflex«, murmle ich. »Du hast meinen Shuntarm gepackt und da ist es einfach passiert.«

»Oh mein Gott.« Nia taumelt die paar Schritte zum Sofa, lässt sich fallen und stützt den Kopf in ihre Hände. Nachdem sie eben noch wie erstarrt war, ist jetzt die ganze Spannung aus ihrem Körper verschwunden.

Ich gehe vor ihr in die Hocke und drücke leicht ihr Kinn hoch. »Wie geht's deinem Gesicht?«

»Nicht so schlimm«, behauptet sie, aber ich weiß, dass sie lügt. Die Stelle ist ein bisschen rot, ich kann sogar den Abdruck meines Daumens erkennen. Mein Magen zieht sich zusammen.

»Scheiße, tut mir leid.« Ohne nachzudenken, fahre ich mit den Fingerspitzen über Nias Wange. Als ich wieder zurückweiche, ist sie noch röter, aber das hat hoffentlich nichts mit dem Schlag zu tun. Es scheint, als müsste sie ihren ganzen Mut zusammenkratzen, ehe sie hervorstößt: »Wenn ich meine Tante in der Dialyse besucht hab, waren da überall Schläuche und Pflaster. Du hättest mir das schon früher erklären sollen oder wenigstens zeigen.«

Mit einem leisen Schnauben setze ich mich neben sie aufs Sofa. »Klar. Ich renne ja auch sonst durch die Gegend und flüstere den Mädels zu: Hey, willst du mal was Geiles sehen? Wenn du Glück hast, platzt das Ding und hundert süße Spinnenbabys krabbeln heraus.«

»Hör auf.« Ich hatte damit gerechnet, dass Nia das Thema nach einem verlegenen kleinen Lachen ruhen lassen würde, aber diesen Gefallen tut sie mir nicht. »Warum kannst du nicht über so etwas reden, ohne Witze zu reißen? Ich meine, du solltest doch daran gewöhnt sein, nachdem du jahrelang krank warst … und ja. Ich habe das böse Wort *krank* benutzt. Komm drüber weg.«

Ihr Versuch, streng und tough zu wirken, ist beinahe komisch. Ganz ähnlich muss es sein, wenn man von einem Chihuahua angeknurrt wird, aber trotzdem habe ich keine Lust mehr, Nia aufzuziehen. Vielleicht liegt es daran, dass noch nie jemand so auf mich reagiert hat. Timo brauche ich nur ein Stichwort zu liefern, schon beginnt er, Quatsch zu machen ohne Ende. Und alle anderen – meine Mom, die Schwestern und Ärzte – schienen nach einem Scherz von mir immer irgendwie erleichtert.

»Gerade deswegen«, höre ich mich selber sagen, obwohl ich es sofort bereue. Aber jetzt ist es raus und Nia lässt nicht locker.

»Was meinst du damit?«

Ich zucke mit den Achseln, als wäre das alles gar nicht so wichtig – als hätte bis zum letzten Jahr nicht mein ganzes verdammtes Leben daraus bestanden. Dabei ahne ich, dass ich keine Chance habe, Nia etwas vorzumachen. Ihre Augen sind immer noch auf mich gerichtet wie zwei blaue Scheinwerfer. »Weißt du, was die Ärzte bei der Visite jedes Mal als Erstes wissen wollen?«, frage ich widerstrebend. *»Na, wie geht es Ihnen denn heute.* Dabei können sie doch von ihren Klemmbrettern genau ablesen, wie beschissen es um einen steht. Man kann ihnen natürlich die Wahrheit sagen, nämlich, dass man vor lauter Lebensfreude den Nächsten, der blöde Fragen stellt, enthaupten möchte … Nur leider kommt das nicht besonders gut an.«

Nia beißt sich auf die Lippe, erwidert aber nichts.

»Oder«, fahre ich fort, »man kann zu einer Art Heiligem mutieren, der nie auch nur ein Sterbenswörtchen über seine Krankheit verliert und auch vor allen Besuchern so tut, als wäre ein Krankenhaus der coolste Ort gleich nach der Bat-Höhle.«

»Wofür hast du dich entschieden?«, fragt sie leise, obwohl ich mir sicher bin, dass sie es längst erraten hat.

»Für keins von beidem«, antworte ich so locker wie möglich. »Krank sein ist ätzend, Nia. Es ist langweilig und anstrengend und deprimierend, und das nicht nur für den Kranken selber, sondern auch für alle Leute um ihn herum. Wenn du also deine Familie und deine Freunde nicht komplett runterziehen willst, musst du ihnen das Ganze erträglicher machen, ohne dich permanent zu verstellen. Sarkasmus war für mich der beste Kompromiss.«

Nia schweigt, während sie sich auf dem Sofa zurücklehnt. Dass ihr Oberarm dabei gegen meinen drückt, scheint sie gar nicht zu merken. Ich fürchte, dass sie sämtliche blöden Sprüche im Gedächtnis abspult, die ich bisher gebracht habe, und das kann eine Weile dauern. Zum Glück wird ihr das nach etwas Bedenkzeit wohl ebenfalls klar.

»Aber jetzt bist du doch nicht mehr darauf angewiesen, oder?«

»Tja, inzwischen hab ich mich einfach dran gewöhnt.«

»Du meinst … du hast so lange eine bestimmte Rolle gespielt, dass du sie von dir selbst gar nicht mehr unterscheiden kannst«, sagt sie zögernd, als würde sie jedes Wort vorher abwägen. Es fühlt sich komisch an, so von ihr durchleuchtet zu werden, und einen Moment lang frage ich mich, ob der Satz auch für sie irgendeine Bedeutung hat. Was mich angeht, hat sie den Nagel jedenfalls auf den Kopf getroffen.

»So wie Will Smith als *Prinz von Bel-Air*«, bestätige ich.

»Oder Miley Cyrus als *Hannah Montana*«, kontert sie sofort. Während ich sie angrinse, wird ihre Miene allerdings wieder ernst, und ihr Blick wandert abwärts. Mir fällt auf, dass mein Ärmel immer noch hochgekrempelt ist, was fast wie eine Einladung wirkt. Zentimeter für Zentimeter bewegen sich Nias Finger in meine Richtung, sodass ich sie jederzeit stoppen könnte. Stattdessen warte ich mit zusammengebissenen Zähnen ab, obwohl ich genau weiß, was passieren wird. Bisher hat in dieser Angelegenheit jeder gleich reagiert, sogar meine Mom.

Aber Nia stellt mal wieder ihre unnatürliche Selbstbeherrschung unter Beweis. Als ihre Fingerspitzen meine Haut berühren, reißt sie die Hand nicht erschrocken zurück, sondern bleibt ganz ruhig. Ihre Lippen formen sich bloß zu einem stummen O.

»Ja, ich weiß«, sage ich schnell. »An dieser Stelle spürt man mein Blut fließen, und wenn es ganz leise ist, kann man's sogar hören.«

Natürlich hält sie sich jetzt erst recht mit irgendwelchen Kommentaren zurück. Dabei würde ich sonst was darum geben zu wissen, was sie denkt – und das ist neu für mich. Normalerweise können mir die Gedanken anderer Leute zu diesem Thema gestohlen bleiben und ich versuche, so gut wie möglich vom letzten Beweis meiner Cyborg-Vergangenheit abzulenken. Timo hat mir mit seinen beknackten T-Shirts genau das richtige Mittel dafür geliefert. Niemand fragt, wieso ich im Sommer lange Ärmel trage, wenn der Spruch auf meiner Brust nur dämlich genug ist.

Nia könnte ich nun allerdings durch gar nichts mehr ablenken. Sie sieht hoch konzentriert aus, den Blick nach innen gerichtet und die Finger mit sachtem Druck auf meiner Haut. Ich bin so damit beschäftigt, sie zu beobachten, dass mich ihre nächste Bewegung zusammenzucken lässt: Als hätte ihr mein Shunt einen elektrischen Schlag verpasst, rückt sie ein paar Zentimeter von mir ab, und die Stelle an meinem Arm fühlt sich danach seltsam kalt an. Aber ganz ehrlich, wie konnte ich auch etwas anderes erwarten?

»Es tut mir leid, ich –«

»Lass stecken«, unterbreche ich sie und zerre den Ärmel wieder runter. »Ist auch schon egal.«

»Nein, ich hätte das wirklich nicht tun sollen. Du hast gesagt, du willst das nicht – also, etwas *Besonderes* – und was könnte besonderer sein, als jemandes Blut fließen zu spüren?« Hektisch streicht sie sich mit beiden Händen ein paar lose Haarsträhnen aus dem Gesicht und erst, als ich die neuen roten Flecken auf ihren Wangen sehe, fällt bei mir der Groschen.

Nia hat mich nicht losgelassen, weil ihr alles zu viel wurde. Sie hat Angst, das könnte *bei mir* so sein!

Nachdem diese Erkenntnis in meine müden Gehirnwindungen gekrochen ist, wird mir klar, dass ich verdammt noch mal endlich was tun muss. Ich habe es dermaßen satt, den ganzen Tag nur in Gesellschaft eines Schafs zu verbringen, weil Nia mir ständig aus dem Weg geht. Schlechter als jetzt kann ich in ihren Augen ohnehin nicht dastehen. Also Hosen runter und Karten auf den Tisch, wie meine Mom gerne sagt … wobei das hier wirklich kein guter Zeitpunkt ist, um über meine Mom nachzudenken.

Ach du Schande. Dann mal los.

»Nia, pass auf – ich würde dir gern einen Witz erzählen.«

Ungläubig starrt sie mich an und schüttelt den Kopf. »Lieber nicht.«

»Wo findet man eine blonde Jungfrau?«, frage ich, als hätte ich kein Wort gehört.

»Verrätst du es mir auch, wenn ich –«

»Mit etwas Glück auf der Grundschule.«

Obwohl sie immer noch beschämt wirkt, schafft sie es, eine Grimasse zu schneiden. »Buuh.«

»Und eine brünette?«

»Ehrlich, Aaron, ich glaube kaum, dass uns das weiterbringt«, protestiert sie. Ihr Gesichtsausdruck wechselt von Ungeduld zu Verwirrung, als ich sie nur wartend anschaue. Dann, wie aus einem Instinkt heraus, senkt sie wieder den Blick und ihre Augen werden riesengroß.

Ich habe die Hände erhoben und zeige mit beiden Daumen auf mich.

Nia

Es gibt einige Gelegenheiten, für die ich perfekte Höf-
lichkeitsfloskeln parat habe: Wie geht es dir, hast du gut
geschlafen, was macht die Uni … Das Geständnis eines
Mannes, noch Jungfrau zu sein, gehört jedoch definitiv
nicht dazu.

Insgeheim formuliere ich bestimmt zwanzig verschiedene Antworten und verwerfe sie wieder, während sich das
Schweigen zwischen uns zieht wie Kaugummi. Nach einer
halben Ewigkeit schenkt Aaron mir ein schwaches Grinsen.

»Ich weiß«, sagt er und mimt mit den Fingern eine Ex-
plosion. »Pchhhhh.«

»Aber … wie ist das möglich?«

»Du willst wissen, wie es sein kann, dass ich mit einem
Terminplan voller Dialysesitzungen und einem Körper
voller Wasser *kein* absoluter Frauenheld war? Ehrlich,
frag mich was Leichteres.«

»Nein, ich meine nur, dass du mit deinem Auftreten gar
nicht so wirkst, als ob …«, stammle ich und lege mir dann
eine Hand über den Mund. »Bitte entschuldige. Ich rede
echt nur Blödsinn.«

»Stell dir mal vor, was los wäre, wenn Russell, Curly
und Co davon wüssten.«

Ich brauche nicht besonders viel Fantasie, um dieser
Aufforderung nachzukommen. Sofort habe ich wieder die

236

Stimmen der Männer im Ohr, die Aaron für sein fehlendes Interesse an Rugby und Bier verspottet haben. Inzwischen kenne ich Russell gut genug, um zu wissen, dass er sein raues Getue nicht böse meint; ganz nach dem Motto: Hunde, die bellen, beißen nicht. Aber vielleicht hat Aaron die Frotzeleien auf dem Barbecue nicht so lässig weggesteckt, wie es den Anschein hatte. Anders als Russell gibt er ja nicht zu, wenn ihm etwas gegen den Strich geht. Wäre er ein Hund, würde er so lange Fröhlichkeit vortäuschen, bis er plötzlich doch zuschnappt – und dieser Augenblick war wohl erreicht, als ich später im Shed meinen dummen Spruch vom Stapel gelassen habe.

»Jedenfalls, was das *Besondere* angeht«, unterbricht Aaron meine Überlegung, als hätte ich sie laut ausgesprochen. »Ich schätze mal, da bist du bei mir an der falschen Adresse.«

Mit diesem Satz holt er mich schlagartig in die Wirklichkeit zurück. »Bitte noch mal zum Mitschreiben. Du denkst, dass eine gemeinsame Nacht nur dann was Besonderes sein kann, wenn der Typ möglichst viel Erfahrung besitzt?«

»So ungefähr, ja.«

Fassungslos schüttle ich den Kopf. »Das ist das Dümmste und zugleich Machomäßigste, was ich je von dir gehört habe.«

»Wirklich?«, fragt Aaron und etwas Lauerndes schleicht sich in seine Miene. Sein rechter Mundwinkel wandert ein paar Millimeter nach oben. »Ich wette, dass ich das noch toppen kann. Zum Beispiel mit meinem ersten Gedanken, als ich dich in diesen Hotpants gesehen habe.«

237

»Nicht gerade ein Beweis für guten Modegeschmack.«

»Aber für meinen Geschmack in anderen Dingen.«

Ich gebe mir alle Mühe, seinem Blick standzuhalten. »Und du bist dir *sicher*, dass du nie ein Frauenheld gewesen bist?«

»Ziemlich.« Das warme Braun seiner Augen scheint sich auszudehnen, als er sich zu mir vorbeugt. »Glaubst du mir etwa nicht?«

Dann berühren seine Lippen meine Wange. Es ist wirklich nur eine Berührung, federleicht, eher ein Streicheln als ein Kuss. Nach einigen Sekunden wird mir klar, dass Aaron genau die Stelle gewählt hat, auf die vorhin seine Hand getroffen ist. Er weicht ein bisschen zurück, wie um meinen Gesichtsausdruck zu prüfen, und kommt wieder näher. Seine Lippen gleiten erneut über meine Wange, diesmal ein Stückchen tiefer, fast bis zu meinem Mundwinkel.

»Hm?«, macht Aaron und ich spüre es als winziges Zittern auf meiner Haut. Da fällt mir ein, dass ich ihm eine Antwort schuldig bin.

»Du willst wissen, was ich glaube?«, hauche ich. »Dass … dass Russell recht gehabt hat.«

»Okay, du denkst also in diesem Moment an Russell. Alles klar. Darauf hätte ich gefasst sein müssen, seit ich dich in seinem Schlafzimmer ertappt habe.«

»Nein! Ich meine bloß, dass er … also, er hat mir heute eine Geschichte über Kaninchen erzählt, die …«, fange ich an, verhasple mich und verstumme ganz, als Aaron mir einen schnellen Kuss auf den Mund gibt.

»Ich bin mir sicher, dass diese Kaninchensache wahn-

238

sinnig spannend war. Aber wollen wir jetzt wirklich über Russell reden? Ich bin für: nein. Und du?«

Meine Reaktion überrascht mich selbst wahrscheinlich genauso sehr wie ihn. Ohne Umschweife habe ich nach seinem T-Shirt gegriffen, balle den Stoff in meiner Faust zusammen und ziehe Aaron an mich heran. Unser nächster Kuss ist längst nicht so zart wie die vorigen. Ich unterbreche ihn nur, um Aaron das Shirt über den Kopf zu zerren. Mit verwuschelten Locken taucht er daraus auf und hat auch schon die Finger an meiner Bluse. Während er die Knöpfe löst, streiche ich seine warme Haut entlang nach unten, bis meine Hand kurz vor dem Hosenbund innehält. Im spärlichen Licht der Glühbirne muss ich genau hinsehen, um etwas zu erkennen, und leider tue ich das auch. Als mir klar wird, wie unverhohlen ich die Narbe mustere, ist es bereits zu spät. Aaron hat mein Zögern bemerkt und seine Muskeln spannen sich an.

»Stört es dich, wenn ich dich da berühre?«, frage ich tonlos, schaffe es aber immer noch nicht, den Blick von der weißen Linie über seinem Hüftknochen abzuwenden.

»Solange es dir nicht vorkommt, als würdest du dich selbst anfassen …«, gibt Aaron zurück. »Und nein. Das war nicht als Dirty Talk gemeint.« Obwohl er lacht, ist seine Nervosität nicht zu überhören. Als ich mich das letzte Stück vorwage, zieht er die Luft zwischen den Zähnen ein. Ich selbst halte den Atem an und konzentriere mich ganz auf die leichte Wölbung unter meiner Handfläche. Das Transplantat ist überraschend deutlich zu ertasten. Es liegt nicht da, wo eine Niere normalerweise hingehört, sondern direkt unterhalb der Bauchdecke. Ein Kribbeln wandert meinen Arm hinauf bis in meinen Brustkorb. Das Gefühl ist so fremd und so heftig, dass ich keine Ahnung habe, wie ich es einordnen soll. Vielleicht ist es gut, dass Aaron mich nicht länger mit meinen Gedanken alleine lässt. Mittlerweile hat er meine Bluse geöffnet und lenkt mich auf höchst wirkungsvolle Weise ab, indem er sie mir von den Schultern streift. Dann schlingt er beide Arme um mich und zieht mich auf seinen Schoß. Wieder küsst er mich, ungeduldig und drängend, ehe er ohne Vorwarnung stoppt.

»Was ist?«, frage ich und erstarre.

Aaron lässt den Kopf nach vorne fallen, bis seine Stirn gegen meine Schulter drückt. »Rate mal, was in meinem Seesack fehlt! Dabei kannst du dir gar nicht vorstellen, wie viele von den Dingern mir Timo schon aufgedrängt hat – echt, in allen möglichen Farben und Formen, einmal hat er mir sogar 'ne Art Ballontier daraus –«

»Ist okay«, unterbreche ich ihn. »… ich hab seit Kurzem einen Verhütungsring.«

Beinahe hätte ich auch den Grund dafür genannt: die Hoffnung, dadurch mein Gewicht besser unter Kontrolle zu haben. Zum Glück kann ich dieses Geständnis zurückhalten, doch Aaron beweist mal wieder sein unheimliches Talent, in mich hineinzuschauen. Wie als Reaktion auf meine Unsicherheit lässt er seinen Blick über meinen Körper wandern und es sieht ganz und gar nicht danach aus, als fände er mich zu dick. Meine Haut prickelt unter seinen Fingerspitzen, während er nach dem Verschluss auf meinem Rücken tastet. Den BH zu öffnen, kostet ihn ein paar Sekunden mehr, als ich das von meinem Exfreund gewohnt bin. Gegen meinen Willen steigt in mir die Erinnerung an die Male auf, wenn ich mit Johannes diesen Punkt erreicht hatte: Sobald wir auf seinem Bett lagen, dauerte das meistens nicht lange – und danach wurde es eher noch schneller. Vermutlich habe ich deshalb das Gefühl, irgendwie ins Straucheln zu geraten, als Aaron ausgerechnet jetzt innehält. Dann streckt er die Hände nach mir aus, aber anstatt mich zu berühren, fasst er nach meinem Hinterkopf und löst meine Haarspange. Kitzelnd rutschen die befreiten Locken über meine bloßen Schultern.

»Verdammt, Nia«, murmelt Aaron. »Du hast echt keine Ahnung, wie schön du bist.«

Hitze steigt in mir hoch, aber diesmal begnügt sie sich nicht mit meinen Wangen, sondern strömt durch meinen ganzen Körper. Niemals hätte ich erwartet, etwas Derartiges von Aaron Falk zu hören, und ich kann nicht glauben, wie gut es zu ihm passt. Ich kann nicht glauben, wie er mich dabei ansieht … Bevor ich Gelegenheit habe, etwas zu erwidern, streicht Aaron meine Haare zur Seite und drückt die Lippen auf meine Halsbeuge. Seine Zungenspitze glüht an meiner Schlagader. Während er sich Kuss für Kuss weiter nach unten bewegt, lasse ich mich von seinem Schoß auf die Couch zurücksinken. Sobald ich die Augen schließe, scheint jede meiner Empfindungen um ein Vielfaches verstärkt – das sanfte Kratzen des Sofabezugs ebenso wie die Wärme von Aarons Mund, sein leises Stöhnen gegen meine Haut. Als Aaron einen Reißverschluss öffnet, jagt mir das Geräusch ein Kribbeln die Wirbelsäule entlang. Mit fahrigen Bewegungen schäle ich mich aus meiner Hose und lasse sie zu Boden fallen, wo Aaron gleich darauf auch seine Jeans hinwirft. Dann ist er wieder ganz nah bei mir und ich kann seinen rasenden Herzschlag fast noch deutlicher spüren als meinen eigenen.

»Würdest ... Tust du mir bitte einen Gefallen?«, fragt Aaron. Seine Stimme ist ein wenig rau und wir müssen beide erst mal Luft holen, als er seine Position leicht verändert.

»Welchen denn?«, bringe ich dann mühsam hervor.

»Sag keinen dieser klischeehaften Erstes-Mal-Sätze. Okay? Du weißt schon, so was wie *Bist du bereit* oder ...«

»Ich bin auch ganz vorsichtig?«

Aaron verzieht das Gesicht. »Ja, genau. Wenn man bei so einer Gelegenheit was sagt, sollte es wenigstens originell sein.«

Als würde meine Hand magnetisch angezogen, rutscht sie wieder zu der Stelle über seinem Hüftknochen. Ich merke, dass seine Bauchdecke ein bisschen zuckt. »Wie wäre es mit: *Ein Teil von mir ist ja schon in dir, jetzt wird's höchste Zeit für einen Ausgleich?«*

Erst in der nun folgenden Stille realisiere ich, was ich da gerade von mir gegeben habe. Meine Aufregung hat wohl meinen Verstand außer Kraft gesetzt. Vor Scham kneife ich wieder die Augen zu – und als ich sie öffne, besteht mein gesamtes Blickfeld nur aus Aarons breitem, verschmitztem Lächeln.

»Danke, Military Girl. Ich wusste, auf dich ist Verlass.«

Aaron

Während das Morgenlicht durchs staubige Fenster herein-
kriecht, entwickle ich Verständnis für Edward Cullen.

Stopp, nein – so meine ich das nicht. Seit ich in den vergangenen Tagen ganze drei Mal das Schaf wieder einfangen musste, das aus unserem schrottigen Gehege ausge-
brochen war, tendiert mein Bedürfnis nach Jagen gegen
null, und meine Blutarmut ist sowieso längst Geschichte.
Aber zufällig weiß ich ein bisschen über diesen Schnul-
zen-Helden Bescheid. Eine Frau, die eine Zeit lang den
Dialyseplatz gleich neben meinem hatte, war nämlich
besessen von solchen Büchern. Wenn ihre Schwester zu
Besuch kam, konnten die beiden endlos darüber quasseln,
und das, was ich dabei so mitgekriegt habe, klang für mich
immer creepy as fuck. Ernsthaft, wer will seine Freundin
schon auf Schritt und Tritt begleiten und sie sogar beim
Pennen beobachten?

Doch nun, mit der schlafenden Nia in meiner shunt-
freien Armbeuge, kommt mir das alles gar nicht mehr so
abartig vor. Ich schaue hinunter auf ihre wirren roten Locken, auf die Decke, die sich mit ihren Atemzügen hebt
und senkt – und irgendwie ... keine Ahnung. Irgendwie
hab ich das Gefühl, dass das jetzt mein Mädchen ist.

Scheiße, Timo. Darauf haben mich deine bescheuerten
Zeitschriften mit keiner Silbe vorbereitet. Wenn es nach

Geile Ärsche XXL oder dem *Busen-Bomber* ginge, würde ich wahrscheinlich die Decke wegschieben, um einen spannenderen Anblick zu erhaschen. Stattdessen strecke ich vorsichtig meine freie Hand danach aus und ziehe die Decke sogar höher, damit Nia nicht friert. Als der Stoff über ihre Schulter gleitet, rekelt sie sich in unserer gemeinsamen Körperwärme. Danach rümpft sie ihre kleine Nase, seufzt leise – und öffnet die Augen. Ihr Blick ist noch ganz verschwommen, genau wie ihre Aussprache.

»Wie spät isses?«

»Keine Ahnung. Ich glaub, ziemlich früh am Morgen, weil es so dämmrig ist.« Obwohl ich nur geflüstert habe, lässt meine Antwort Nia mit einem Ruck hochfahren. Jetzt rutscht ihr die Decke doch weg, aber ich achte nicht darauf. Oder jedenfalls nur kurz. Dann werde ich von Nias Gesichtsausdruck abgelenkt, der so überrascht wirkt, als wäre sie in einer Honeymoon-Suite aufgewacht und nicht im guten alten Shed.

»Ich hab geschlafen!«, japst sie und zieht hastig die Knie vor die Brust.

»Allerdings. Und geschnarcht wie ein Holzfäller.«

Meine Lüge bringt sie für einen Moment aus dem Konzept, dann schüttelt sie den Kopf. »Du verstehst das nicht. Das letzte Mal hab ich mehr als vier Stunden durchgeschlafen, als … Na gut, in unserer ersten Nacht auf diesem Sofa. Aber davor monatelang nicht.«

»Warum? Ist dein Bett etwa nicht so bequem wie dieses Luxus-Exemplar?« Spaßeshalber wippe ich auf und ab, bis die rostigen Federn im Sofa ein Quietschen von sich geben. Ich habe das nicht geplant – ehrlich nicht –, aber dieses Geräusch ruft bestimmte Erinnerungen in mir wach. Nia beißt sich auf die Unterlippe und verrät mir dadurch, dass sie denselben Gedanken hatte.

»Nein, ich … ich meine, zu Hause komme ich nicht leicht zur Ruhe. Deswegen hab ich mir angewöhnt, nachts im Kopf Listen zu machen, die nächsten Prüfungen zu planen, den schwierigsten Lernstoff durchzugehen …«

»Klingt ja sehr beruhigend«, rutscht es mir heraus. Dabei stelle ich mir vor, wie sie daheim auf ihrem Bett sitzt – aber anstatt so verschlafen auszusehen wie jetzt, rattert sie verbissen irgendwelches Juristen-Zeugs herunter. »Wie lange geht das denn schon so?«

Ein bisschen ungeschickt klemmt Nia die Decke unter ihren Achseln fest und hebt dabei die Schultern. »Oh, seit Jahren. Früher bin ich immer aufgestanden, wenn ich nicht schlafen konnte. Ich wollte dann zu meinen Eltern ins Wohnzimmer, mit ihnen reden und ein Glas warme Milch trinken. Aber meine Mutter hat gemeint, ich bräuchte einen geregelten Tagesablauf. Deswegen blieb nachts meine Schlafzimmertür zu, ich hab mich aufs Lernen konzentriert und wirklich gute Fortschritte gemacht.«

»Warte mal. Was soll das bedeuten, die Tür blieb zu?« Das Bild in meinem Kopf fällt so plötzlich in sich zusammen, dass ich erst ein paarmal blinzeln muss, um wieder scharf zu sehen. »Soll das heißen, deine Eltern haben dich *eingesperrt?*«, hake ich nach, diesmal sogar noch etwas lauter. Wie sehr sich meine Stimme verändert hat, merke ich erst, als Nia die Stirn runzelt.

»Aber nein! Sie haben mir nur klargemacht, dass ich nicht mehr herauskommen soll. Meine Eltern sind doch keine Gefängniswärter!« Sie stößt ein Lachen aus, das sich total künstlich anhört, und dreht hektisch eine Haarsträhne um ihren Zeigefinger. Bestimmt weiß sie längst, dass ihre Eltern echt miese Sachen mit ihr angestellt haben, aber sie zwingt sich dazu, die beiden immer und immer wieder zu verteidigen. Wie sehr muss man in seinem Leben eingeschüchtert worden sein, um so was zu tun? Oder will sie einfach nicht wahrhaben, dass ihre großen Vorbilder in Wirklichkeit ganz schön scheiße sind?

»Keine Gefängniswärter, hm?«, wiederhole ich. »Da wär ich mir aber nicht so sicher.«

»Was willst du damit sagen?«, fragt sie in einem Tonfall, der mir signalisiert, dass ich lieber die Klappe halten sollte. Aber das war ja noch nie meine Stärke.

Ich setze mich auf und drücke mein Bein gegen ihres, doch sie rutscht gleich ein paar Zentimeter weg. »Komm schon, Nia. Du bist viel zu clever, um das nicht zu kapieren. Vor allem bist du in der Lage, spontan hundert Sachen aufzuzählen, die gefährlich oder irgendwie schädlich sind. Wieso willst du nicht zugeben, dass deine Eltern dazugehören?«

»Aber meine Eltern sind nicht … Sie haben mich nie geschlagen oder so!«

»Meine Mom hat mir mal eine geklebt, als ich den Weihnachtsbaum abgefackelt habe. Und trotzdem kann ich über sie reden, ohne dass ich das große Zittern kriege.«

»Ich zittere doch gar nicht! Das ist ja verrückt!«

»Genau das ist es – vor allem, weil sie Tausende Kilometer von dir entfernt sind«, entgegne ich, obwohl ich mir dabei echt mies vorkomme. Von einer Sekunde auf die andere scheint Nia total durch den Wind zu sein. Noch eine Schippe draufzulegen, wäre ähnlich cool, wie einem weinenden Kind den Teddy wegzunehmen. Ich frage mich, ob das hier vielleicht eine Art Racheaktion von mir werden soll – gestern hab ich einen Seelenstriptease vor Nia hingelegt, treibe ich sie deswegen dazu, jetzt das Gleiche zu machen? Aber dann erinnere ich mich an all die Male, als sie mir von ihren Eltern erzählt hat. Diese Geschichten scheinen richtig aus ihr herauszudrängen, auch wenn sie sich nicht traut, ihre ehrliche Meinung dazu zu sagen. Kein Wunder, nachdem sie von klein auf einer regelrechten Gehirnwäsche unterzogen wurde! Aber irgendetwas in ihr *will* offensichtlich darüber reden. Sie weiß es nur noch nicht.

»Hey, schau mal …«, sage ich gedehnt und hoffe, dass ich mich nicht ganz so bescheuert anhöre, wie ich mich gerade fühle. »Jahrelang haben mir die Leute vorgebetet, was ich essen soll, wann ich schlafen muss, welche Sachen ich auf keinen Fall tun darf. Der Unterschied ist bloß, dass ich bald hopsgegangen wäre, wenn ich mich nicht dran gehalten hätte. Welche Rechtfertigung haben deine Eltern?«

Nia funkelt mich an, die blauen Augen zu Schlitzen verengt. »Sie wollen eben, dass ich es mal weit bringe!«

»Ach ja, wohin? Zur vollkommenen Schlaflosigkeit? Zu einem Burn-out?«

»Zur Perfektion!«, ruft sie und verstummt, als ihr vermutlich klar wird, wie schlecht das Wort hier reinpasst. Es ist zu groß, für sie und für dieses Shed.

»M-mir ist bewusst, dass ich es da niemals hinschaffen werde«, räumt sie ein und auf einmal wirkt sie gar nicht mehr angriffslustig. Ihre Stimme zittert sogar ein bisschen.

»Aber es schadet doch nicht, es wenigstens zu versuchen, oder?«

In meinem Kopf sammeln sich jede Menge Sätze, die ich ihr darauf antworten könnte. Sie haben mit Fast-Food-Phobie, förmlichen Abschiedsbriefen und toten Mäusen zu tun und würden mich mit ziemlicher Sicherheit in einen Riesenschlamassel hineinmanövrieren. Wahrscheinlich kann ich deshalb von Glück reden, dass ein wohlbekanntes Hämmern am Rollladen ertönt. Trotzdem würde ich unseren verdammten Nachbarn am liebsten auf den Mond schießen.

Nia schreckt zusammen, als hätte man sie bei einem Verbrechen ertappt. Panisch sammelt sie unsere Klamotten ein, schleudert mir mein Zeug entgegen und ist schon komplett angezogen, ehe ich es ganz in meine Jeans geschafft habe. Das Hämmern wird immer drängender.

»Ich komm heute nicht zum Arbeiten, Russell«, ruft sie, während sie ihre Haare zusammenrafft und nach ihrer Spange sucht. Vergeblich, denn die hab ich gestern Nacht rein zufällig unters Sofa gekickt.

Zu meiner Verblüffung herrscht danach absolute Stille. Anscheinend hat der Kerl zumindest eine vage Vorstellung von Privatsphäre. Ich lehne mich erleichtert zurück ...

... und springe sofort wieder auf, als der Rollladen hochsaust. Russell steht breitbeinig in der Toröffnung, den Schlapphut tief ins Gesicht gezogen. Seine Pose erinnert ebenso an einen durchgeknallten Sheriff wie seine Worte: »Wenn ihr das Shed nicht augenblicklich verlasst, schmeiß ich euch eigenhändig hier raus.«

Nia

Mittlerweile bin ich es gewohnt, von Russell Befehle ent-
gegenzunehmen. Möglicherweise liegt es auch an seinem
Tonfall, dass ich ihm gleich Folge leiste. Und vielleicht,
ganz vielleicht ist mir jede Gelegenheit recht, um dem Gespräch mit Aaron zu entkommen.

Widerspruchslos laufe ich auf das Tor zu und bleibe erst
an der Schwelle unsicher stehen. Russell scheint aber nicht
in Stimmung für weitere Erklärungen zu sein, sondern
packt mich einfach am Arm und zieht mich ins Freie.

»Ich sagte: *Raus hier!*«

Dieses Kommando klingt sogar noch schroffer als das
letzte. Ich stolpere unter das kleine Vordach des Sheds,
während meine Verwirrung in Nervosität umschlägt.
Russell macht den Eindruck, das hier sei ihm bitterernst.
Bevor ich ihn fragen kann, wieso er mich aus meinem eigenen Haus vertreibt, ist Aaron an meiner Seite.

»Schon gut, Mann, jetzt kriegen Sie sich mal wieder
ein«, sagt er und ich spüre seine Hand auf meinem Rücken. »Wo brennt's denn?«

»Nirgends! Genau darum geht es ja!«, schnauzt Russell
uns an. »Später könnt ihr euch gern wieder gegenseitig das
Hirn rausknutschen, aber habt ihr Drongos heute mal einen Blick auf den Himmel geworfen?«

Diese Unverblümtheit macht mich so verlegen, dass ich

249

ihr nur zu gerne ausweiche. Hastig trete ich unter dem Dach hervor und lege meinen Kopf in den Nacken. In den letzten Tagen wäre das niemals möglich gewesen, ohne geblendet zu werden, aber heute präsentiert sich der Himmel in einem fahlen Lila. Schlagartig wird mir bewusst, dass das dämmrige Licht nichts mit der frühen Uhrzeit zu tun hat. Am Horizont sehe ich statt der aufgehenden Sonne ein mächtiges grauschwarzes Wolkenmeer.

Ich spüre, wie mein Herz fester gegen meine Rippen pocht. Gebannt starre ich auf die finstere Mauer, nehme das Bild ganz tief in mich auf, bis es von einer gleißenden Zickzack-Linie zerfetzt wird. »Ist das …«

»Jackpot, Bluey!«, brüllt Russell, reißt sich den Hut vom Kopf und schwenkt ihn durch die Luft. »Das sind verdammt riesige, verdammt nahe Regenwolken, yippie!«

Aaron schaut mich an, in den Augen blankes Entsetzen. »Hat er gerade *yippie* gesagt?«

Obwohl Russell die Frage auch auf Deutsch verstanden haben muss, kümmert er sich nicht darum. Zum ersten Mal sehe ich ihn ohne Zornesfalten, ohne verbitterten Gesichtsausdruck. Trotzdem kommt er mir in diesem Moment seltsam bekannt vor und ich zerbreche mir den Kopf darüber – bis mir die Fotos in seiner Diele einfallen. Er erinnert mich an den Russell von früher.

»Vielleicht baut ihr eurem Schaf einen Unterstand«, ruft er über die Schulter, während er schon wieder auf dem Weg zu seinem Auto ist. »Aber wehe, ihr beide verdrückt euch ins Shed, klar? Wenn man kein kompletter Vollidiot ist, erlebt man so etwas unter freiem Himmel!« Er springt in den Wagen und braust den Hügel hinunter – allerdings nicht zum Haupthaus, sondern daran vorbei und immer weiter, den Wolkenbergen entgegen. Wie hypnotisiert blicken wir ihm nach, bis der Pick-up hinter ein paar Eukalyptusbäumen verschwunden ist. Dann stößt Aaron hörbar die Luft aus.

»Von all den schrägen Dingen, die mir bisher auf diesem Kontinent passiert sind, kommt echt nichts an das hier ran«, sagt er, doch seine Worte dringen kaum zu mir durch. Ich habe genug von dem vertrockneten Land gesehen, um die Bedeutsamkeit dieser Situation zu erkennen. In einer Gegend, in der handtellergroße Spinnen und Kängurus zum Alltag gehören, ist ein heftiger Regenguss nichts Geringeres als ein Wunder.

Sobald ich diesen Gedanken zu Ende geführt habe, fällt meine Lähmung von mir ab. Ich wirble herum und renne zurück ins Shed, aber nur, um den Liegestuhl nach draußen zu schaffen. Zum Glück begreift Aaron schnell, was ich vorhabe. Zwischen dem Gerümpel findet er eine Plane, die wir mitsamt dem zusammengeklappten Stuhl über eine Ecke des Weidezauns legen. Daisy beobachtet uns, als hätten wir den Verstand verloren – und in gewisser Weise stimmt das wohl auch. Tief in mir drin spüre ich ein Flattern, das mit jeder Sekunde stärker wird. Der Horizont ist bereits pechschwarz. Ein Windstoß wirbelt mir die Haare ums Gesicht und ich finde wie von selbst Aarons Hand. Unsere Finger verschränken sich miteinander. Aaron stellt keine Fragen, sondern sieht mich nur von der Seite an. Völlig synchron beginnen wir zu laufen.

»Wenn es jetzt nur nicht weiterzieht«, japse ich, während wir durch das hohe Gras bergab stürmen. »Wenn der Wind uns bloß keinen Strich durch die Rechnung macht ...«

Und dann trifft mich der erste Tropfen mitten auf den Scheitel. Er ist so dick, dass das Wasser zwischen meinen Haaren hindurchsickert und bis hinunter zu meinem Nacken fließt. Der nächste folgt nur wenige Augenblicke später. Gerade haben wir den Fuß des Hügels erreicht, als die gesamte Wolkenfracht auf uns niederprasselt.

Australien ist ein Land der Superlative. Diesen Satz hatte ich schon vor der Reise gelesen und in den vergangenen Tagen wurde er mir immer wieder bestätigt. Aber wenn ich trotzdem noch nicht davon überzeugt gewesen wäre, so hätte ich nun den endgültigen Beweis. Das hier ist kein Regen, wie ich ihn bisher kennengelernt habe. Es ist ein Wolkenbruch, eine Sintflut, ein Weltuntergang – und gleichzeitig wunderschön. Ich bekomme gar keine Luft mehr, so wahnsinnig fühlt es sich an. Meine Gedanken sind wie gelähmt, während meine Beine zu hüpfen beginnen. Ein Ruckeln an meiner Hand verrät mir, dass es Aaron genauso geht. Es dauert nicht lange und wir tanzen, als wären wir Kinder: dieser supercoole Junge und ich, die ich nicht mehr ausgelassen herumgehopst bin, seit ... na ja, eigentlich überhaupt noch nie. Bald verwandelt sich alles um uns in eine riesige, zentimetertiefe Pfütze und meine Beine sind bis zu den Knien mit rotem Matsch bespritzt. Als ich ausrutsche und nur dank Aarons Griff keinen Bauchklatscher in den Schlamm mache, komme ich halbwegs zur Besinnung. Keuchend halte ich inne und spüre meinen Herzschlag überall, sogar hinter den Augen. In meiner Ekstase habe ich gar nicht gemerkt, dass das Unwetter nachlässt. Das ohrenbetäubende Rauschen wird zu einem Glucksen, dann zeigt sich ein Spalt in der schwarzen Wolkendecke. Während ringsum noch vereinzelte Tropfen auf den überfluteten Boden plätschern, kommen hier die ersten Sonnenstrahlen hervor.

Unvermittelt hält Aaron meine Hand wieder fester. Ich schaue ihn an und finde in seinem Gesicht einen ähnlich entrückten Ausdruck, wie ich ihn bei mir selbst vermute. Das Wasser strömt in kleinen Rinnsalen aus seinen Locken, die Wimpern sind zu Zacken verklebt und quer über die Wange hat er einen Schlammspritzer.

»Komm«, sagt er und zieht an meinem Arm. Mir fehlt die Puste, um etwas zu erwidern. Schwer atmend stolpere ich neben ihm her, bis ich begreife, was er vorhat.

Meine Haare schaukeln in nassen Strähnen um meine Schultern, als ich den Kopf schüttle. »Das ist bestimmt verboten.«

»Ich geb dir Bescheid, wenn ein gesetzestreues Schaf vorbeikommt.«

»Wir könnten ausrutschen und uns den Hals brechen.«

»Es *könnte* uns auch ein Meteorit auf den Kopf krachen«, sagt Aaron und drückt meine Hand. »Ich bin direkt hinter dir.«

Erstaunlicherweise will mir kein Gegenargument mehr einfallen. Inzwischen haben sich weitere Risse in den Wolken aufgetan und das Windrad funkelt von Abermillionen Wassertropfen. Die Sprossen im Innern des Gerüsts sind allerdings abgeflacht und müssten trotz der Nässe einen guten Halt bieten – jedenfalls hoffe ich das. Ehe mein Hirn noch irgendwelche Warnungen ausspucken kann,

253

schließe ich meine Finger um eine der Querstreben. Die abgeplatzte grüne Farbe fühlt sich rau und nicht gerade beruhigend an. Angestrengt versuche ich, mir einzureden, dass das Metall stabil genug sein muss, um Russells Gewicht zu tragen; aber es ist Aarons warme Hand an meinem Rücken, die mir den nötigen Mut verleiht. Mit angehaltenem Atem beginne ich zu klettern, die Augen krampfhaft nach oben gerichtet. Der Sturm ist fast völlig abgeflaut und das Windrad über mir knarrt nur leise. Endlich habe ich die rechteckige Luke erreicht, schlüpfe hindurch und setze mich auf die schmale Plattform, die um das Gerüst herumführt. Dann erst lenke ich den Blick zum Horizont.

Als Aaron bei mir anlangt, bin ich immer noch ganz still. »Hat sich doch gelohnt, was?«, höre ich ihn fragen, weiß aber, dass keine Antwort nötig ist. Vor uns, wie hingegossen über das dampfende Land, erstreckt sich der gigantischste Regenbogen, den ich jemals gesehen habe. Die Farben sind so intensiv, dass sie an den Rändern nicht mit dem graublauen Himmel verschwimmen, sondern von Rot bis Violett gleichermaßen leuchten. Hinter diesem Regenbogen zeigt sich sein Zwilling wie ein Abbild in einem leicht beschlagenen Spiegel.

Behutsam nimmt Aaron neben mir Platz, als hätte er Angst, das grandiose Bild mit einer zu hastigen Bewegung zu zerstören. Auch seine Stimme ist gedämpft, als er schließlich sagt: »Das erinnert mich so sehr an einen verdammt kitschigen Traum, dass ich es fast nicht aushalte.«

»Das ist überhaupt nicht kitschig«, protestiere ich. »Es ist echt!«

Aaron kneift mich in die Seite und lacht über mein Quietschen. »Ja, ist es wohl.«

»Ich meine, es ist wunderschön, aber überhaupt nicht so wie … zum Beispiel die Ansichtskarten von meiner Tante«, versuche ich zu erklären, obwohl ich das Gefühl habe, dass mir die richtigen Worte immer wieder entgleiten. »Anstelle von weißem Sand und blitzblauem Meer haben wir hier jede Menge ekliges Viehzeug. Und überhaupt ist es zu groß, zu rot, zu heiß …«

»Siehst du? Das ist genau wie mit dir!«

»Wie, ich bin auch zu groß, zu rot, zu heiß?«, frage ich neckend.

»Quatsch, natürlich nicht.« Aaron runzelt die Stirn und sieht auf so ulkige Weise konzentriert aus, dass ich mich nur schwer beherrschen kann. »Also, jedenfalls nicht zu groß. Das Rot ist genau richtig, und was das heiß betrifft … also … okay, ich bin echt scheiße mit Metaphern. Darf ich noch mal von vorne anfangen?«

Wie Luftblasen in einer Sodaflasche blubbert ein Kichern in mir nach oben. »Stattgegeben.«

»Dieses Land ist unglaublich toll, ohne dass es auf Vollkommenheit angewiesen wäre. Verstehst du? So einen gephotoshoppten Hochglanz-Ansichtskartenscheiß würde ich nämlich überhaupt nicht wollen. Und *dich* könnte ich höchstens dann noch einen Tick besser finden, wenn du aufhören würdest, perfekt zu sein.«

»Bin ich doch gar nicht«, platzt es aus mir heraus. Aarons letzte Worte haben einen Automatismus in mir ausgelöst, der mich dazu bringt, sofort eine Liste von Gegenbeweisen aufzustellen. Ich hole schon Luft, um sie Punkt für Punkt vorzutragen, da drückt Aaron seine Schulter gegen meine. Nur eine Sekunde lang, aber fest genug, um das Programm in mir zu stoppen. Den Blick hat er dabei nach vorne gerichtet, und als ich ihm bis zum Horizont folge, wird mir mit Schrecken bewusst, was ich hier tue: Ich sitze auf einem Windrad im australischen Outback, bestaune einen zweifachen Regenbogen und bin allen Ernstes kurz davor, über verpatzte Prüfungen zu palavern! Noch verbohrter geht es wohl kaum. Ehe ich allerdings vor Scham im Boden versinken kann – und es wäre ein ziemlich weiter Weg bis dorthin –, dreht sich Aaron doch zu mir. Seine Augen werden eine Spur schmaler, während meine Verlegenheit auf ihr maximales Level zusteuert. Dann, als mir das Blut heiß in die Wangen steigt, formen sich seine Lippen zu einem Lächeln.

Das also ist es, was das Outback und Aaron Falk mit mir machen: Sie bringen mich dazu, mich winzig zu fühlen, und zeigen mir gleichzeitig, dass das vollkommen okay ist. Endlich begreife ich, dass das auch Lauras Absicht war. Sie hat mir dieses Haus nicht hinterlassen, *obwohl* eine Reise dorthin schwierig und aufregend und ein kleines bisschen gefährlich sein würde, sondern gerade deswegen. Ich kann nicht fassen, wie lange ich für diese Erkenntnis gebraucht habe. Und jetzt ist meine Zeit hier beinahe abgelaufen.

»Aaron«, flüstere ich, »geht dir dasselbe durch den Kopf wie mir?«

»Ich glaube schon, Brain.« Ich staune noch darüber, wie perfekt er die Cartoon-Maus Pinky imitiert hat, als er sich zu mir vorbeugt. Sein Atem streicht über mein Gesicht und meine Augen schließen sich wie von selbst. Weil wir uns beide mit den Händen an der Plattform festhalten, sind es nur unsere Lippen, die einander berühren. Einen Moment lang verliere ich mich in dem Kuss, vergesse die Regenbögen und sogar den Abgrund unter meinen Füßen … dann weiche ich ein paar Zentimeter zurück.

»Darauf wollte ich eigentlich nicht hinaus«, stelle ich klar und muss lachen, als Aaron ein unwilliges Knurren von sich gibt.

»Wieso denn nicht? Russell hat es doch ausdrücklich angeordnet: *Später könnt ihr euch gern wieder gegenseitig das Hirn rausknu–*«

»Ist dir klar, dass in zwei Tagen unser Flieger nach Deutschland geht?«, falle ich ihm ins Wort, solange ich mich halbwegs konzentrieren kann.

Diesmal klingt Aarons Knurren noch unwilliger. »Mir ist das ungefähr so klar wie der Umstand, dass mir irgendwann mal Haare aus den Ohren wachsen werden«, antwortet er und kommt mir wieder näher. »Ich ziehe es nur vor, nicht drüber nachzudenken.«

»Aber das müssen wir! Sollen wir bis nach Sydney autostoppen oder was meinst du?«

Aaron stößt einen Seufzer aus. »Ganz ehrlich? Ich finde es total abartig, nur zwölf Tage Urlaub in Australien zu machen. Mir war das vorher nicht so bewusst, aber es sagt ja auch niemand: Hey, ich hab ein langes Wochenende frei, touren wir doch mal durch Europa.«

»Tja, aber so ist es eben. Oder gibt es eine Alternative?«

»Sag du's mir.« Plötzlich sitzt Aaron kerzengerade da, eine Haltung, die ich bei ihm noch nie gesehen habe.

Normalerweise beugt er sich beim Sitzen leicht nach vorne, zieht ein Knie hoch oder stützt sich mit einer Hand ab, was immer betont lässig auf mich gewirkt hat. Zum ersten Mal dämmert mir nun, dass er dadurch instinktiv die heikle Stelle an seinem Bauch schützt. Jetzt hält er sich allerdings vollkommen aufrecht und sein Blick ist so fokussiert, dass ich ihn wie ein Kribbeln zu spüren glaube.

Unwillkürlich schließen sich meine Finger fester um den Rand der Plattform. Ich weiß, worauf Aaron hinauswill. Die Antwort scheint vor mir in der Luft zu hängen, aber anstatt danach zu greifen, entgegne ich zögernd: »Russell hat gestern gemeint, mit ein bisschen Übung könnte ich vielleicht bald Zäune bauen, die er nicht total zum Kotzen findet.«

Aaron nickt ernsthaft. »Ich hab deine Zäune gesehen und mein Würgereiz war wirklich nur ganz schwach.«

Ein paar Augenblicke vergehen, in denen nichts anderes zu hören ist als das Ächzen des Windrads. Eine warme Brise streicht über uns hinweg und bringt den für das Outback so charakteristischen Duft nach Hustenbonbons. Wie einstudiert steigt genau jetzt ein Schwarm Kakadus von einem Eukalyptusbaum auf. Als die weißen Vögel in den rein gewaschenen Himmel wirbeln, erinnern sie mich an die Samen einer Pusteblume.

»Na schön!« Unvermittelt werfe ich die Arme hoch, obwohl das gerade keine sehr gute Idee ist. »Ein Teil von mir will noch hierbleiben, eine Weile auf der Farm helfen und dann einfach mal weiterschauen ... okay? Aber ein anderer Teil von mir schreit schon die ganze Zeit, dass ich von diesem verflixten Windrad herunter und zur Vernunft kommen soll!«

Grinsend legt Aaron eine Hand auf seinen Bauch. »Sollen wir mal einen Teil von uns fragen?«

»Bitte lass das – mach kein Spiel daraus.«

»Und wieso nicht?« Ich habe den Kopf gesenkt, aber Aaron lehnt sich wieder vor und zwingt mich, ihm weiterhin in die Augen zu sehen. »Muss alles, was nicht total nach Plan läuft und möglicherweise sogar Spaß macht, automatisch falsch und gefährlich sein?«

»Ich warne dich. Wenn du jetzt *YOLO* sagst, schubs ich dich runter.«

»Okay, wie wär's damit: Du hast eine völlig gesunde Niere und soweit ich das beurteilen kann, ist alles rundherum auch perfekt in Schuss. Es wäre also echt daneben von dir, das nicht zu nutzen.«

Als ich das Zucken seiner Mundwinkel bemerke, würde ich vor Erleichterung am liebsten zurücklächeln. Stattdessen hole ich mit meinem baumelnden linken Bein aus und stupse es gegen Aarons rechtes. »Du zeigst mir allen Ernstes die Krankheitskarte? Das ist aber nicht besonders fair.«

»Ich hab nur was von Spielen gesagt, nicht von Fairplay«, gibt Aaron zurück. »Und wenn wir schon mal dabei sind, zufällig kenne ich ein überaus nützliches Spiel.« Er zieht sein Bein weg, bevor ich noch mal dagegenstupsen kann, und verschränkt es mit dem anderen im Schneidersitz. »Was, wenn … du jetzt überall auf der Welt hinkönntest. Egal, an welchen Ort. Wo würdest du sein wollen?«

Die Frage ist so direkt, dass ich keine Chance habe, mich davor zu drücken. Trotzdem erwidere ich stumm Aarons

Blick, während die Gedanken wie wild durch meinen Kopf rotieren: Gedanken an mein Studium, das neue Semester, meine Eltern. Im Grunde weiß ich genau, was eine gute Antwort auf Aarons Frage wäre. Die einzig *zutreffende* Antwort sehe ich jedoch wieder klar und deutlich vor mir und nun lasse ich sie nicht entwischen.

Diesmal strecke ich beide Arme danach aus und halte sie ganz fest.

Aaron

Ich habe Timo nie gesagt, wie schräg ich Parkour eigentlich finde. Klar, mit vierzehn konnte ich mir eine Zeit lang nichts Geileres vorstellen, als einfach loszurennen und mich von keinem Hindernis aufhalten zu lassen. Damals ahnte ich ja noch nicht, dass bald Tausende Wartelistenplätze zwischen mir und meinem Ziel stehen würden. Also habe ich wie bescheuert Klettertricks, Jumps und Drehungen trainiert, mir dabei haufenweise Beulen und Schrammen geholt, und wozu das alles? Um einen kurzen außergewöhnlichen Moment zu erleben. Diesen Kick, während man von einem Hausdach oder einer Mauer springt und sich einbildet, unsterblich zu sein.

Jetzt ist das anders. Das Gefühl, durch die Luft zu segeln, hält an, auch nachdem ich wieder festen Boden unter den Füßen habe. Nia und ich sind vom Windrad geklettert und wandern auf die Regenbögen zu, die sich aber schon bald gar nicht mehr erkennen lassen. Die Sonne knallt jetzt vom Himmel und das Einzige, was hier wie eine Wolke aussieht, sind Nias luftgetrocknete Haare.

»Kein Topf voll Gold für uns«, stelle ich fest und schiebe meinen Arm an Nias Rücken nach oben, bis meine Finger ihre Locken berühren.

»Wusstest du, dass es das Ende des Regenbogens, wo man angeblich nach einem Schatz graben soll, überhaupt nicht gibt?«, antwortet sie in dieser gedankenverlorenen Plapperstimme, die sie witzigerweise immer dann draufhat, wenn sie etwas total Streberhaftes erzählt. Inzwischen kenne ich sie gut genug, um mir sicher zu sein, dass das ein Zeichen für ihre Aufregung ist. Andere fangen in solchen Situationen an zu schwitzen, Nia beginnt zu quasseln.

»Ach, sag bloß?« Ohne das Schritttempo zu ändern, zeichne ich mit den Fingerspitzen ihre Wirbelsäule nach.

»Mmh. In Wirklichkeit ist er nämlich nicht bogenförmig, sondern kreisrund. Man sieht nur einen Ausschnitt, weil die Erde im Weg ist. Um den gesamten Kreis sehen zu können, müsste man mit einem Flugzeug unterwegs sein …«

»… was wir bis auf Weiteres verschoben haben.« Jetzt lege ich ihr meine Hand in den Nacken und drehe ihren Kopf zu mir. Nia stoppt und sieht mich an, immer noch diesen merkwürdigen Ausdruck im Gesicht – durcheinander, vielleicht sogar ein bisschen erschrocken. Aber dann reißt diese Maske auf und dahinter erscheint ein breites Lächeln.

»Ja, das haben wir wohl.« Sie stellt sich auf die Zehenspitzen, doch gerade, als ihr Mund mit meinem auf gleicher Höhe ist, erklingt hinter uns ein lautes Tröten. Russell beweist mal wieder sein Talent für schlechtes Timing: In seinem verbeulten Pick-up kommt er auf uns zugerumpelt und malträtiert dabei die altersschwache Hupe. Ich frage mich, warum er diese Schrottkarre anstelle des Landrovers fährt, den er nach unserer Ankunft benutzt hat. Vielleicht betrachtet er den neueren Wagen als so was wie seinen guten Anzug – eine funktionierende Bremse ist ja auch wirklich ein Luxus, den man sich nicht jeden Tag leisten sollte. Schlitternd kommt das Auto neben uns zum Stehen, und zwar ausgerechnet an einer Stelle, wo das Wasser noch nicht versickert ist. Rote Schlammsoße spritzt hoch und durchtränkt die letzten sauberen Zentimeter unserer Hosenbeine. Trotzdem lasse ich keinen meiner neu erlernten australischen Flüche los, als Russell das Fenster herunterkurbelt. Immerhin stehe ich kurz vor einer Art Bewerbungsgespräch.

»Na, habt ihr euch genug auf meinem Land rumgetrieben?«, schnauzt unser lieber Nachbar, dessen ausgelassene Stimmung sich anscheinend zusammen mit den Regenwolken verflüchtigt hat. Ich beschließe spontan, das als Steilvorlage zu nutzen.

»Ehrlich gesagt, nein«, antworte ich, bevor Nia Gelegenheit hat, wieder vor ihm zu kuscheln. »Wir möchten sogar 'ne ganze Weile bleiben. Hätten Sie was dagegen, wenn wir in nächster Zeit ein paar Jobs auf der Farm erledigen würden? Für Essen und so? Ich bin jetzt nämlich fast pleite und wir wollen noch nicht zurück.«

Russell schiebt seinen Hut nach hinten und entblößt ein grimmiges Stirnrunzeln. »Wer sagt, dass ich euch zwei überhaupt brauche?«

»Brauchen Sie uns?«, erkundige ich mich so geduldig wie möglich.

»Ja«, knurrt er mit unüberhörbarem Widerwillen. »Sobald die Schafe trocken sind, steht erst mal ein Crutching an. Danach werden wir ja sehen, ob das Farmleben so nett ist, wie ihr euch das vorstellt.«

263

»Ich hab das Gefühl, dass ich diese Frage bereuen werde, aber – *was* steht an?«

»Die Schafe teilweise zu scheren«, sagt Russell und seine Laune scheint sich etwas zu heben. »Am Arsch.«

Ich nicke, als hätte Russell uns nur aufgetragen, ein paar Excel-Tabellen anzulegen. »Kein Problem.«

»An der Stelle sammelt sich nämlich Scheiße.«

»Alles klar.«

»Dann nisten sich dort Maden ein.«

»Okay …«

»Und die fressen das Schaf sonst bei lebendigem Leib auf.« Der letzte Satz hört sich schon richtig vergnügt an. Ich muss mir auf die Zunge beißen, um ihm keinen sarkastischen Kommentar entgegenzupfeffern. Dabei würde ich Russell am liebsten den Hut vom Schädel kicken. Mir ist das alles ja egal, aber ein Stadtmädchen wie Nia könnte er mit so was leicht vergraulen. Zu meiner Überraschung zeigen ihre Mundwinkel allerdings weiterhin nach oben. Ich befürchte, dass ihr Gesicht vor Entsetzen erstarrt ist, doch am Ende findet sie sogar als Erste von uns beiden die Sprache wieder.

»Das klingt nach einer zauberhaften Beschäftigung«, verkündet sie allen Ernstes, dann wirft sie mir einen Seitenblick zu. Ihr Lächeln wird sogar noch etwas breiter. »Yippie!«

Den restlichen Tag verbringen wir damit, die gesamte Farm abzufahren, um nach Unwetterschäden zu suchen und bei den Schafen nach dem Rechten zu sehen. Anscheinend haben die Viecher den Regen besser überstanden als wir. Sichtlich zufrieden drängen sie sich um die Wassertröge und stören sich nicht an ihrer nassen Wolle. Ich kann es dafür gar nicht mehr erwarten, meine schlammverschmierten Sachen loszuwerden. Auf der Rückfahrt zum Haupthaus gewährt uns Russell nur einen kurzen Abstecher beim Shed, um uns frische Klamotten zu holen – oder jedenfalls welche, die nicht total verdreckt sind. Nia muss in den letzten Tagen mal Russells Waschmaschine benutzt haben, aber mein Seesack ist jetzt restlos ausgeschlachtet.

Es dauert eine Weile, bis wir dazu kommen, uns umzuziehen. Zwar werden wir heute schon mit Essen entlohnt, aber kochen müssen wir es selber. Während Russell sich eine Dusche genehmigt, bereiten Nia und ich also Meatloaf nach einem Rezept seiner Mom zu (die ich mir irgendwie auch nur mit Cowboyhut und Stoppelbart vorstellen kann). Erst als der Hackbraten im Ofen ist und Russell etwas zu trinken aus dem Keller holt, können wir auch ins Badezimmer. Bei dieser Gelegenheit mache ich zwei Entdeckungen: dass Russell über eine ganze Kiste mit Badezubehör verfügt und dass Nia kein bisschen kitzelig zu sein scheint. Über Ersteres muss ich nicht genauer Bescheid wissen, aber der anderen Tatsache gehe ich so lange auf den Grund, bis wir das heiße Wasser verbraucht haben.

»Hör auf«, wispert Nia, als sie etwas später in ein Handtuch gewickelt vor mir steht und ich einen Tropfen von ihrem Schlüsselbein küsse.

»Sonst?« Ich schiebe den Rand des Handtuchs ein paar Zentimeter nach unten.

»… könnte Russell plötzlich hier auftauchen!«

»Das wäre ja nichts Neues«, gebe ich zurück, den Mund immer noch auf ihrer Haut. »Weiß der Geier, wie groß ein Land sein müsste, damit man dem Kerl nicht alle naselang begegnet.«

»Vielleicht gibt es ihn mehrmals.«

»Russell und seinen gut gebauten Zwillingsbruder Muscle?«

Sie kichert und schubst mich weg, bevor ich das Handtuch endgültig zum Rutschen bringen kann. »Nun geh schon und hilf ihm beim Tischdecken. Ich komme gleich nach.«

Bedauernd verlasse ich das Badezimmer, werde aber von einem leckeren Duft in die Küche gelockt. Russell holt gerade den Braten aus dem Ofen.

»Endlich fertig?«, fragen wir beide mehr oder weniger gleichzeitig. Nach einer kurzen Pause entschließe ich mich zu einer diplomatischen Antwort.

»Jap. Tut gut, mal wieder richtig sauber zu sein.«

»*Sauber*«, wiederholt Russell vielsagend. »Hmpf.« Er stellt den Braten auf den klobigen Esstisch und greift sich eine der Bierflaschen, die er aus dem Keller heraufgebracht haben muss. Mit routiniertem Schlag öffnet er die Flasche an der Tischkante, hebt sie an den Mund – und wird von einem Klopfen unterbrochen.

Russell verzieht das Gesicht. Missmutig stellt er das Bier ab und schlurft in die Diele, während er ein paar australische Nettigkeiten vor sich hin brummt. Kurz darauf höre ich ein Klappern und Curlys Stimme. Zuerst halte ich die Luft an, um etwas zu verstehen, doch das Gemurmel klingt nicht besonders aufgeregt. Wahrscheinlich hat der Glatzkopf nur das Bedürfnis, mal wieder über motorisierte Rasenmäher zu palavern. Ich warte ein paar Minuten, aber als Russell dann immer noch nicht zurückkehrt, gehe ich ebenfalls auf den Flur. Wie herbeigerufen kommt Nia im selben Moment aus dem Badezimmer. Sie hat diese Jeans-Hotpants an und dazu trägt sie einen violetten Pullover, der sich so sehr mit ihren roten Haaren beißt, dass es schon wieder cool aussieht. Ich merke, wie sich mein Puls beschleunigt. Verdammt, nur weil sie den Raum betreten hat! Es ist zwar bescheuert, aber trotzdem ein gutes Gefühl. Fast ohne es zu wollen, zwinkere ich Nia zu.

»Hey, anscheinend müssten wir uns das Essen teilen. Russell hat nämlich Besuch.«

»Oh, von wem denn?« Ehe ich antworten kann, hüpft sie an mir vorbei. Ich folge ihr um die Ecke des Flurs und muss gleich darauf feststellen, dass mein Anteil am Hackbraten besorgniserregend geschrumpft ist – Curly hat nämlich zwei Leute als Verstärkung mitgebracht.

Bei unserem Erscheinen gerät das Gespräch an der Haustür ins Stocken. Die Besucher schauen in unsere Richtung und ich wundere mich darüber, dass bis auf Curly keiner von ihnen einen Cowboyhut trägt.

»Wer ist das?«, frage ich Russell, der sich halb zu mir umgedreht hat und wenig erfreut wirkt. Zu meiner Überraschung bekomme ich die Antwort jedoch nicht von ihm. Nia steht immer noch zwei Schritte vor mir, sodass ich nur ihren Rücken sehe, aber bei meiner Frage zuckt sie zusammen.

Dann sagt sie leise: »Meine Eltern.«

Nia

Die Haare meiner Mutter sind zerzaust. Das ist das Erste, was mir auffällt, weil ich sie fast noch nie außerhalb ihres Schlafzimmers so gesehen habe. Dann erinnere ich mich daran, dass ich meine Haare selbst in einem offenen, wilden Durcheinander trage und wie ein Skatergirl gekleidet bin. Der Blick meiner Mutter haftet so lange am ausgefransten Saum meiner Hotpants, bis meine nackte Haut darunter zu brennen beginnt.

»Antonia«, sagt sie schließlich steif, »wie ich sehe, geht es dir gut.«

Eine Feststellung, keine Frage. Trotzdem flüstere ich: »Ja, es geht mir –«

»Ganz im Gegensatz zu uns«, fährt meine Mutter fort und schaut zu meinem Vater hinüber, doch anders als sie wirkt er genau wie immer. Sein Kinn ist glatt rasiert, seine Miene unbeteiligt.

»In der Tat war die Reise hierher recht beschwerlich«, greift er das Stichwort meiner Mutter ein wenig zu spät auf. »Lauras ehemaliger Anwalt hat uns eine unpräzise Ortsangabe geliefert, dann hat der Mietwagen gestreikt und wir mussten die Hilfsbereitschaft von Mr Curly beanspruchen …«

Sein Bericht geht in gleichbleibendem Tonfall weiter, doch ich kann ihm nicht folgen. Dabei wurde ich von klein auf dazu erzogen, konzentriert zuzuhören, wenn meine Eltern mir etwas erzählen. Mit einem Mal werde ich wieder in mein Leben von vor zwei Wochen zurückversetzt. Ich habe das Gefühl, immer tiefer zu sinken, auf den Grund eines schwarzen, spiegelglatten Sees. Mein Herz schlägt ganz langsam und ich höre fast nichts mehr. In mir drin wird es kalt.

»Was glaubst du, wie das für uns gewesen ist?«, dringt die erste Frage zu mir durch, die meine Mutter an mich richtet. Das genügt aber nicht, um mich auftauchen zu lassen. Ich weiß ja, dass keine Antwort von mir erwartet wird. »Denkst du, es war erfreulich, einen Anruf von einer gewissen Herzenswunsch-Organisation zu bekommen, weil du mit irgendeinem kranken Jungen verschollen bist? Oder Unsummen für zwei Flugtickets nach Australien auszugeben, nur um dich heimzuholen?«

Jemand packt mich am Arm und ich durchbreche die Wasseroberfläche. Plötzlich stehe ich wieder in der hell erleuchteten Diele, sehe Russells und Curlys verständnislose Gesichter und zuletzt Aaron. Aaron, der die Hand mit einer eckigen Bewegung in Richtung meiner Mutter ausstreckt.

»Darf ich vorstellen, der *kranke Junge*«, höre ich ihn sagen, als fände er das lustig. Aber ich weiß genau, dass seine Stimme sonst ganz anders klingt, wenn er einen Witz macht.

Meine Mutter nestelt an der Sonnenbrille, die am Kragen ihrer Bluse hängt, bis Aaron seine Hand sinken lässt. »Über die Reisepläne Ihrer Tochter bin ich ziemlich gut informiert«, fügt er hinzu. »Deshalb weiß ich auch, dass

Sie Nia jetzt noch nicht heimholen können. Wir bleiben hier.«

»Pass auf«, mischt sich mein Vater ein. »Mein Junge, ich wünsche dir wirklich nur das Beste und eine rasche Genesung. Aber wann wir unsere Tochter wohin mitnehmen, solltest du schon uns überlassen.«

Der Druck um meinen Arm wird stärker. »Nia?«

Mein Blick flackert wieder zu Aaron. Solange ich mich nur auf ihn konzentriere, schaffe ich es vielleicht, meine Gedanken zu ordnen. Meine Eltern sind wie ein Fehler im Bild, ein Sprung in der Linse, und wenn ich sie anschaue, ist alles verzerrt.

»Ich unterbreche das deutsche Geplapper ja nur ungern«, schaltet sich Curly ein, ehe ich auch nur ein einziges Wort herausbringe, »aber es wird allmählich finster. Wenn Sie noch länger bleiben, schaffen wir's nicht mehr in den Ort zurück, und Sie können das mit dem Zimmer im Gasthaus knicken.«

»Verstehe.« Meine Mutter wendet sich an Russell, als erwarte sie, von ihm einen Schlafplatz angeboten zu bekommen, aber er verschränkt nur die Arme vor der Brust. »Fahren wir also los. Antonia, verabschiede dich.«

Ich schnappe nach Luft und richte mich kerzengerade auf. *Wie ein Hund, der auf einen Pfiff reagiert,* bohrt sich eine fremde, hässliche Stimme in mein Bewusstsein. Hilflos schüttle ich den Kopf. »Ich kann nicht. Ich ... ich ... müsste noch all meine Sachen zusammensuchen.«

»Dämmerung«, betont Curly und deutet zum Himmel.

»Na schön«, zischt meine Mutter entnervt. »Dann packst du eben heute Nacht deinen Koffer und morgen nach dem Frühstück holen wir dich ab. Sie bringen uns doch wieder hierher?«, fragt sie Curly in lupenreinem Englisch.

Er zuckt die Schultern. »Von mir aus.«

»Auch bis nach Sydney?«

»Ha! Können Kängurus rückwärtsspringen?«

»Aber ich«, meldet sich Russell unerwartet zu Wort. »Weil es grad geregnet hat, besteht für die nächsten ein, zwei Tage keine allzu große Brandgefahr. Die Gelegenheit werd ich nutzen, um mal bei meinem bekifften Stiefbruder vorbeizuschauen.«

»Somit wäre das ja geklärt«, sagt mein Vater nüchtern, ehe meine Mutter den letzten Satz kommentieren kann. »Antonia, halte dich bereit. Und geh heute zeitig schlafen.«

Ohne meine Bestätigung abzuwarten, nicken die beiden Russell zu und steigen mit Curly die Verandatreppe hinab. Ich starre ihnen hinterher und versuche vergeblich, ihre Gestalten mit dem abendlichen Himmel über der Weide und mit den Silhouetten der Windräder und Eukalyptusbäume in Einklang zu bringen. Dabei weiß ich gar nicht, was eigentlich verrückter ist: dass meine Eltern wie aus dem Nichts hier auftauchen oder dass sie ebenso plötzlich wieder verschwinden. Zwar haben sie keine Ahnung, dass ich mir mit Aaron ein Zimmer und sogar ein Bett teile, aber wäre ich die typische Ausreißerin, könnte ich morgen früh schon auf und davon sein.

Allerdings besteht diese Gefahr nicht wirklich. Das wissen sie genauso gut wie ich. Der Sonnenuntergang beginnt vor meinen Augen zu zerfließen, ist nur noch ein See aus Blau und Gelb und Orange, als Russell die Tür zuwirft.

»Genug Action für heute«, brummt er und geht zurück in die Küche. Sobald seine Schritte verklungen sind, drückt sich Aaron beide Handflächen aufs Gesicht.

»*Fuck*«, murmelt er dumpf, ehe er die Hände sinken lässt. »Was machen wir denn, wenn sie morgen früh hier wieder aufkreuzen?«

Ich presse kurz die Lippen aufeinander, in der Hoffnung, dadurch ihr Zittern stoppen zu können. »Wie meinst du das?«, frage ich leise, obwohl mir klar ist, was Aaron denkt. Es wird immer schwerer, ihn anzusehen.

»Na ja, du hast das mit dem Kofferpacken doch nur gesagt, um sie loszuwerden. In Wirklichkeit willst du doch noch hierbleiben, hab ich recht?« Aarons Kieferknochen treten deutlicher hervor.

»Das geht nicht«, antworte ich tonlos und die Art, wie er mich dabei ansieht, schnürt mir die Luft ab. »Bitte, du … du musst das verstehen. Meine Eltern sind extra ans Ende der Welt gereist, um mich zu holen. Ich kann sie nicht enttäuschen.«

»Sie enttäuschen?«, wiederholt Aaron ungläubig. Auf einmal verschwindet der harte Zug aus seinem Gesicht und seine Miene wird beinahe sanft. »Nia, dafür bist du doch nicht verantwortlich. Hast du komplett vergessen, was wir erst vor ein paar Stunden besprochen haben? Was war denn das oben auf dem Windrad?«

»Das war«, setze ich an und muss schlucken, »ein wunderschöner Moment. Die perfekte Urlaubserinnerung.«

Kaum ist der letzte Satz verklungen, beiße ich mir auf die Lippe, bis es wehtut. Aaron ist zurückgewichen, als hätte ich ihm vor die Füße gespuckt. Wahrscheinlich könnte er mich kaum verächtlicher ansehen, wenn ich das wirklich getan hätte.

»Sind wir also wieder bei Perfektion angelangt.« Immer noch spricht er ruhig, aber seine Stimme vibriert vor unterdrücktem Zorn. »Ich kann nicht glauben, was für ein gewaltiges Brett du vorm Kopf hast. Warum ist es denn so wichtig, dass du sofort zurückreist, verdammt noch mal?«

»W...wegen meines Studiums. Wegen der Zukunft, die ich mir aufbauen will ...«

»Was für ein Scheiß«, fährt er dazwischen. »In Wirklichkeit bist du doch nur zu feige, mal nicht das zu machen, was man von dir erwartet. Du benimmst dich wie ein Kleinkind, das jedes Wort der Eltern automatisch für richtig hält!«

Zum zweiten Mal an diesem Abend steigen mir Tränen in die Augen und ich reiße mich mit aller Kraft zusammen. Nichts würde Aarons Vorwurf mehr untermauern, als wenn ich zu heulen anfinge. Haltung bewahren – das ist wahrscheinlich das Einzige, was ich als Kind in meinen Ballettstunden gelernt habe. »Schade, dass du das so siehst«, setze ich an und Aaron verzerrt wie unter Schmerzen den Mund.

»Komm mir bloß nicht so, Nia. Wehe, du ziehst diese Show mit mir ab.«

»Ich bedaure es, meine Bedenken nicht schon früher geäußert zu haben«, rede ich so nüchtern wie möglich weiter, meinen Blick an die Haustür geheftet.

»Hör auf. Bitte. Hör auf.«

»Und es tut mir ehrlich leid, aber ich kann nicht in Australien bleiben. Meine Probleme lösen sich nicht wie durch

Zauberhand, nur weil ich mich länger vor ihnen verstecke. Im Gegenteil, sie werden immer größer. Vielleicht war diese ganze Reise ein Fehler.«

»*Ein Fehler?*« Jetzt ist seine Beherrschung zusammengebrochen, er schreit es regelrecht heraus. »Oh Mann, und ich dachte ernsthaft, ich würde dir einen Gefallen tun! Was war ich nur für ein beschissener Vollidiot!«

Seine Faust kracht gegen die Tür, genau auf die Stelle, wo ich mich in Gedanken festgekrallt habe. Vor Schreck ist mein Kopf wie leer gefegt und ich kann Aarons Worte zuerst gar nicht richtig verarbeiten.

»Warte, was genau soll das heißen?«, erkundige ich mich zögernd. Aaron steht mit dem Rücken zu mir, die Faust am Türblatt, und ich rechne nicht damit, dass er mir überhaupt zuhört. Vielleicht war es auch nur so dahergesagt, ein Produkt seiner Aufregung und ohne tiefere Bedeutung … aber dann sehe ich, wie sich seine Schultern anspannen. Ein nervöses Ziehen erwacht in meiner Magengrube. »Was bedeutet das, du hättest mir mit dieser Reise einen Gefallen getan?«, hake ich nach, diesmal schon etwas lauter.

Seine Faust rutscht mit einem schleifenden Geräusch über das Holz der Tür, während er sich zu mir umdreht; danach öffnet sie sich und fällt schlaff herunter. Der Anblick lässt das Gefühl in meinem Bauch nur noch stärker werden. Aaron wirkt nicht mehr aufgebracht, sondern eher erschrocken.

»Lass gut sein«, wehrt er ab. »So hab ich es nicht gemeint.«

»Und wie hast du es gemeint?«, frage ich und merke, dass Angst in mir hochkriecht. Dabei habe ich keine Ahnung, was hier vor sich geht – es genügt, dass Aaron jeden Augenkontakt vermeidet. »Ich bin davon ausgegangen, dass du mich vor allem deshalb zu dieser Reise eingeladen hast, weil niemand sonst dich begleiten konnte. Du hast zu mir gesagt, die Organisation würde dich nicht alleine fliegen lassen, und so wäre es eine Win-win-Situation! Oder stimmt das etwa nicht?«

Aaron schüttelt den Kopf, aber die Bewegung ist zu heftig und zu lang anhaltend, um mich zu beruhigen. »Doch, nur … mein Kumpel, von dem ich dir erzählt habe, Timo … Der hätte auch Zeit gehabt.«

Noch eine Antwort, auf die ich mir keinen Reim machen kann. Allmählich verwandelt sich meine Hilflosigkeit in Wut. »Himmel, warum hast du ihn dann nicht einfach gefragt? So nervig kann sein Porno-Gerede gar nicht sein, um aus ihm einen schlechteren Begleiter zu machen, als ich es bin! Das mit uns beiden war am Anfang doch eine einzige Katastrophe!«

»Aber ich hab es wenigstens versucht«, bricht es aus Aaron hervor. Sein Blick irrt durch den Raum, die Fäuste öffnen und schließen sich an seinen Seiten. »Ich hab verdammt noch mal mein Bestes gegeben, und wenn du die Zeit hier für einen Fehler hältst, war alles umsonst!«

Seine Worte hallen in der folgenden Stille nach. Immer wieder spule ich sie gedanklich ab, während sich das Ziehen in meinem Magen zu Übelkeit steigert. Meine Hände werden eiskalt.

»Du hast das für mich getan«, sage ich tonlos. Auf einen Schlag begreife ich alles. »Eigentlich wolltest du gar nicht nach Australien, hab ich recht? Und du wolltest mich auch nicht zu meinem Haus begleiten – natürlich nicht. Dass du bei mir geblieben bist, auf mich aufgepasst hast … das hatte nur den Zweck, dein Gewissen zu beruhigen.«

Inzwischen ist Aaron dermaßen bleich geworden, dass seine Augen viel dunkler wirken als normalerweise. Ich erinnere mich daran, dass ich ihn schon einmal so gesehen habe, oder jedenfalls seine Gesichtshälfte oberhalb des Mundschutzes: damals, wenige Tage nach seiner Operation.

»So war das nicht«, widerspricht er rau, die Hände beschwichtigend erhoben. »Du verstehst das falsch.«

»Hast du mich ausfindig gemacht, um dich bei mir freizukaufen, ja oder nein?«

»Zuerst ja, aber –«

»Und nun wolltest du noch länger hierbleiben, für den maximalen Schuldenerlass?«

»Nein. Nia, du weißt, dass das nicht stimmt!«

»Woher soll ich das wissen?«, schreie ich ihn an. »Du hast die ganze Zeit gelogen! Du hast mich in eine kriminelle Sache verwickelt, nur damit du dich besser fühlst! Das hier könnte wie Organhandel aussehen, wenn herauskommt, dass du mich für mein Einverständnis zur Transplantation entschädigt hast. Und wozu? Ich hab dich nie darum gebeten, ich wollte keine Belohnung von dir, sondern einfach nur vergessen, dass du existierst!«

»Genau darum geht es doch.« Aarons Brust hebt und senkt sich, als wäre er völlig außer Atem. »Seit ich diesen bescheuerten Spruch mit dem Spenderwetter losgelassen habe, konntest du mich nicht ausstehen. In der Cafeteria hast du mir selber gesagt, dass du alles bereust! Seitdem hatte ich das Gefühl, meine neue Niere wär nur so ein fremder … einfach ein Klumpen, der nicht zu meinem Körper passt und sich ganz schnell wieder verabschiedet. Ich hatte eine Scheißangst, okay? Deswegen musste ich dieses Problem irgendwie lösen!«

»Das hast du ja jetzt getan.« Ich bin selbst überrascht, dass ich nicht mehr wütend klinge, nicht einmal vorwurfsvoll, sondern einfach nur müde. Eben war ich noch damit beschäftigt, die vergangenen Erlebnisse mit Aaron neu zu bewerten – zu verstehen, wann und wie er mich belogen hat –, aber dieses Gedankenkarussell kommt jäh zum Stillstand. Meine Eltern haben schon recht: Ich muss das alles hinter mir lassen. Nichts davon führt irgendwohin.

Während ich auf die Tür zugehe, wappne ich mich innerlich gegen das, was passieren wird. Ich kenne Aaron mittlerweile gut genug, um zu wissen, dass er nicht einfach klein beigibt – und tatsächlich spüre ich gleich darauf seine Hand an meinem Arm.

»Nia, bitte …«, beginnt er, aber ich darf ihm nicht länger zuhören. *Haltung bewahren. Noch einen Augenblick.*

»Nur, damit du es weißt«, falle ich ihm ins Wort. »Als ich damals gesagt habe, ich würde es bereuen, habe ich gar nicht von der Spende an dich gesprochen. Ich meinte die Transplantation, zu der ich meine Tante überredet habe. Sie hatte Angst, aber ich wollte nichts davon hören, und einen Tag später war sie tot. Du brauchst dir also keine Sorgen zu machen, weil du dich egoistisch verhalten hast. Ich denke, wir sind quitt.«

Aaron

Im Krankenhaus zu schlafen, bedeutet auch, sich das Zimmer mit lauter Fremden zu teilen, und das ist ein beschissenes Gefühl. Ich hab immer gedacht, dass es für mich kaum schlimmer werden könnte – aber mit dieser Annahme lag ich so was von daneben.

Es ist schlimmer, wenn dir deine Bettnachbarin vertrauter ist, als sie es nach der kurzen Zeit eurer Bekanntschaft sein sollte. Es ist schlimmer, wenn ihr streng genommen gar keine *Bettnachbarn* seid, sondern euch dasselbe schmale Sofa teilt. Und es ist wirklich verdammt schlimm, wenn sie sich trotzdem so anfühlt wie eine Fremde.

Nia hat mich kein einziges Mal angeschaut, seit wir wieder im Shed sind. Wahrscheinlich hätte sie gerne den Gartenstuhl reingeholt, nur um nicht neben mir liegen zu müssen, aber den haben wir ja zum Schafstall umfunktioniert. Deshalb kauert sie jetzt so weit von mir entfernt, wie das Sofa es erlaubt, und das sind grade mal zwei Zentimeter. An einer Stelle berührt sie mich trotzdem mit ihrem Rücken. Ich versuche, flach zu atmen, obwohl ich sowieso nur schwer Luft kriege. Etwas in mir drin ist irgendwie ganz eng. Mein Herz rebelliert gegen meinen Brustkorb. Mir ist zu heiß und Nia kommt mir viel zu kalt vor. Hier stimmt überhaupt nichts mehr.

Nia

Wir verabschieden uns nicht voneinander, obwohl ich mir die ganze Nacht darüber den Kopf zerbrochen habe. Als ich aufstehe, liegt Aaron reglos auf der Seite, das Gesicht von mir abgewandt, und das ist wahrscheinlich besser so. Kein Erstes-Mal-Satz könnte klischeehafter sein als in dieser Situation ein »Leb wohl«.

Russell wartet in seinem schwarzen Landrover, den er extra gewaschen haben muss. Er hat sogar einen neuen Hut auf. Bei meinem Anblick tippt er bloß an die steife Krempe, ohne Aarons Fehlen zu kommentieren. Wenn ich es nicht besser wüsste, würde ich ihn für verlegen halten, weil er gestern unseren Streit mit angehört hat. Schweigend sitzen wir nebeneinander und schauen der Staubwolke entgegen, die Curlys Wagen ankündigt. Ich versuche, mich für das Gefühl zu wappnen, meine Eltern wieder in dieser falschen Kulisse zu sehen, aber es bleibt ohnehin aus.

Während mein Vater zwei schicke kleine Rollkoffer in den Landrover lädt und meine Mutter Curly ein paar Geldscheine überreicht, spüre ich nichts als die morgendliche Kühle.

Dann schieben sich meine Eltern auf die Rückbank und von einer Sekunde auf die andere wirkt das Auto viel zu eng.

»Ludwig, meine Handtasche«, mahnt meine Mutter.
»Guten Morgen, Mr Russell. Guten Morgen, Antonia.«
Die drei Sätze klingen vollkommen gleich. Ich weiß,
dass meine Mutter mir jede Menge zu sagen hätte, aber
ihre guten Manieren verbieten es, solche Streitigkeiten vor
einem Fremden auszutragen. Bis wir nach Hause zurückgekehrt sind, bleibt ihr nichts anderes übrig, als mich mit
kalter Höflichkeit zu strafen. Auch dabei fühle ich nichts.
Mein Mund formt automatisch irgendeine Antwort und
Russell unterbindet ein Gespräch, indem er den CD-Play-
er in voller Lautstärke einschaltet. Ich bin ihm beinahe
dankbar dafür, obwohl ich nie gedacht hätte, Rusty Plains
zu den dröhnenden Klängen von Midnight Oils *Beds Are
Burning* zu verlassen. Dabei präsentiert sich die Farm, die
uns in den vergangenen Tagen Dürre, Feuer und Gewitter beschert hat, wie eine ungetrübte Idylle: Die Eukalyptusbäume schimmern silbrig im Morgenlicht, ein sanfter
Wind lässt die Spinifex-Halme schaukeln und ich entdecke drei Kängurus, die friedlich grasen. Jedenfalls bis wir
an ihnen vorbeibrettern und sie mit federnden Sprüngen
das Weite suchen.

Fröstelnd rolle ich mich auf dem Beifahrersitz zusammen und schaue durchs Fenster in den klaren Himmel,
von dem in ein paar Stunden gnadenlos die Sonne brennen
wird. Wenn es so weit ist, werden wir immer noch mitten
im Nirgendwo sein, auf einer schnurgeraden Straße bis
zum Horizont. Maximale Freiheit, maximale Weite, und
doch fällt man hier immer wieder auf sich selbst zurück.
Mir wird bewusst, dass ich mich auf Rusty Plains ebenfalls in ein Bündel aus Gegensätzen verwandelt habe. Die

Antonia, die hier angekommen ist, konnte die Heimreise kaum erwarten: nichts wie weg von Spinnen, Schlangen, mangelnder Hygiene und einem Paar spöttischer haselnussbrauner Augen. Auch jetzt weiß ich, dass ich eine vernünftige Entscheidung getroffen habe.

Nur warum habe ich dann mit jedem zurückgelegten Kilometer mehr das Gefühl, mir selbst verloren zu gehen?

Wie sehr ich neben mir stehe, zeigt sich, als wir einige Stunden später bei einem Roadhouse haltmachen. Russell kauft uns Sausage Rolls und füllt den Tank auf, während ich noch an meiner Portion herumwürge. Irgendwie schaffe ich es nicht, unter den Blicken meiner Eltern ein Würstchen im Schlafrock zu essen – schon gar nicht, da sie ihre eigenen Teller nach ein paar Anstandsbissen von sich geschoben haben. Als sie die Toiletten aufsuchen, flüchte ich mich zurück auf den Beifahrersitz. Russell nimmt neben mir Platz.

»Safety first, Bluey«, sagt er und da erst bemerke ich, dass mein Gurt unbenutzt neben mir hängt. Ich, die ich schon immer panische Angst vor Flüchtigkeitsfehlern hatte und mich speziell nach dem letzten Jahr doppelt und dreifach absichere, habe tatsächlich das Anschnallen vergessen!

Ungeschickt lasse ich das Metallstück einrasten, dann ziehe ich den Gurt stramm, bis Russell zufrieden nickt. »Braves Mädchen. Man weiß nie, wann hier ein Ausweichmanöver notwendig wird.«

»Hier?«, frage ich und betrachte die Einöde, die vor uns liegt.

»Darauf kannst du deinen Hintern verwetten«, bestätigt

Russell. »Schon mal was von Road Trains gehört, diesen Monster-Lastwagen mit mehreren Anhängern?«

Ich erinnere mich an Curlys Warnung vor »*Schlaglöchern, Road Trains und Kamikaze-Kängurus*«, doch Russell wartet meine Antwort gar nicht ab.

»Die sind mit 'nem irren Tempo unterwegs, auch in der Nacht, und können ganze Kuhherden plattwalzen«, erklärt er. »Ein Road Train ist oft breiter als eine Fahrspur und hält für niemanden an. Wie auch, bei einem Bremsweg von einigen Hundert Metern!« Sinnend blickt Russell durch die Windschutzscheibe, als erwarte er, jeden Moment einen solchen Lastzug zu sehen. »Stell dir das mal vor, Bluey. Du fährst auf einer leeren, eintönigen Straße dahin und glaubst, dass es immer so weitergehen wird. Du bist dir sicher, dass überhaupt nix passieren kann ... und plötzlich, bämm«, er schlägt auf das Lenkrad, »taucht so was Unerwartetes, Gewaltiges auf und wirbelt alles total durcheinander.«

Ich zucke zusammen, doch es hat nichts mit Russells heftiger Bewegung zu tun. Seine Worte haben etwas in mir aufgekratzt und ich spüre, wie meine Selbstbeherrschung davonsickert. »Ist das wieder so ein Gleichnis?«, frage ich, die Fäuste auf meinem Schoß geballt.

»Nein, bloß 'ne beschissene Art zu sterben.« Er wirft mir einen Seitenblick zu. Hastig richte ich meine gesamte Konzentration auf meine Knie, aber es ist zu spät, um meinen Gesichtsausdruck zu verbergen.

Vielsagend stößt Russell die Luft aus. »Lass mich raten. Ein gewisser Loverboy hat bei dir auch einiges durcheinandergewirbelt, wolltest du darauf hinaus?«

»Ja, aber … ich bin echt scheiße mit Metaphern.« Noch während ich Aaron zitiere, bricht das Leck in meinem Innern vollends auf, und ich werde von Schuldgefühlen überflutet. Ausgerechnet *ich* werfe jemand anderem vor, er habe selbstsüchtig gehandelt, aus Angst und um sein Gewissen zu beruhigen? Genau das sind doch meine beiden Spezialgebiete! Ich habe mich schäbig benommen, das wird mir von Sekunde zu Sekunde stärker bewusst.

Russells Augenbrauen kriechen aufeinander zu wie zwei dicke, haarige Raupen. »Und wieso zum Teufel«, fragt er mit tiefer Stimme, »kutschiere ich dich dann nach Sydney?!«

»Was soll ich denn machen?«, entgegne ich gepresst und spähe auf den Parkplatz. Selbst wenn meine Mutter das komplette Klohäuschen mit ihrem Taschen-Desinfektionsspray behandelt hat und mein Vater auf sie wartet, müssten die beiden jeden Augenblick zurück sein. »Meine Eltern lassen sich bestimmt nicht dazu überreden, wieder umzukehren!«

Bedächtig streicht Russell über das Lenkrad, das die Mittagssonne bestimmt schon auf sechzig Grad aufgeheizt hat. »Ich will mich ja eigentlich nicht einmischen«, sagt er gedehnt. »Curly meinte, bei der Lady sitzen die Scheinchen ganz schön locker, und ich verderbe mir ungern selbst das Geschäft. Aber hier sind zwei Fun Facts: Erstens, der blonde Typ hinterm Bartresen ist ein Kumpel von mir – Jeff. Der hat am Nachmittag Schichtwechsel und fährt übers Wochenende heim zu seiner Familie. Dafür muss er genau in die Richtung, aus der wir gekommen sind.«

Mein Herz beginnt zu hüpfen, unregelmäßig zuerst und dann immer schneller. »Und zweitens?«, wispere ich.

»Wenn ich loswill und es sitzen noch nicht alle brav auf ihren Plätzen, dann fahre ich trotzdem. Auch mit ein, zwei Krauts weniger an Bord, und mich bringt man ebenso schwer zum Stoppen wie einen Road Train. Das sag ich dir nur für den Fall, dass es notwendig werden sollte … kapiert?«

Das Nächste, was er von sich gibt, ist ein ersticktes Grunzen. Als hätte mir jemand einen Stoß versetzt, beuge ich mich ruckartig vor, schlinge meine Arme um Russells Mitte und drücke ihm einen Kuss auf die stachlige Wange.

Schwer zu sagen, wer von uns beiden erschrockener ist.

»Ähm, das passt dann wohl für dich«, sagt Russell, lehnt sich nach hinten und rückt seinen Hut zurecht. »Halt die Ohren steif, Bluey.«

Benebelt schaue ich zu, wie er den Zündschlüssel ins Schloss schiebt. Erst als ich die Augen wieder nach vorne richte und am Rand des Parkplatzes meine Eltern erblicke, finde ich meine Sprache wieder.

»Eine Sache noch«, stoße ich im Flüsterton hervor, während mein Vater mit langen Schritten auf uns zukommt und meine Mutter ihm hinterhertrippelt. »Wieso um Himmels willen nennen Sie mich immer Bluey?«

Russell fletscht die Zähne, aber inzwischen weiß ich ja, dass das bei ihm als Grinsen zu verstehen ist. Er deutet auf meine Haare. »Na, wegen der Iren. Genau so 'n Feuer aufm Dach wie du, genau solche Hitzköpfe, und schlagen andere gerne blau.«

Ungläubig starre ich ihn von der Seite an. Noch nie zuvor in meinem Leben hat mich jemand als Hitzkopf bezeichnet – aber jetzt muss ich gleich unter Beweis stellen, ob an dieser Einschätzung etwas dran ist. Mittlerweile haben meine Eltern das Auto nämlich erreicht.

Mein Vater setzt sich seufzend auf die heiße Rückbank und meine Mutter bemerkt beim Einsteigen: »Die Sanitäranlagen könnten auch aus einem Entwicklungsland stammen. Ich hatte ja keine Ahnung, welche Zustände in Australien herrschen.«

Ich weiß nicht, warum mich dieser Satz in meinem Entschluss bestärkt, aber als Reaktion schnellt mein Puls noch weiter in die Höhe und das Adrenalin strömt kribbelnd durch meinen Körper.

»Es tut mir leid«, sage ich laut.

Meine Mutter schafft es, das tatsächlich auf ihren Toiletten-Kommentar zu beziehen. »Jetzt haben wir das alles ja bald durchgestanden«, gibt sie zurück.

»Das meine ich nicht. Es tut mir leid, dass ihr extra den langen Weg auf euch genommen habt«, rede ich weiter, während der Landrover vom Parkplatz rollt. Die Reifen drehen sich noch nicht einmal schnell genug, um die charakteristische rote Staubwolke aufzuwirbeln.

»Darüber sprechen wir später«, entgegnet meine Mutter scharf.

Meine Hand verkrampft sich um den Türgriff, obwohl wir immer noch wie im Zeitlupentempo dahinschleichen. »Nein, ich will sofort darüber sprechen«, beharre ich mit einem winzigen Zittern in der Stimme. »Wahrscheinlich kann ich wirklich nicht mit Aaron in Australien bleiben, aber wir haben diese Reise gemeinsam begonnen – wir sollten sie wenigstens auch gemeinsam beenden!«

Darauf folgen einige Sekunden kalten Schweigens. Ich beiße mir auf die Unterlippe, um mich selbst daran zu hindern, etwas in einem flehenden Tonfall hinzuzufügen. Diesmal werde ich meine Mutter nicht anbetteln, als wäre ich noch ein kleines Kind. Das habe ich mein ganzes Leben lang versucht und was hat es mir gebracht? Nein, ich werde diesen Plan auch ohne ihr Zustimmen durchführen. Aber vielleicht, vielleicht akzeptiert sie ja meine Entscheidung …

Doch dann stößt meine Mutter ein ungläubiges Schnauben aus und macht meine Hoffnung damit zunichte.

»Antonia, bilde dir bloß nicht ein, dass wir in dieser Hitze noch einmal zurückfahren, um diesen Jungen abzuholen! Wenn er nach Sydney will, soll er sich eben ein Auto ausleihen oder diesen Mr Curly überreden, ihn zu chauffieren. Und jetzt hör mit dem Unsinn auf! – Mr Russell, könnten Sie bitte etwas schneller fahren?«

»Ich schätze, das könnte ich tun«, antwortet Russell, während er mich fest von der Seite anschaut. Mein Sichtfeld flimmert schon an den Rändern, so heftig pocht das Blut hinter meinen Augen. »Und zwar genau … *jetzt!*«

Mit aller Kraft werfe ich mich gegen die Tür, spüre einen kurzen Schmerz an meiner Schulter – dann gibt der Widerstand nach und ich stürze aus dem Wagen. Glühender Boden unter meinen Knien. Ein spitzer Aufschrei meiner Mutter. Während der Landrover davonbraust, rapple ich mich hoch und stürme in die entgegengesetzte Richtung. Ich stoppe nicht beim Roadhouse, sondern hetze daran vorbei und noch ein ganzes Stück weiter, bis ich mich am Straßenrand hinter ein Gebüsch fallen lasse. Keuchend hocke ich im Staub und spüre meine Adern wie sirrende Stromleitungen, werde richtig geschüttelt vor Erleichterung, Aufregung und Angst.

Etwas so Extremes habe ich mir gegenüber meinen Eltern noch nie geleistet. Das hier ist sogar schlimmer als der Brief, den ich ihnen als einzigen Abschied vor meiner Reise hinterlassen habe. Natürlich werde ich sie anrufen, sobald ich mit Aaron Sydney erreicht habe, aber sie werden mir trotzdem niemals verzeihen. Und ich weiß auch gar nicht, wie ich ihnen mein Handeln erklären sollte. Es ist nichts Rationales an meiner Befürchtung, zu ersticken, wenn ich noch eine Minute länger mit ihnen im Auto geblieben wäre. Ebenso wenig würden sie mein Gefühl verstehen, dass durch meine Trennung von Aaron ein Teil von mir selbst verloren gegangen ist.

Etwa eine Viertelstunde später wage ich mich wieder aus dem Gebüsch hervor. Jetzt erst dämmert mir, dass meine Eltern Russell vielleicht gar nicht zur Umkehr überreden wollten, um mich beim Roadhouse zu suchen. Gut möglich, dass ich ihre Fürsorge ein für alle Mal verspielt habe.

Unter der prallen Mittagssonne laufe ich zum Parkplatz zurück und betrete das stickige Pub. Barmann Jeff nickt bloß unbeeindruckt, als ich ihm meine Verbindung zu Russell erkläre und darum bitte, ihn auf seiner Heimfahrt begleiten zu dürfen. Dann versorgt er seine wenigen Gäste weiter mit Bier. Um mir die Zeit zu vertreiben, nutze ich jede Attraktion, die das Lokal zu bieten hat. Ich bestaune die Sammlung festgepinnter Höschen an der Sperrholzwand, klimpere ein bisschen auf dem Klavier, das von einer Schlange im Einmachglas geziert wird, und setze mich an einen der zahlreichen Spielautomaten. Ehe ich die Regeln komplett verstanden habe, baut sich ein Kerl der Bauart *Russell-auf-Steroiden* neben mir auf und schnauzt: »Das ist mein Pokie. Verpiss dich, Sheila!«

Wie so oft hier verstehe ich nur die Hälfte, gebe den Automaten aber bereitwillig frei. Danach bleibt mir nichts anderes übrig, als dem verwirrenden Glücksspiel zuzusehen, bis Jeff endlich, endlich hinter dem Tresen hervorkommt.

»Fahren wir?«, frage ich, die Knie ganz weich vor lauter Aufregung.

Jeff nickt.

»Super! Vielen Dank, dass ich dich begleiten darf!«

Jeff nickt. Ich ahne, dass die Fahrt mit ihm kaum wortreicher sein wird als die mit Russell und meinen Eltern – und damit behalte ich recht. Die Zunge klebt mir ganz vertrocknet am Gaumen, als Jeff nach einer stillen Ewigkeit abbremst und das Kinn in Richtung des Seitenfensters hebt. »Wir sind da.«

Erstaunt stelle ich fest, dass er eine hübsche Stimme hat, perfekt zum Singen oder Vorlesen. Ein Jammer, dass sie wohl kaum ein Mensch jemals zu Gehör bekommen wird.

»Hier willst du mich rauslassen?«, frage ich und spähe auf die Schotterpiste, die von der Hauptstraße abzweigt. »Aber … es ist noch ziemlich weit bis Rusty Plains.«

Jeff nickt, offenbar außerstande zu erkennen, dass eine bestimmte Handlung von ihm gewünscht wird. Schicksalsergeben steige ich aus dem Wagen, bedanke mich und stapfe drauflos. Ich bin müde und verschwitzt, aber das hier ist trotzdem besser als das ewige Warten. Jetzt liegt es wenigstens an mir, wie schnell ich vorwärtskomme – auch wenn das Tempo bescheiden ist. Die Sonne steht schon tief, als ich das Gatter mit dem verwitterten Schild erreiche, und während ich den Hügel hinaufsteige, dämmert es. Allerdings handelt es sich dabei um perfektes Timing, denn so kann ich sicher sein, dass Aaron nicht gerade auf der Farm umherstreift. Ich sehe ihn direkt vor mir, wie er auf dem Sofa sitzt und sich seine Augen bei meinem Erscheinen weiten. Er wird schroff reagieren, aber nur zuerst; dann wird sich seine Erleichterung als Witz einen Weg nach draußen bahnen. Das alles male ich mir so deutlich aus, dass mein Blick automatisch zum Sofa schnellt, kaum dass ich das Tor geöffnet habe. Die Enttäuschung drückt meine Schultern wie eine Bleidecke nach unten. Ich starre auf die leere Sitzfläche und von meinem Gewaltmarsch hämmert mir der Puls in den Ohren. Wo um Himmels willen steckt dieser blöde Kerl jetzt bloß? Oder ist er trotz der einbrechenden Dunkelheit noch unterwegs?

Gerade will ich wieder nach draußen stürmen, als ich ein Geräusch wahrnehme. Es ist so leise, dass ich es anderswo bestimmt überhört hätte, aber nicht hier. Nicht in dieser vollkommenen Stille. Argwöhnisch betrete ich das Shed und steuere auf das Sofa zu, über dessen Lehne ein verwaistes langärmliges T-Shirt hängt. Aus irgendeinem Grund schnürt mir dieser Anblick die Kehle zusammen. Während ich noch gar nicht sehen kann, was sich hinter der Lehne verbirgt – während ich mir noch einbilden könnte, dass alles gut ist –, spüre ich bereits, dass ich einen schlimmen Fehler gemacht habe. Dann verstellt mir das

Sofa nicht mehr die Sicht und meine Sorge wird zur Gewissheit.

Niemals hätte ich von hier weggehen dürfen.

Aaron kauert an die Wand gelehnt da, zusammengesunken und die Augen geschlossen. Sein Name bricht aus mir heraus, doch anstatt eines Rufens ist es nur ein Flüstern. Erst als ich Aarons Gesicht berühre, öffnet er die Augen. Völlig leer sieht er mich an – wie eine Fremde, bis er mich doch erkennt.

»Military Girl«, murmelt er. »Mir geht's nicht so gut.«

Es geht ihm nicht so gut? Er verbrennt fast unter meinen Fingern! Meine Hand liegt auf seiner Wange, als würde sie in der Hitze festkleben, aber seltsamerweise bleibt sie ganz ruhig. Das Zittern ist nur in mir drin.

»Was fehlt dir?«

»Ich bin nicht sicher«, antwortet er mit derselben falschen, brüchigen Gefasstheit wie ich. »Kannst du … in … in meinem Seesack findest du ein Messgerät …«

Schon stürze ich hinüber zu dem abgewetzten Beutel, der nur zwei Meter entfernt auf dem Boden liegt. Zwei Meter, die Aaron nicht mehr geschafft hat. Ich zerre an der Kordel des Seesacks, drehe die Öffnung nach unten, schüttle ihn, bis der gesamte Inhalt herausfällt. Zwischen Tablettenschachteln und einem Notizbuch landet ein weißes Kästchen in meinem Schoß, das über einen Schlauch mit einer Manschette verbunden ist. Ich schließe die Faust darum und springe auf, wobei das Notizbuch zu Boden flattert. Eine leere Tabelle springt mir ins Auge, ehe ich zu Aaron zurücklaufe. Inzwischen hat er den rechten Ärmel seines T-Shirts hochgeschoben. Mein Atem stockt, als ich ihm die Manschette umlege und dabei seine viel zu warme Haut berühre. Ich drücke den Start-Knopf am Kästchen und wir fixieren beide die Anzeige, bis ein paar Ziffern darauf erscheinen.

Aarons Kopf sinkt wieder nach hinten. »Fuck.«

»Der Blutdruck kann auch vom Fieber erhöht sein«, sage ich mit dünner Stimme. »Oder weil du gerade Angst hast …«

Aaron rollt den Kopf an der Wand hin und her, offenbar zu kraftlos, um ihn zu schütteln. »Wer weiß, wie lange das schon so ist. Ich hätte meine Werte jeden Tag messen sollen – Blutdruck, Temperatur, Gewicht … lauter potenzielle Alarmsignale. Ich hätte sie in mein Notizbuch eintragen müssen …«

Plötzlich ist der Kloß aus meiner Kehle verschwunden und meine Beklommenheit verwandelt sich in Panik. »Warum hast du es dann nicht getan? Du kannst doch nicht einfach ignorieren, was dein Arzt dir aufträgt!« Mir ist klar, dass ich aus Hilflosigkeit einen zu schroffen Ton anschlage, aber ich schaffe es nicht, mich zu beherrschen.

Aaron reißt sich die Manschette herunter, zieht die Knie an den Oberkörper und legt beide Hände auf seine rechte Bauchseite. »Ich hab mich doch okay gefühlt. Und … es gibt hier ja nicht mal ein Badezimmer. Ich hatte keinen Bock darauf, dass du hereinplatzt und mich mit diesem ganzen Zeug siehst wie so ein beschissenes krankes Wrack.« Seine Augen fallen zu, aber ich lege meine Hände an seinen Nacken und schüttle ihn leicht.

»Du musst dich jetzt konzentrieren! Hey! Wie viel Zeit haben wir?«

»Bis die Niere komplett abgestoßen wurde?«, fragt Aaron ausdruckslos. »Ohne zusätzliche Medikamente … vielleicht nur ein paar Stunden.«

Das ist der Moment, in dem ich jede Hoffnung aufgeben sollte. Das nächste Krankenhaus ist so weit von hier entfernt – nicht mal ein Australier würde die Distanz kleinreden. Trotzdem komme ich schwungvoll auf die Beine, als könnte ich geradewegs dort hinlaufen. Aaron macht Anstalten, sich ebenfalls vom Boden hochzustemmen, doch ich drücke ihn wieder in eine sitzende Position.

»Keine Sorge. Ich bin gleich zurück.«

»Was hast du vor?«, höre ich ihn hinter mir herrufen, während ich nach draußen stürme. Es fühlt sich schrecklich an, ihn einfach alleine zu lassen, aber ich habe keine Zeit für Erklärungen. Die Gemüsebeete und der Schafspferch fliegen nur so an mir vorbei, dann geht es den Hügel abwärts, immer schneller durch ein fahles Meer aus Grashalmen. Im spärlichen Licht kann ich mein Ziel bald nur noch schemenhaft erkennen. Die Dämmerung dauert hier viel kürzer als in Deutschland und in wenigen Minuten wird auch der letzte rötliche Schimmer vom Horizont verschwunden sein.

Innerlich verfluche ich mich dafür, Russell vor meiner Flucht aus dem Auto nicht um sein Satellitentelefon gebeten zu haben. So sind wir nun fast vollständig von der Zivilisation abgeschnitten – es sei denn, mein Plan geht auf. Während ich am Haupthaus vorbeistolpere, kreist immerzu derselbe Satz durch meine Gedanken: Bitte lass den Schlüssel da sein, bitte mach, dass Russell einmal nicht misstrauisch gewesen ist …

Japsend erreiche ich den Maschinenschuppen, der außer dem Dach nur aus Rück- und Seitenwänden besteht.
Vorne wird das Dach von drei Säulen gestützt, zwischen
denen ich die wuchtigen Reifen eines Traktors erkennen
kann. Daneben eine Egge, Fässer, Werkzeug – und die zer-
schrammte Kühlerhaube des blassgrünen Pick-ups. Eine
Hand gegen meine schmerzenden Rippen gepresst, stürze
ich darauf zu. Ich bin so durcheinander, dass ich aus Ge-
wohnheit zuerst die falsche Seite ansteuere. Dann habe ich
endlich die Fahrertür erreicht, meine Finger umklammern
den Griff und mein Herz macht einen Satz. Russell muss
eingesehen haben, dass niemand bei klarem Verstand diese
Schrottkarre stehlen würde. Die Tür ist nicht abgeschlossen und der Zündschlüssel steckt.

Obwohl alles so gelaufen ist wie erhofft, gerate ich ausgerechnet jetzt ins Stocken. Untätig verharre ich auf dem
löchrigen Sitzpolster und die Muskeln in meinen Beinen
zucken, als wollten sie lieber Reißaus nehmen. Oder flie-
hen. Versuchshalber schalte ich die Scheinwerfer ein, aber
dadurch wird es nicht besser. Das milchige Licht reicht
nur wenige Meter weit, alles dahinter bleibt in Dunkelheit
getaucht. Ich klebe schon fast mit der Nase am Lenkrad,
so angestrengt spähe ich nach draußen. Nicht Spinnen
oder Schlangen waren es, vor denen ich hier am eindring-
lichsten gewarnt wurde, sondern die nächtlichen Straßen
des Outback.

Im Finstern ist Autofahren hier praktisch Selbstmord.

Hastig drehe ich den Zündschlüssel, um Curlys raue
Stimme aus meinem Gedächtnis zu vertreiben. Der Motor
stottert und gurgelt, erst nach zwei weiteren Versuchen

bringe ich ihn zum Laufen. Bloß nicht darüber nachdenken. Auch nicht über die kaputten Bremsen, die Schlaglöcher, die Kängurus, deren Kadaver die Straßen säumen. Zum ersten Mal in meinem Leben bemühe ich mich nicht, peinlichst genau jede mögliche Gefahr aufzulisten, um Fehler zu vermeiden. Das hier ist ein einziger großer Fehler, doch ich habe keine andere Wahl.

Während ich den Hügel hinauffahre, schaffe ich es tatsächlich, meine Sorgen an den äußersten Rand meines Bewusstseins zu drängen. Mühsam bringe ich den Wagen zum Stehen und eile mit steifen Schritten ins Shed. Meine Taubheit bekommt nicht einmal dann Risse, als ich Aaron über den Eimer gebeugt vorfinde. Der Geruch von Erbrochenem schlägt mir entgegen. Ich muss einfach weiter funktionieren.

»Schon okay. Schon okay«, murmle ich, als wollte ich mich damit selbst überzeugen.

Aaron hebt den Kopf. Seine verschwitzen Locken kleben ihm an den Schläfen. Ich merke, dass er den Eimer aus meinem Blickfeld zu schieben versucht, aber da knie ich bereits an seiner Seite und recke mich zum Wasserhahn hoch. Stumm wäscht sich Aaron Hände und Gesicht. Nachdem er sich mit dem Saum seines T-Shirts notdürftig getrocknet hat, schaut er mich an, die Mundwinkel ganz schwach verzogen.

»Sexy, hm?«

»Nicht so sexy wie deine Chauffeurin«, gebe ich zurück. »Kannst du aufstehen? Dein Transport zum nächsten Krankenhaus wartet draußen.«

Aaron muss überhaupt nichts antworten – ich weiß auch

so, dass er gerade an Curlys Warnung denkt. »Das wird auf keinen Fa–«, beginnt er, aber ich schneide ihm das Wort ab.

»Nein, ich hab jetzt das Sagen, verstanden? Und deswegen, Aaron Falk, bewegst du deinen Arsch bitte augenblicklich zum Auto.«

Seine Mundwinkel zucken wieder, diesmal sogar ein kleines bisschen höher. »Du hast Arsch gesagt.«

»Ich wachse gerade über mich hinaus.«

»Und *ich* wollte eigentlich nur sagen, dass das nicht funktionieren wird ohne meine Papiere.« Er nickt zu seinem Notizbuch hinüber und ich nehme erst jetzt die Aktenhülle zwischen den Seiten wahr. »Die Ärzte sollen schon wissen, womit sie's zu tun haben, wenn du mich ins Krankenhaus schleppst.«

Ich kann unmöglich beurteilen, ob er nur meine grimmige Entschlossenheit nachahmt oder ob er die Hoffnung selbst noch nicht ganz aufgegeben hat. Jedenfalls stützt er sich seitlich an der Wand ab und kommt schwankend vom Boden hoch. Die von mir angebotene Hilfe ignoriert er. Sogar in dieser Situation scheint er alles daranzusetzen, nicht wie ein Kranker behandelt zu werden. Schnell ziehe ich den Arm zurück und mache eine scheuchende Geste. »Na los, der Taxameter läuft.«

Aaron schneidet eine Grimasse und schleppt sich nach draußen, während ich die Papiere in meinem Hosenbund verstaue. Ich gebe vor, nicht zu bemerken, wie viel Kraft ihn jeder einzelne Schritt kostet. Dafür liefert er keinen Kommentar ab, als er es bis zum Wagen geschafft hat und ich wieder mehrere Versuche brauche, um den Motor in Gang zu bringen. Wir sind wie Schauspieler in einem Theaterstück, bei dem es darum geht, Normalität vorzugaukeln.

»Dann wollen wir mal«, sage ich und es klingt, als würde ich gleich mit vollem Elan losbrausen. In Wirklichkeit wage ich kaum mehr als Schritttempo. Das Scheinwerferlicht tastet sich von einer Unebenheit zur anderen und ich spüre sie alle überdeutlich. Wahrscheinlich sollte ich noch behutsamer fahren, aber wenn ich die Geschwindigkeit weiter drossle, erreichen wir die nächste Stadt nicht vor dem Morgengrauen. Es ist ein Balanceakt und ich rechne jeden Augenblick damit abzustürzen. Vor lauter Konzentration habe ich bereits Kopfschmerzen, als wir vor dem Gatter am Ende der Weidefläche halten. Ich löse meine Finger vom Lenkrad und steige aus, um das Tor zu öffnen.

Sobald ich wieder hinter dem Steuer sitze, schreckt mich Aarons unvermittelte Frage auf: »Warum bist du zurückgekommen?«

Ich zwinge mich zu einem Achselzucken, während ich den Motor starte. »Soll ich den Wagen von hinten schieben, oder was?«

»Du weißt, wie ich das meine.« Aaron hat das Gesicht zu mir gedreht, das kann ich sogar aus den Augenwinkeln erkennen.

»Es ist nicht der richtige Zeitpunkt, um das zu besprechen«, sage ich heiser.

»Vielleicht ist es der einzige.«

Sein sachlicher Tonfall jagt mir einen eisigen Schauer über den Rücken. Abermals umklammere ich das Lenkrad so fest, dass ich meinen Puls bis in die Fingerspitzen spüre. »Wehe, du verlierst jetzt die Nerven«, entgegne ich und kann nur hoffen, dass er das Beben meiner Stimme auf die holprige Fahrt schiebt.

Aaron schweigt einen Moment. Dann antwortet er: »Ich meinte bloß, dass ich nicht weiß, ob wir uns nachher noch mal wiedersehen.«

Am liebsten würde ich mich für meine falsche Interpretation ohrfeigen. So viel dazu, nicht die Nerven zu verlieren. »Ich wollte nicht einfach abhauen«, sage ich, die Augen so starr nach vorne gerichtet, dass das Scheinwerferlicht zu einem Nebel verschwimmt. Inzwischen haben wir die Farm hinter uns gelassen und kriechen zwischen Eukalyptusbäumen den Zufahrtsweg entlang.

»Und warum nicht?«

»Ich denke, wir sollten uns auf etwas anderes konzentrieren!« Die Hauptstraße ist nun zum Greifen nah. Mein Fuß auf dem Gaspedal senkt sich um einige Millimeter.

»Hältst du diese Reise nicht mehr für einen Fehler, Nia?«, erwidert Aaron heftig.

»Das ist doch jetzt nicht wichtig!«

»Oder denkst du immer noch dasselbe wie deine Eltern und wolltest mich bloß nach Deutschland mitnehmen?«

Mit zusammengebissenen Zähnen beschleunige ich weiter, das Ziel unserer ersten Etappe direkt vor Augen. Ich will nichts wie raus aus diesem Wald, weg von Wurzeln und Gestrüpp. Etwas rollt scheppernd über die Ladefläche, als ich scharf zur Hauptstraße abbiege. Für einen winzigen Moment kneife ich die Lider zusammen und stoße hervor: »Bringen wir das erst mal hinter uns! Danach können wir meinetwegen –«

Weiter komme ich nicht. Mein Satz endet in einem Schrei, als ein Ruck durch den Wagen geht, begleitet von einem Krachen. Ich werde gegen die Lehne geworfen und der Aufprall drückt sämtliche Luft aus meinen Lungen. Was folgt, ist absolute Stille. Stillstand. Das Auto bewegt sich nicht mehr.

Sekundenlang kralle ich mich noch ans Lenkrad und starre ins Scheinwerferlicht, dann rutschen meine Finger Millimeter für Millimeter abwärts. Eine fieberheiße Hand greift nach ihnen und hält sie fest.

»Bist du in Ordnung?«

Nur mit Mühe gelingt mir ein Nicken. »Du?«

»Nicht weniger als vorher.« Aaron legt seine Hand wieder auf seinen Bauch. »Das war echt ein gigantisches Schlagloch.«

»Und dieses Krachen?«

»Versuch mal weiterzufahren, dann sag ich's dir.«

Ich habe keine Ahnung, worauf er hinauswill. Mechanisch drehe ich den Zündschlüssel und diesmal springt der Motor sofort an – aber weiter geht es nicht. Wir kommen keinen Zentimeter von der Stelle.

»Nein.« Meine Finger zucken, die Knöchel treten weiß hervor. »Das wird schon, ich krieg das wieder hin. Ich krieg das wieder hin!« Erneut gebe ich Gas, trete schließlich das Pedal durch, bis das Brummen des Motors in ein hässliches Knirschen übergeht.

Aaron beugt sich zu mir und umfasst meine Oberarme. »Lass das bleiben!«, fährt er mich an. Und als ich in seinem Griff zusammensacke, fügt er leiser hinzu: »Ich schätze, die Achse ist gebrochen. Da können wir nichts tun.«

Als hätte er sich endgültig verausgabt, fällt er in seinen Sitz zurück. Ich lausche auf seine schweren Atemzüge und beginne nur ganz langsam zu begreifen, wie falsch das alles läuft. Aaron sollte mich nicht trösten müssen. Er sollte überhaupt nicht hier sein in dieser Schrottkarre, in diesem Niemandsland, während eines seiner Organe abstirbt. Es ist so ungerecht, dass ich heulen könnte, aber ich halte die Tränen mit aller Kraft zurück.

»Weißt du, was«, sage ich und ringe nach Luft. »Wir brauchen einfach ein bisschen Geduld. Es wird schon jemand vorbeikommen, der uns mitnimmt. Eigentlich wollten wir doch sowieso wieder autostoppen!«

»Klar. Vielleicht gabelt uns ja das Little-Pony-Kotzmobil auf. Und dann fahren wir ins Regenbogenland, wo Spendernieren an den Bäumen wachsen und ich nicht für weitere verfickte Jahre in die Dialyse muss.« Sein Kopf kippt an der Nackenstütze entlang zur Seite, sodass ich ihm nicht mehr in die Augen sehen kann. Vielleicht ist er mittlerweile zu schwach, sich aufrecht zu halten – oder er will seinen Gesichtsausdruck vor mir verbergen. Jetzt laufen mir doch Tränen über die Wangen, aber ich muss es schaffen, das zu überspielen.

»Dazu wird es nicht kommen, jedenfalls nicht in nächster Zeit. Irgendwie bringe ich dich von hier weg, verstanden?«

»Verstanden, Military Girl«, sagt er leise. »Ich weiß ja, auf dich ist Verlass.«

Danach senkt sich wieder Stille über uns. Auf Aarons Seite ertönt nur ein kaum hörbares Rascheln. Zuerst glaube ich, dass er sich vor Ungeduld bewegt, aber dann wird mir klar, dass er Schüttelfrost hat. Als ich seine Hand nehme, folgt keine Reaktion. Seine Finger glühen zwischen meinen – das Fieber muss weiter gestiegen sein. Ich flüstere mehrmals seinen Namen, ohne Antwort zu bekommen, und werde von Einsamkeit überrollt. Dieses Auto ist wie eine Raumkapsel, umgeben von endloser Schwärze, in der sich mein Blick verliert. Früher habe ich geglaubt, wenn ich mich nur stark genug auf etwas konzentriere, könnte ich es mit reiner Willenskraft beeinflussen. Zu dieser Kleinkind-Magie finde ich jetzt zurück, weil mir gar nichts anderes übrig bleibt.

Fast ohne zu blinzeln, schaue ich durch die Windschutzscheibe, bis sich das Licht der Scheinwerfer in Schlieren verwandelt. Ich warte auf ein Wunder, zwinge es regelrecht herbei. Und doch kann ich es selbst kaum glauben, als dieses Wunder eintritt: In der Ferne schälen sich Lichter aus der Finsternis, die sich auf uns zubewegen! Meine Begeisterung lässt sie viel heller wirken als gewöhnliche Scheinwerfer, sie fließen ineinander und vermehren sich zu einem gleißenden Sternenwirbel.

Aus einem Reflex heraus öffne ich die Tür, springe auf die Straße und winke. Die kalte Nachtluft bringt mich ein wenig zur Besinnung – im Flackern unserer verdreckten Warnblinkanlage wird mich der herannahende Fahrer wohl kaum erkennen. Und noch etwas schleicht sich nun in mein Bewusstsein: Die verdoppelten Scheinwerfer entspringen nicht meiner Fantasie. Hoch über den beiden Leuchtkreisen rasen weitere dahin, eine ganze Reihe von Lichtern, viel zu weit oben für einen Pkw.

Mit einem erstickten Laut werfe ich mich herum und

stürze zum Pick-up zurück, während meine Gedanken in winzige Bruchstücke zerfallen.

Bremsweg von einigen Hundert Metern.

Wir stehen mitten auf der Straße.

Ein Road Train hält für niemanden an.

Als ich Aaron erreicht habe, bringe ich zuerst keinen Ton heraus. Ich packe ihn nur an den Schultern, rüttle ihn, und endlich kann ich auch schreien, bis sich meine Stimme überschlägt. Aarons Kopf schaukelt widerstandslos hin und her. Es ist unmöglich, ihn zu wecken, und nun kann ich bereits das Brummen des Motors hören. Ich spüre sogar den Luftzug, der zu einer Druckwelle anschwillt. Viel zu spät befreie ich Aaron von seinem Gurt und versuche, ihn aus dem Wagen zu zerren, aber ich bin zu klein, zu schwach, und Aaron hängt ohne jede Körperspannung auf seinem Sitz.

Dann trifft mich etwas heftig in die Seite. Aarons Schultern entgleiten meinen Händen und ich taumle ein paar Schritte rückwärts. In der Dunkelheit, die Augen voll Tränen und Staub, nehme ich nur die Umrisse der Person wahr, die Aaron aus dem Wagen schleift. »Worauf wartest du? Los, *renn!*«

Wie von selbst setzen sich meine Beine in Bewegung. Stolpernd erreiche ich den Straßenrand, dicht gefolgt von der Gestalt, die Aaron mit sich schleppt. Ein Windstoß drängt uns den letzten Meter ins Gestrüpp. Ich bedecke mein Gesicht und spüre Steinchen gegen die Handrücken prasseln. Meine Ohren füllen sich mit einem Brausen, nur übertönt von einem Knall. Zwischen gespreizten Fingern kann ich mitverfolgen, wie der Pick-up ein Stück aus der

Bahn gedrängt wird. Danach sehe ich eine Abfolge lang gezogener Lichter an uns vorbeirasen – drei, nein vier Anhänger hintereinander. Mit eingezogenem Kopf kauere ich zwischen den Sträuchern und lasse die Hände erst wieder sinken, als der tosende Lärm in der Ferne verklungen ist. Dann wende ich mich zitternd nach links, wo ich Aaron vermute – und schaue Russell direkt in die Augen.

»Du schuldest mir ein Auto, Bluey«, schnauzt er mich an. Sein vertrauter Tonfall reißt mich aus meinem Schockzustand, als hätte er mir Eiswasser über den Kopf gekippt.

»Was machen Sie denn hier?«, stammle ich, während ich auf allen vieren zu Aaron hinüberkrieche und sein regungsloses Gesicht nach oben wende. Die fiebrige Röte ist aus seinen Wangen verschwunden, seine Lippen wirken blutleer.

Ich kann kaum zuhören, als Russell neben mir antwortet: »Deine alten Herrschaften haben 'ne Weile gebraucht, um sich von dem Schreck zu erholen, den du ihnen eingejagt hast. Dann haben sie zigmal versucht, dich anzurufen, ehe sie kapiert haben, dass das nicht klappen wird. Und *dann* haben sie mir die doppelte Summe geboten, wenn ich mit ihnen zurückfahre, um nach dir zu suchen.« Er schiebt meine Hände weg und beginnt mit seltsamer Routine, an Aarons Halsschlagader den Puls zu ertasten. »Hab ihnen gesagt, dass wir in die Dunkelheit reinkommen werden und dass das verflucht riskant ist, aber irgendwie scheint ihr Krauts auf meine Warnungen einfach zu sch–«

Er wird von einem Geräusch unterbrochen, das in dieser Umgebung kaum deplatzierter sein könnte: das Klappern hoher Absätze. Dann taucht meine Mutter aus der Dunkelheit auf, am Ellenbogen gestützt von meinem Vater. Beide wirken völlig außer Atem. Ich habe meine Eltern noch nie so aufgelöst erlebt.

»Antonia, bist du … bist du …«, stammelt meine Mutter, kaum dass sie mich erreicht hat. Sie geht neben mir in die Hocke und ringt pfeifend nach Luft.

»Mir ist nichts passiert«, falle ich ihr ins Wort. »Aber Aaron braucht dringend Hilfe. Können wir ihn zum Krankenhaus fahren? Er hat ein Transplantat und wird es verlieren, wenn er nicht bald …« Mein Hals schnürt sich zusammen, ich kann kaum mehr schlucken und es wird nur noch schlimmer, als Russell den Kopf schüttelt.

»Das ist zu weit und zu gefährlich. Aber ich fahr ihn zum nächsten RFDS Emergency Airstrip.« Er fängt meinen Blick auf und erklärt schnell: »Eine breite Stelle am Highway, wo eine Maschine des Royal Flying Doctor Service landen kann. Von dort werden Patienten nach Sydney geflogen.«

Wie betäubt sehe ich ihm zu, als er das Satellitentelefon aus seiner Tasche zieht und hineinspricht. Ich verstehe kein einziges Wort, alles verschwimmt zu einem Rauschen. Meine Hand liegt wieder auf Aarons Brustkorb und verfolgt seine flachen Atemzüge. Dann schiebe ich sie langsam bis zu der Stelle, an der Aaron sich selbst so oft den Bauch hält. Genau hier, unter dem staubigen T-Shirt, muss der blasse Strich auf seiner Haut sein und darunter die Niere, die nicht mehr arbeiten will. Bei diesem Gedanken spüre ich in meinem eigenen Bauch einen scharfen Schmerz. *Komm schon*, befehle ich stumm. *Mach einfach weiter. Bei mir hast du immer funktioniert und ich hab dich nicht wirklich gebraucht. Du warst noch nie so wichtig wie jetzt.*

Das Brummen eines Motors lässt mich den Kopf heben. Mir ist völlig entgangen, dass Russell inzwischen den Landrover geholt hat. Während er den Wagen direkt neben uns am Straßenrand parkt, beugt sich mein Vater über mich. Sein Blick wandert zu meiner Hand auf Aarons Bauch und dann wieder zu meinem Gesicht. Ich glaube, er weiß es. Er weiß, woher ich Aaron kenne und wie wir miteinander verbunden sind, aber er spricht es nicht aus. Zum ersten Mal bin ich für seine wortkarge Art dankbar.

»Hilf mir, ihn hochzuheben«, sagt er bloß und ich beeile mich, an Aarons linke Seite zu kommen. Nur so kann ich sichergehen, dass sein Shuntarm nicht zu grob angefasst wird. Während Russell die hintere Wagentür öffnet, höre ich ihn etwas von »Transplantat« und »früher sagen« murmeln, und seine Stimme klingt aufrichtig besorgt. Gemeinsam heben wir Aaron auf die Rückbank. Dann stolpere ich um das Auto herum und krieche von der anderen Seite hinein. Dass meine Mutter neben mir einsteigt, beachte ich kaum. Für mich existiert sie nur noch am äußersten Rand meines Universums, genau wie mein Vater und Russell, die ein paar leise Worte miteinander wechseln, während wir losfahren. So fest wie möglich lehne ich mich gegen Aaron. Die Hitze seines Körpers und sein Geruch hüllen mich ein, aber es fühlt sich immer noch so an, als wäre er viel zu weit weg. Und dann ertönt knapp über meinem Ohr eine Stimme: »Schamloser ... kannst du dich nicht an mich ranschmeißen ... was?«

Obwohl Aaron den Satz nur unter größter Anstrengung herausgebracht hat, explodiert grundlose Erleichterung in meiner Brust. »Oh mein Gott, du bist wach«, flüstere ich, strecke mich nach oben und umfasse sein Gesicht. Er dreht den Kopf zur Seite und streift kurz mit dem Mund über meine Handfläche.

»Wie soll man denn schlafen, wenn man halb zerquetscht wird?«

»Dabei hast du jede Menge verschlafen«, erzähle ich ihm und versuche hastig wegzurücken, bis er seinen Arm um meine Schultern legt. »Wir fahren gerade zu einer Lande-bahn und dann wirst du ins Krankenhaus gebracht – per Flugzeug.«

Aaron hat offenbar nicht genug Energie, um auf die-se Nachricht besonders zu reagieren. Der Druck seines Arms wird nur ein kleines bisschen stärker. »Ich sag doch, auf dich ist Verlass. Und … du kommst mit?«

»Versuch mal, mich daran zu hindern. Du weißt doch, wie sehr ich auf die Anschnallgurte in Flugzeugen stehe.« Obwohl ich ganz leise spreche, kann meine Mutter es ver-mutlich trotzdem hören. Aus dem Augenwinkel nehme ich eine Bewegung von ihr wahr. Vielleicht setzt sie sich noch aufrechter hin, aber genau wie mein Vater scheint sie zu spüren, dass in diesem Moment jedes Wort von ihr zu viel wäre. Meine Beherrschung löst sich immer weiter auf, als wäre sie ein dünner, vibrierender Faden, der zu zerreißen droht.

Aaron hat inzwischen den Kopf gegen die Scheibe ge-lehnt und driftet wieder ab. Für den Fall, dass er erneut aufwacht, lasse ich ihn nicht mehr aus den Augen. Erst als uns ein gelbes Schild mit dem Symbol eines Flugzeugs entgegenleuchtet, finde ich in die Wirklichkeit zurück. Während die anderen aussteigen, schmiege ich mich noch etwas enger an Aaron.

»Wir sind da«, wispere ich zu ihm hoch, aber er antwortet nicht.

Durch das Seitenfenster sehe ich Russell und meine Eltern, die den Himmel beobachten, obwohl dort nichts anderes zu sehen ist als Millionen von Sternen. Ich beuge mich über Aaron hinweg näher zum Fenster, recke den Hals ... und dann entdecke ich es auch. Einer der glimmenden Punkte da oben ist gar kein Stern, sondern bewegt sich auf uns zu. Jetzt hält es mich nicht länger im Wagen. Ich rutsche über die Bank zur anderen Tür und klettere ins Freie. Das Flugzeug ist nun schon so nahe, dass ich die blinkenden Lichter an den Tragflächen sehen kann. Meine Haare beginnen zu flattern und fast ohne es zu merken, balle ich kurz vor der Landung die Hände zu Fäusten. Die Maschine erscheint mir kaum größer als ein Bus und wird hochgeschleudert, nachdem die Räder den Highway berührt haben. Abermals setzt das Flugzeug auf, macht einen weiteren Hüpfer und beginnt, in unsere Richtung auszurollen. Ich traue mich erst wieder zu atmen, als es vollends zum Stehen gekommen ist.

Einen Moment lang wirkt das Bild wie eingefroren, dann öffnet sich hinter dem linken Flügel eine Klappe. Zwei Männer in gelben Sicherheitswesten springen auf die Straße und bereiten eine fahrbare Trage vor. Das alles nehme ich verzerrt und verlangsamt wahr wie einen Slow-Motion-Film. Es ist gut, dass Russell das Reden für mich übernimmt. Ich habe meinen gesamten englischen Wortschatz vergessen und könnte sowieso keinen Ton herausbringen, während die beiden Männer Aaron auf die Trage heben. Im Liegen rutscht ihm eine Locke über das rechte Auge, wodurch er zugleich vertraut und entsetzlich fremd aussieht. Die Sanitäter schieben ihn an die Türöffnung und befördern ihn dort mitsamt der Liegefläche ins Flugzeug. Sobald Aaron aus meinem Sichtfeld verschwindet, fällt meine Lähmung von mir ab. Ohne auf die Rufe meiner Eltern zu achten, renne ich los und erreiche die Öffnung, kaum dass die Männer hindurchgestiegen sind. Einer von ihnen, der eben die kleine Trittleiter zurückziehen wollte, zögert bei meinem Anblick.

»Was haben Sie vor, Lady?«

»Ich … ich will ihn natürlich begleiten«, stottere ich und zucke zusammen, als der Mann eine Hand hebt.

»Gehören Sie zur Familie?«, fragt er knapp.

»Nein, aber …«

»Tut mir leid, dann geht es nicht. Wir dürfen nur Patienten und deren nächste Angehörige transportieren.«

»Aber ich hab versprochen, dass ich mitkomme! Ich hab es ihm versprochen!« Wieder und wieder beteuere ich das, als wäre es ein Losungswort, mit dem ich mir Einlass verschaffen kann. Dabei hat der Mann schon angefangen, die Klappe zu schließen. In letzter Sekunde schaffe ich es, ihm die Papiere hinzuhalten, die ich für Aaron eingesteckt habe. Dann ist die Tür zu und die Propeller beginnen, sich zu drehen.

Das darf alles nicht wahr sein. Ich weigere mich, das zu glauben, selbst als das Flugzeug nach einer schwerfälligen

Wende an Fahrt aufnimmt und sich in die Luft erhebt. Das Dröhnen des Motors, der Staub, der mir ins Gesicht geweht wird, nichts davon kann mich überzeugen. Ich starre dem Flugzeug hinterher und glaube tief in mir drin, es würde noch einmal umkehren.

Jemand berührt mich an der linken Schulter. »Vielleicht kannst du ihn ja noch besuchen, ehe wir heimfliegen«, höre ich meinen Vater gedämpft sagen und da verliere ich endgültig den Boden unter den Füßen. Landebahn und Himmel scheinen miteinander zu verschmelzen, während mir die Tränen über die Wangen laufen.

»Warum seid ihr mich eigentlich holen gekommen?«, bricht es aus mir heraus, ich schleudere es meinen Eltern geradezu in die Gesichter, wie ich es bisher nie gewagt hätte. »Zuerst nach Australien und heute noch einmal, nachdem ich weggelaufen bin. Warum habt ihr euch die Mühe gemacht, obwohl ich euch doch *so* enttäuscht habe?«

Mein Vater dreht den Kopf zu Russell, wohl um mich daran zu erinnern, dass wir hier nicht alleine sind. Zu meiner Verblüffung hält meine Mutter jedoch meinem Blick stand. »Es mag dich vielleicht überraschen, Antonia«, sagt sie steif, »aber uns liegt dein Wohl durchaus am Herzen. Selbst wenn du unsere Erwartungen nicht erfüllst.«

Bei diesen Worten strömen meine Tränen noch schneller, sickern mir in den Mund, tropfen von meinem Kinn. Auch der Wind kann sie jetzt nicht mehr trocknen, denn die Propeller sind bereits viel zu weit entfernt – das Flugzeug ist nur mehr ein blinkender Komet am wolkenlosen Nachthimmel.

Aaron

Ich wette, jeder hat schon mal so eine Szene gelesen oder in einem Film gesehen: Ein Typ wacht auf, einen Schlauch im Arm und wahrscheinlich einen zweiten an einer intimeren Stelle, rundherum piepsen Maschinen und er fragt: *Wo bin ich?*

Das ist einfach nur Bullshit. Wie viele Antwortmöglichkeiten gibt es wohl, wenn er mal davon ausgeht, dass er weder von Aliens noch von Dr. Frankenstein entführt wurde? Ich jedenfalls weiß genau, wo ich bin, sobald ich die Augen öffne. Trotzdem erscheint eine Krankenschwester an meinem Bett, die mir unaufgefordert mitteilt: »Sie befinden sich im Westmead Hospital in Sydney. Wie geht es Ihnen?«

Noch so eine entbehrliche Klischee-Frage. Ich verziehe das Gesicht, doch die Schwester fasst diesen Wink falsch auf.

»Bitte haben Sie einen Augenblick Geduld, ich hole den zuständigen Arzt.«

Damit macht sie sich vom Acker, statt mir zu erzählen, was mich eigentlich interessiert. Mir bleibt nichts anderes übrig, als zu warten und möglichst wenig zu denken. Schon gar nicht daran, wie man sich derart zermatscht fühlen kann, ohne von einem Auto überrollt worden zu sein … oder ein Organ verloren zu haben.

Notiz an mich selbst: Ich habe offensichtlich kein Talent zur Meditation. Als sich der kahle Kopf des Docs in mein Sichtfeld schiebt, bin ich kurz vorm Durchdrehen. Das hindert den Typen aber nicht daran, sich ausführlich vorzustellen, dann in seinen Unterlagen herumzublättern und irgendwelche Werte zu checken. Aus reinem Selbstschutz schalte ich auf Durchzug und werde erst wieder aufnahmefähig, als mir der Arzt erzählt, ich hätte eine schwere Infektion gehabt.

»Wie, das war keine Abstoßungsreaktion?« Es dauert viel zu lange, bis ich mir diesen Satz auf Englisch zurechtgebastelt habe. Verdammt, da war ich jetzt fast zwei Wochen lang in Australien und kann gerade mal besser fluchen als vorher.

»Das nicht, aber durch die Infektion wurde Ihr Immunsystem aktiviert, was auch Ihr Transplantat in Gefahr gebracht hat.«

»Und?« Ich bekomme fast keine Luft mehr.

Anstatt zu antworten, dreht sich der Kahlkopf allen Ernstes zur Krankenschwester um und fragt: »Haben Sie den Patienten nicht darüber unterrichtet, Schwester Prudence?«

»Nein, noch nicht, Herr Doktor.«

»Das hätten Sie aber ruhig tun können«, sagt er, während ich überlege, ob in diesem Krankenhaus schon mal ein Arzt mit einem Katheter erdrosselt wurde. Endlich wendet er sich wieder zu mir. »Ihr Zustand war bereits kritisch und ich kann Ihnen nur dringend raten, zukünftig die Alarmsignale Ihres Körpers gewissenhafter zu beobachten. Aber diesmal sind Sie glimpflich davongekommen.«

Erwartungsvoll betrachtet er mich, als müsste ich jetzt in Freudenschreie ausbrechen. Aber ich sage kein Wort und auch in mir drin wird es plötzlich ganz still. Meine Synapsen müssen sich wohl erst neu formieren. »Das heißt«, beginne ich nach einer Pause, »die Niere …«

»Verrichtet ihre Arbeit, wie sich das gehört«, ergänzt Doktor Proper. »Fast so, als hätte sie sich an Ihnen festgeklammert.« Er lächelt mir zu und das gibt für mich den Ausschlag. Ärzte lächeln nicht ohne Grund. Sie wollen dir keine falschen Hoffnungen machen. In meinem Kopf zündet ein Feuerwerk und ich werde geflutet von Gedanken an alles, was ich überraschenderweise doch nicht verloren habe. Die Fähigkeit zu essen, was ich will, zu trinken, so viel ich will, und – sagen wir doch, wie's ist – meinen Namen in den Schnee zu pinkeln. Laufen, rennen, Fahrrad fahren. Reisen. *Leben.*

Ich merke, dass ich gleich komplett abhebe, und atme tief durch. Dann taste ich reflexartig nach meiner Operationsnarbe. Ich mache diese Bewegung öfter, als ein prolliger Autofahrer den Mittelfinger zeigt, aber irgendetwas hat sich daran verändert. Das Gefühl ist nicht besser oder schlechter, sondern einfach … weniger. Genauso gut könnte ich die andere Bauchseite anfassen und es gäbe gar keinen Unterschied. Zum allerersten Mal ist die Niere kein Fremdkörper, sondern einfach ein Teil von mir. Das muss sie ja sein, wenn ich mich so bescheuert verhalten und sie trotzdem nicht verloren habe. *Als hätte sie sich an mir festgeklammert.*

Nun ist es mit meiner Beherrschung endgültig vorbei. Am liebsten würde ich einen Salto hinlegen, so wie damals mit Timo im Parkour, aber ich begnüge mich damit, Doktor Proper anzustrahlen.

»Wann, glauben Sie, kann ich wieder hier raus?«

Der Doc versucht, eine strenge Miene aufzusetzen, doch das ist wohl ziemlich schwierig, wenn der Gesprächspartner so idiotisch grinst wie ich. »Geben Sie Ihrem Körper ein wenig Zeit, sich zu erholen. Wie Sie sich vorstellen können, ist es nicht einfach, bei gleichzeitiger Zugabe von Immunsuppressiva eine Infektion zu behandeln. Erfreulicherweise sprechen Sie aber gut auf unsere Medikation an. Wenn wir so fortfahren wie in den letzten zwei Tagen …«

Prompt fällt mir das Grinsen wieder aus dem Gesicht. »Ich hab zwei ganze Tage verschlafen?!«

»Sie sind zwischendurch schon ein paarmal zu sich gekommen, aber daran können Sie sich offensichtlich nicht erinnern.«

Nun ist klar, warum ich mich derart benebelt fühle – nach dem langen Time-out sind meine Hirnwindungen noch eingerostet. Ich kneife die Augen zu, während ich angestrengt nachrechne. Wir sind etwa vierundzwanzig Stunden vor dem geplanten Abflug nach Deutschland von Rusty Plains losgefahren. Das bedeutet, dass Nia die Heimreise verpasst hat. Oder …

Wie von selbst schnellen meine Lider hoch. Ich will um ein Telefon bitten, erinnere mich daran, dass ich nicht mal Nias Handynummer habe, und mein ziellos herumirrender Blick landet bei Schwester Prudence. Zu meiner Verblüffung schenkt sie mir ein wissendes Lächeln.

»Wenn Sie mich fragen, haben Sie genau den richtigen

Zeitpunkt erwischt, um aufzuwachen. Sie haben nämlich Besuch.«

Gerade jetzt freut sich der Doc bestimmt nicht über ihre Mitteilungsbereitschaft, weil er noch ein paar medizinische Details klären wollte. Aber er scheint zu wissen, dass er dazu jetzt keine Chance mehr hat.

»Sprechen wir später weiter«, sagt er, was allerdings kaum zu mir durchdringt. Ich konzentriere mich nur mehr auf die Tür, durch die Prudence und Proper viel zu langsam verschwinden. Ein paar Zentimeter bleibt sie geöffnet und ich erkenne durch den Spalt ein Stück vom Krankenhausflur. Und … eine rote Wolke, die sich vorsichtig ins Zimmer schiebt.

Nias Anblick bringt mich so durcheinander, dass mir nicht mal eine Begrüßung einfällt. Am liebsten würde ich mein Mädchen einfach nur festhalten, aber dafür bin ich zu weit entfernt. Schließlich beginnen wir beide gleichzeitig zu reden, stocken und sehen einander verlegen an, wie in einem blöden Film.

»Hey, ich … ich hatte echt Schiss, du könntest schon weg sein«, sage ich, was sich absolut dämlich anhört. Ich will ihr klarmachen, dass ich verdammt froh und erleichtert bin, doch dafür ist es zu spät.

Die Locken schwingen um ihre Schultern, als sie den Kopf schüttelt. »Das Krankenhaus hat sich mit deinen Ärzten zu Hause in Verbindung gesetzt und die haben der Herzenswünsche-Organisation Bescheid gegeben. Jedenfalls wurden unsere Tickets in letzter Sekunde storniert. Ich konnte also gar nicht weg.«

Dadurch bereitet sie meinem Höhenflug ein abruptes

Ende. In meiner Fantasie kann ich klar und deutlich das Geräusch hören, mit dem ein Vogel gegen eine Scheibe prallt. »Oh … Scheiße.«

»Ist schon gut. Ich hatte noch einiges zu erledigen.«

Etwas läuft hier gewaltig verkehrt, das spüre ich. So gut es geht, richte ich mich im Bett auf. »Und was genau musstest du erledigen?«

»Ich hab das Shed an Russell verkauft.« Es platzt aus ihr hervor, als hätte sie für dieses Geständnis eine innere Hürde einreißen müssen. Die nächsten Worte sprudeln nur so hinterher. »Es war nicht einfach, einen guten Deal mit ihm auszuhandeln, aber zum Glück hat Ryan mir geholfen. Anscheinend hatte er Gewissensbisse, weil er das Land hergegeben hat.«

»Wer zur Hölle ist Ryan?«

»Der ›missratene‹ Stiefbruder. Russell hat die Fahrt nach Sydney genutzt, um sich mit ihm zu …«, fängt Nia an, doch ich blocke gleich wieder ab. Zwar kapiere ich nicht viel von dem, was sie mir da erzählt, aber eines verstehe ich genau: Ich kann mir meine Fragen ebenso gut sparen.

»Weißt du, was, vergiss es. Es interessiert mich eigentlich gar nicht. Ob und an wen du dein Erbe verhökerst, ist ganz allein dein Bier.«

Ich rechne damit, dass Nia unter meinem kalten Tonfall verunsichert in sich zusammenschrumpft, aber das passiert nicht. Irgendetwas an ihr hat sich eindeutig verändert – sie macht sich nicht so klein wie sonst, sondern steht ganz aufrecht da. Mit leicht vorgerecktem Kinn sieht sie mich an, während sie überraschend ruhig antwortet: »Meine Tante hätte bestimmt nichts dagegen, wenn sie wüsste, wie viel Russell sein Land bedeutet. Und ich glaube, das Erbe hat seinen Zweck schon erfüllt.«

Der letzte Satz ist wie ein Schlag in die Magengrube. Obwohl ich es die ganze Zeit geahnt habe, fühlt es sich echt mies an, die Wahrheit so vor den Latz geknallt zu bekommen. Wenigstens habe ich jetzt Gewissheit: Die Geschichte mit uns ist endgültig vorbei.

»Na klasse, dann steht deinem Flug nach Deutschland ja nichts mehr im Weg. Bis auf das fehlende Ticket. Aber nachdem du gerade ein Haus samt Grundstück verkauft hast, müsstest du ja genug Geld für eine Reise um die ganze Welt haben.«

Wie sehr ich es auch versuche, ich kann ihren Gesichtsausdruck unmöglich einordnen. Dabei hat sie nicht mal diese Military-Girl-Maske aufgesetzt. Es ist etwas anderes, etwas Neues – als wäre sie in Gedanken schon weit weg.

»Ja«, sagt sie langsam, »ich schätze, das habe ich.«

Epilog

Nia

Das Gepäckband bewegt sich wie in Zeitlupe. Ich starre auf die Lamellen des schwarzen Gummivorhangs, zwischen denen mit immer größeren Abständen Koffer hindurchkriechen, und ringe um Fassung.

Vor einigen Minuten war hier alles voll mit aufgeregt plappernden Menschen, doch nun höre ich anstelle des Stimmengewirrs nur ein quälend gleichförmiges Rauschen. Dabei würde mir ein wenig Ablenkung vielleicht helfen, das hier zu überstehen. Mich von Australien zu trennen, war schon schwer genug, jetzt habe ich *ihn* auch noch verloren. Mühsam hole ich Luft, beiße mir auf die Unterlippe und schaue nach unten.

»Oh nein.« Ich stütze die Hände auf meine Knie und kneife meine Augen vor Anstrengung zusammen. »Sag mal, was tippst du denn da? Wird das etwa ein Artikel über mich, wie ich auf meinen Rucksack warte?!«

Der Gesichtsausdruck, den ich zur Antwort bekomme, könnte der Grinsekatze Konkurrenz machen. »Hey, ich werde schließlich dafür bezahlt!« Gemütlich verschränkt Aaron seine Beine im Schneidersitz und blinzelt vom Fußboden zu mir hoch. »Die Kolumne läuft nur deshalb so gut, weil sie zu einhundert Prozent authentisch ist, klar?«

Ich beuge mich noch ein Stück weiter vor, um die winzige Schrift auf dem Display seines Smartphones zu entziffern. Vor Empörung schnaufend lese ich:

»Sämtliche Medikamente solltet ihr im Handgepäck transportieren. So überlasst ihr es eurer besseren Hälfte, vor Panik auszuflippen, wenn die Koffer mal nicht ankommen sollten. Auf jeden Fall braucht ihr dann nicht wie ein ungeduldiger rothaariger Wallaby vor dem Gepäckband herumzuhopsen, so wie N. das gerade tut.«

Aaron lächelt mich liebenswürdig an. »Siehst du, ich hab dich anonymisiert.«

In letzter Sekunde kann ich mich beherrschen, ehe ich zum wiederholten Mal das Gewicht aufgeregt von einem Fuß auf den anderen verlagert hätte. »Ich hopse nicht! Und es ist absolut überflüssig, derart persönliche Details in deinen Artikel einzubauen. Du schreibst ja keinen privaten Blog mehr, sondern für ein richtiges Magazin.«

»Aber nur, weil der Blog so durch die Decke gegangen ist«, kontert Aaron mit unschlagbarer Logik. Es stimmt schon, sein Blog hat vor drei Monaten jede Menge ins Rollen gebracht. Um sich die Zeit zu vertreiben, hat Aaron damals im Westmead Hospital einen Bericht über unsere Australien-Reise geschrieben. Quasi über Nacht sind die Klicks auf seiner Seite explodiert und es hat nicht lange gedauert, bis der Chefredakteur eines Gesundheitsmagazins mit ihm Kontakt aufgenommen hat. So war Aaron bei seiner Entlassung aus dem Krankenhaus nicht nur eine voll funktionsfähige Niere, sondern auch ein Job als Reisejournalist sicher. Wöchentlich berichtet er seitdem von unseren gemeinsamen Erlebnissen und in Wahrheit habe ich natürlich nicht das Geringste gegen diese Kolumne einzuwenden. Es ist großartig, dass dieser Junge, der sich früher nicht einmal beim Blutdruckmessen erwischen lassen wollte, jetzt für Menschen mit Krankheiten und besonderen Bedürfnissen schreibt. Deshalb bin ich unheimlich stolz auf ihn – wenn er nicht gerade meine persönlichen Macken in seinen Texten verbrät.

Wieder spähe ich ungeduldig zum Förderband hinüber, wo eine einsame Reisende ihren knallpinken Hello-Kitty-Koffer abholt. Da hätten wir ja das erste waschechte Japan-Klischee! Unter meinem Missmut erwacht ein vorfreudiges Kribbeln, aber ich kann es noch nicht zulassen. Seufzend hocke ich mich neben Aaron auf den Fußboden.

»Es ist einfach unfair, dass *du* dein Gepäck schon bekommen hast«, sage ich und pieke einen Finger in den verschlissenen Seesack, der nur von den zahlreichen Souvenir-Buttons zusammengehalten wird. Canberra, Melbourne, Adelaide, Alice Springs, Cains, Brisbane … man kann unsere gesamte Route an diesem Beutel ablesen. Leider hält ein Tourismus-Visum nicht ewig, aber es ist trotzdem irre, wie viel wir in den vergangenen drei Monaten erlebt haben. Australien ist währenddessen ein Teil von uns geworden. Zum Glück konnte ich Russell das Versprechen abringen, dass wir ihn jederzeit wieder besuchen dürfen – ihn und Daisy.

Beschützend schiebt Aaron den Seesack aus meiner Reichweite. »Vorsicht, da ist ganz heiße Ware drin!«, protestiert er und zaubert eine Packung Tim Tams hervor, die er in Sydney gekauft hat. Sorgfältig platziert er die Schokokekse zwischen uns, als wollte er hier mitten im Ankunftsbereich des Flughafens ein Picknick veranstalten.

Ich stütze den Kopf in meine Hände. »Komm schon, das meine ich ernst! Wenn ausgerechnet mein nagelneuer Rucksack verloren gegangen ist, höre ich auf, an Karma zu glauben. Immerhin habe ich mich sogar in Ryans versifftes Schlafzimmer gewagt, um das Ding an seinem Computer zu bestellen. Das muss doch was wert sein.«

»Du hättest auch einfach in einen der tausend Backpacker-Läden gehen können«, sagt Aaron und stupst mich mit dem Ellenbogen in die Seite. »Aber irgendwie zieht es dich immer wieder in die Gemächer stoppelbärtiger Männer, was? Erst Russell, dann sein kleiner Bruder …«

Diese Stichelei kostet mich nur ein Schnauben. Was unfeine Witze betrifft, bin ich längst abgehärtet – schließlich habe ich lange genug mit lauter Kerlen unter einem Dach gehaust. Die zwei Wochen auf Rusty Plains waren der krönende Abschluss unserer Tour, ehe wir mit Russells Stiefbruder zurück nach Sydney gefahren sind.

Aaron bemerkt nun auch, dass ich mit ganz anderen Themen beschäftigt bin, und zwingt sich zu einer ernsthaften Miene. »Okay, tut mir leid um deinen Rucksack. Hatte er wieder viereinhalb Sterne auf Amazon?«

»Fünf! Wenn du es genau wissen willst, es waren glatte fünf Sterne im Durchschnitt und nur eine Drei-Sterne-Bewertung, weil jemand fand, er wäre zu voluminös.«

»Wie war sein Username? Scheint ein sympathischer Kerl zu sein.«

Ich verdrehe die Augen. »Es war eine Frau.«

»Oh. Wenn das so ist … zu ihrem Unglück steh ich nur auf Mädchen mit ausladendem Gepäck.«

»Warum klingt das aus deinem Mund so anzüglich?« Ich

will mich weiter meiner Verzweiflung hingeben, aber es ist unmöglich. *Aaron* macht es unmöglich, verflixt noch mal. Gegen meinen Willen stiehlt sich ein Lächeln in mein Gesicht und es wird sogar noch breiter, als er mir einen Arm um die Hüften legt.

»Keine Ahnung, ich versuche nur zu helfen«, behauptet er unschuldig. »Was wäre denn das Schlimmste, was du mitsamt dem Rucksack verloren haben könntest? Dein Geld? Pass? Handy?«

»Nein. Diesmal war ich so vorausschauend, alles Wichtige in meiner praktischen Gürteltasche unterzubringen«, erkläre ich und deute auf meine zweite, äußerst schlaue Anschaffung in seriösen Pastellfarben.

»Tjaah … dieses Ding ist eine andere Baustelle. Jedenfalls war bis auf Blue Moons Hippie-Garderobe nichts Überlebensnotwendiges im Rucksack, oder?«

»Doch! Zum Beispiel all meine Höschen, die wir gerade erst gekauft haben … Und das ist *wohl* anzüglich!«

»Ich mach doch gar nichts«, verteidigt sich Aaron, aber sein Blick spricht Bände. »Ich meine bloß, du würdest auch gut ohne deine Höschen klarkommen.« Als ich gerade zu einem Protest ansetze, lehnt er sich blitzschnell vor und bringt sein Gesicht ganz nahe an meines. »Wir kommen klar, Nia«, flüstert er mir zu. »Das tun wir doch immer. Die Kamera hab übrigens ich.«

Unwillkürlich senke ich ebenfalls die Stimme. »Wenigstens etwas. Mein Vater hat mich extra gebeten, in Tokio viele Fotos von Tempeln und Wolkenkratzern zu machen.«

Das Interesse meines Vaters an meinem Lebenswandel überrascht mich immer wieder aufs Neue. Natürlich war er nicht gerade begeistert über meine Entscheidung, weiterhin mit Aaron auf Reisen zu gehen; aber irgendwie schien es ihm doch zu imponieren, wie ich ihn und meine Mutter vor vollendete Tatsachen gestellt habe. Wenn ich nun zu Hause anrufe, reißt er sich tatsächlich von seinen Papieren los, um sich mit mir zu unterhalten. Auch dass ich das Jura-Studium abgebrochen habe, akzeptiert er – gerade *weil* ich mich nicht dafür rechtfertige. Während der letzten Monate sind mir ein paar Dinge über mich selbst klar geworden und dazu gehört unter anderem, dass ich möglichst keine Paragrafen mehr sehen will. Stattdessen habe ich gemerkt, wie viel Spaß es mir macht, Aaron bei seiner Kolumne zu beraten und endlich wieder die Bücher lesen zu dürfen, auf die ich Lust habe. Inzwischen steht für mich fest, dass ich ab dem nächsten Semester an der Fernuni Hagen Kulturwissenschaften studieren möchte. Diesen Plan werde ich mir von niemandem verbauen lassen, auch nicht von meiner Mutter, die damit so ihre Probleme hat.

»Was ist mit deiner Mom?«, fragt Aaron prompt und gibt mir einen winzigen Kuss, der mich zusammen mit seinem Atem kitzelt.

»Die war auf Konferenzschaltung und hat zur Abwechslung mal nicht protestiert.«

Ich spüre sein Grinsen an meiner Wange. »Na, siehst du. Immer schön einen Schritt nach dem anderen. Und wenn wir schon mal beim Thema sind …« Er löst sich wieder von mir und seine Aufmerksamkeit richtet sich auf die Schokokekse. Schlagartig fühle ich mich in den Moment zurückversetzt, als wir das Shed zum ersten Mal betreten haben, und ich weiß genau, was jetzt kommen wird.

»Oh nein. Sag es nicht.«

»Weißt du«, beginnt er genüsslich, »ich hab da so einen Grundsatz, wenn's schwierig wird …«

Und dann, einfach so, gewinnt das vorfreudige Kribbeln in mir die Oberhand. Bevor Aaron nach der Schachtel greifen kann, schnappe ich sie mir, reiße sie auf und ergänze mit vollen Backen: »Erst mal was futtern, dann sehen wir weiter.«

Danksagung

Drei Gründe dafür, warum ich mir keine besseren Leser wünschen könnte:

1. Eure E-Mails, Facebook-Nachrichten und Amazon-Rezensionen helfen mir über jede noch so fiese Schreibblockade hinweg.
2. Euretwegen gehören Jogginghosen nun zu meiner Arbeitskleidung, und das ist völlig okay – weil ich darin den Beruf ausüben kann, von dem ich seit meiner Kindheit geträumt habe.
3. Ihr schafft es, dass ich schon frühmorgens den Bildschirm meines Laptops angrinse und mir dabei nicht mal doof vorkomme. Auch an einem dunkelgrauen Montag. Noch vor meiner ersten Tasse Kaffee! Ich glaube, das sagt alles.

Ein besonderer Dank gilt außerdem den ersten Reisebegleiterinnen von Aaron und Nia: Hannah, Eileen, Marah und Katrin. Eure Kommentare und Voice Messages haben mich davor bewahrt, unterwegs im Straßengraben zu landen. Ihr seid hilfreicher als jedes Little-Pony-Kotzmobil. ;)

Den Mädels von der Leserunde – Jil Aimée, Melanie, Jacqueline, Anna, Anke, Patricia, Mila, Bina, Julia, Isabella, Monika, Hannah, Michelle, Kristina, Kristina, Nicole, Nicole und Nicole – danke ich für tolle Gespräche über

Spinnenpanik, weibliche Sheldons, Francisco Lachowskis Lächeln und den ganzen Rest!

Danke an meinen Vater, den ich zum Glück nie mühsam hinter einer Zeitung hervorlocken muss, an meine Mutter, die mich mit ihrem Faible für Australien angesteckt hat, und an den Verein »Herzenswünsche e. V.«, dessen Namen ich verwenden durfte. Dieser Verein sorgt nicht nur in meinem Roman, sondern auch in Wirklichkeit dafür, dass Träume schwer kranker Kinder und Jugendlicher wahr werden: *www.herzenswuensche.de.*

Und zu guter Letzt noch etwas, das eigentlich gar nicht in eine Danksagung gehört: eine Bitte. Wenn jemand in Deutschland keinen Organspendeausweis hat, stehen im Ernstfall seine Angehörigen vor der belastenden Aufgabe, eine Spende zu bewilligen oder abzulehnen. Dabei sollte man die Entscheidung über den eigenen Körper doch unbedingt selbst treffen! Einen Organspendeausweis könnt ihr ganz einfach online herunterladen oder bestellen: *www. organspende-info.de/organspendeausweis.* Ihr könnt euch aber auch jetzt gleich an euer nächstes erwachsenes Familienmitglied wenden und ihm euren Willen mitteilen. Eines Tages schenkt ihr dadurch vielleicht jemandem eine ähnliche zweite Chance, wie Aaron sie hatte.

Eure Kira
E-Mail: kira_gembri@hotmail.com
Facebook: www.facebook.com/kira.gembri

Kira Gembri

Wenn du dich traust

Lea zählt - ihre Schritte, die Erbsen auf ihrem Teller, die Blätter des Gummibaums. Sie ist zwanghaft ordentlich und meistert ihren Alltag mit Hilfe von Listen und Zahlen. Jay dagegen lebt das Chaos, tanzt auf jeder Party und hat mit festen Beziehungen absolut nichts am Hut. Niemals würde er freiwillig mit einem Mädchen zusammenziehen, schon gar nicht mit einem, das ihn so auf die Palme bringt wie Lea. Und Lea käme nie auf die Idee, mit Jungs zusammen zwischen Pizzakartons und Schmutzwäsche zu hausen. Sonnenklar, dass es zwischen den beiden heftig kracht, als sie aus der Not heraus eine WG gründen ...

Auch als E-Book erhältlich

Arena

336 Seiten • Gebunden
ISBN 978-3-401-60149-6
www.arena-verlag.de

Carrie Firestone

Als wir unendlich wurden

Maddies To-Do Liste vor dem College ist endlos. Erst als sie erfährt, dass ihre geliebte Grandma Astrid sterben wird, kommt alles zum Stillstand. Aber Astrid wäre nicht Astrid, wenn sie nicht mit einem großen Knall aus dem Leben gehen wollte, und sie lädt prompt die gesamte Patchworkfamilie zu einer Kreuzfahrt-Weltreise ein. Doch die »Wishwell« ist kein normales Schiff ... und ihre Passagiere keine Pauschaltouristen. Und Maddie bleibt genau ein Sommer, um zu lernen, wie man einem geliebten Menschen für immer Lebwohl sagt.

Auch als E-Book erhältlich

384 Seiten • Gebunden
ISBN 978-3-401-60178-6
www.arena-verlag.de